BASTEI LÜBBE
TASCHENBUCH

Stefanie Heinen und
Daniela Schuld (Hg.)

UND IMMER WAR'S DIE FRAU FÜRS LEBEN

BASTEI LÜBBE
TASCHENBUCH

BASTEI LÜBBE TASCHENBUCH
Band 16 813

1. Auflage: Mai 2013

Dieser Titel ist auch als E-Book erschienen

MIX
Papier aus verantwortungsvollen Quellen
FSC® C014496
FSC
www.fsc.org

Originalausgabe

Lektorat: Stefanie Heinen, Daniela Jarzynka
Daumenkino-Illustrationen: Peter Frommann, Köln
Titelillustration: © shutterstock/Javier Brosch
Umschlaggestaltung: Christin Wilhelm, www.grafic4u.de
Satz: Urban SatzKonzept, Düsseldorf
Gesetzt aus der Caslon
Druck und Verarbeitung: GGP Media GmbH, Pößneck
Printed in Germany
ISBN 978-3-404-16813-2

Inhalt

Prolog 9
~ Moritz ~
von Harald Braun

1. Lieber ein ganzer Kerl als ein halber Hahn 31
~ Sara ~
von Anne Weiss

Nicht so einfach 55
~ Moritz ~

2. Maskerade 60
~ Hanna ~
von Katarina Fischer

Nur ein kleiner Gefallen 80
~ Moritz ~

3. Nuss mit Kuss 84
~ Jana ~
von Michaela Thewes

Best Man 101
~ Moritz ~

4. Knapp vorbei ist auch daneben 104
~ Marie ~
von Britta Sabbag

Notiz an mich selbst 130
~ Moritz ~

5. Schenk Dein Glück an andre weiter 132
~ Kerstin ~
von Stefanie Heinen

Total locker 152
~ Moritz ~

6. Wenn der kleine Hunger kommt 155
~ Nina ~
von Gabriele von Braun

Fluch der Karibik 171
~ Moritz ~

7. Ein Wölkchen am Horizont 174
~ Bianca ~
von Sabine Werz

Die Nachricht(en) 198
~ Moritz ~

8. Barsche in Dessous 199
~ Valerie ~
von Mirjam Müntefering

Das Träumchen 220
~ Moritz ~

9. Eine Nacht im Märchenland 222
~ Leni ~
von Nele Kirschner

Schalala 240
~ Moritz ~

10. Der Held in meinem Bett 246
~ Nele ~
von Daniela Schuld

Notiz an mich selbst 263
~ Moritz ~

Epilog 267
~ Moritz ~
von Harald Braun

Der Autor 285
Die Autorinnen 285

Prolog

~ Moritz ~
von Harald Braun

»Nur ein verzweifelter Spieler setzt alles auf einen einzigen Wurf.«
Friedrich von Schiller

Zum Glück trug Sam schon lange keine Doc Martens mehr. Der Tritt, den mir mein Partner unter dem Tisch versetzte, war aber auch ohne Stahlkappe im Schuh schmerzhaft genug.

Ich zuckte zusammen und wandte meinen Blick von Jennifer Aniston ab. Das erste Mal seit gefühlten dreißig Minuten. Die Frau, der ich an diesem späten Nachmittag in einem lichtdurchfluteten Raum mit Rheinblick gegenübersaß, war natürlich nicht wirklich Jennifer Aniston. Sie trug nur deren Frisur, diesen leicht verzottelten Bob, der immer so nachlässig perfekt aussieht, als hätte sie morgens noch dreihundert Euro in einen Star-Coiffeur investiert und am Nachmittag bei dreißig Grad im Gemüsegarten gebuddelt.

»Was glaubst du, Moritz, wie lange würden wir wohl für die ersten Skizzen benötigen?«

Warum nur hatte ich den Eindruck, dass Sam diese Frage in den letzten dreißig Sekunden nicht zum ersten Mal gestellt hatte? Jennifer Aniston und zwei Herren, an deren Namen ich mich nicht erinnerte, musterten mich aufmerksam. Sams Gesichtsausdruck konnte sich nicht entscheiden. Während er mich scheinbar interessiert anschaute, zuckte seine Unterlippe verdächtig. Offenbar schaffte er es nur mühsam, nicht loszuprusten.

Das zahl ich dir heim!, dachte ich, während ich fieberhaft meine Festplatte nach dem Text der letzten Minuten abscannte. Doch da war nichts gespeichert, das mir weiterhelfen würde. Alles, worüber ich mir Gedanken gemacht hatte, seitdem das Meeting im Konferenzraum der Eventagentur *ColorsCologne* im Kölner Rheinauhafen begonnen hatte, bezog sich auf Jennifer Aniston und zwei schlichte Fragen. »Kenne ich die nicht irgendwoher?«, lautete eine davon. Die zweite schloss sich nahtlos an, obwohl schon Punkt eins nicht mit hundertprozentiger Sicherheit beantwortet werden konnte: »WOHER bloß könnte ich diese Frau kennen?«

Ich räusperte mich, um etwas Zeit zu gewinnen. »Ich glaube ...«, setzte ich an, »also ich denke ... so wie mein Partner schon sagte ...« Unvermittelt wandte ich meinen Blick wieder Jennifer Aniston zu und fragte sie mit fester Stimme, als sei mir gerade die Lösung eines komplizierten Problems eingefallen: »Wie war noch einmal gleich Ihr Name?«

Die Herren aus der Agentur zogen synchron die Augenbrauen hoch, während Sam ein glucksender Laut entwich, wie man ihn aus dem Publikum der Harald-Schmidt-Show kennt. Wenigstens einer im Raum amüsierte sich wie Bolle.

»Maren Bettermann«, antwortete die falsche Jennifer Aniston nach einer kurzen Pause. »Wie ich schon sagte, ich bin die Projektleiterin für ›Rheinauhafen Summer Nights‹.« Sie lächelte mich unergründlich an, fast ein wenig verschmitzt, so kam es mir jedenfalls vor.

Die beiden Agenturfritzen starrten mich inzwischen so mitleidig an, als sei ich ein Sonderschüler, der sich bei der NASA bewirbt.

»Wie wäre es mit einem Kaffee?«, fragte Maren Bettermann schließlich, als ich immer noch keine Anstalten machte, mit sachdienlichen Hinweisen zum Thema des Tages aufzuwarten. Noch bevor sie den Satz ganz ausgesprochen hatte, stürzte einer der Herren aus dem Zimmer. Offenbar war er, obschon Anzugträger (ohne Krawatte), so eine Art Praktikant bei *CoCo*, wie die Agentur sich munter abkürzte, und als solcher für die Koffein-Zufuhr zuständig.

Ich sah Sam hilfesuchend an und nickte kurz. *Du hast jetzt deinen Spaß gehabt, zieh mich gefälligst auch wieder raus aus dem Sumpf!*

Und Sam zog.

»Darf ich Ihnen in der Zwischenzeit unsere aktuellen Referenzen zeigen?« Er wandte sich an den übrig gebliebenen Herrn der Agentur (mit Krawatte) und drehte sein Laptop so, dass Maren Bettermann und die Krawatte freie Sicht auf den Monitor hatten.

Seine Präsentation dauerte etwa drei Minuten. Fotos von Katalogen und Buchcovern floateten in Slow Motion über den Bildschirm, eingebettet in die Sounds von Mobys *Hotel*. Die kurze Leistungsshow der Grafikdesign-Agentur *Linientreu*, die Sam und ich knapp drei Jahre zuvor gegründet hatten, endete mit unserer bislang aufwendigsten Arbeit: Für einen Kölner Comedian hatte *Linientreu* nicht nur das Artwork der CD und das Tourneeplakat gestaltet, sondern auch das gesamte Bühnenbild für dessen bundesweite Auftritte entworfen.

»Wir hätten den Kerl auch gern persönlich eingekleidet, aber da ist uns C&A leider zuvorgekommen«, sagte Sam, während Mobys letzte Töne verklangen.

Ich finde Sams Gag am Ende *aller* Präsentationen eher mäßig, doch an diesem Tag freute ich mich ausnahmsweise über jedes Wort, das mein Partner zu viel redete. Ich brauchte die Zeit, um die Infomappe zu »Rheinauhafen Summer Nights« unauffällig zu überfliegen. Sie war uns zwar gleich zur Begrüßung ausgehändigt worden, doch statt darin zu lesen, hatte ich mich ausschließlich darauf konzentriert, das Geheimnis von Jennifer Aniston zu ergründen. Vergeblich. So war ich nun weder in der einen noch in der anderen Sache wirklich im Bilde.

Es ging für *Linientreu* offenbar um die grafische Umsetzung eines Veranstaltungskatalogs: zweiundsiebzig Seiten über ein Kulturprogramm am Rheinufer. Das Übliche: Jazz, Lesungen, mobile Cocktailbars. So ein Mittelding zwischen leichter Kulturpädagogik und kulinarischem Rummel. Dazu noch ein Flyer mit den Highlights des Programms, der in Köln und Düsseldorf in hoher Auflage verteilt werden sollte. Das klang gar nicht schlecht. Der Haken: Es waren noch zwei andere Grafikbüros im Rennen. Ein Pitch also.

Eigentlich kein Problem, aber ich hätte dennoch gern gewusst, wer die Konkurrenten von *Linientreu* waren. Ich bin schließlich Sportler, und als regelmäßigem Jogger macht mir auch ein Wettbewerb auf der Langstrecke Spaß.

Inzwischen war auch der Kaffee im Konferenzraum eingetroffen. In einer klobigen »Starbucks«-Tasse dampfte kohlrabenschwarze Brühe. Milch und Zucker wurden uns nicht angeboten. Anscheinend wollten die Herrschaften sichergehen, dass ich an diesem Tag noch mal aufwachte.

Ich spuckte mir symbolisch in die Hände. Auf in den Kampf! Es mochte ja sein, dass ich schwach angefangen hatte, aber das Rennen war noch nicht vorbei!

Ich nippte am Kaffee und schaute den beiden Herren der Agentur über den Rand meiner Tasse in die Augen. Als ich sicher war, dass ich ihre volle Aufmerksamkeit hatte, wandte ich mich langsam, gaaaanz langsam Maren Bettermann zu. Jetzt war mir gleich, ob und woher ich sie möglicherweise kannte. Sie hatte etwas, das ich haben wollte. Nur das zählte.

Maren Bettermann erwiderte meinen Blick – jedenfalls für

ein paar Sekunden. Doch charmant schauen, bis meine in der Regel weiblichen Gesprächspartner verlegen einknicken, kann ich ganz vorzüglich. So wartete ich gelassen, bis auch Maren Bettermann ihren Blick abwandte und verlegen in ihren Papieren blätterte, erst dann begann ich zu sprechen. Und wie ich begann.

Dreißig Minuten. 1800 Sekunden ohne Pause und Versprecher. Ich dozierte über visuelle Ideen zur Umsetzung des Konzepts, regte den Einsatz von Illustrationen an, zitierte moderne Bildbanken, sprach über Farbdramaturgien und Schriftgrößen, Freisteller und Autoren, verglich verschiedene Heftformate und setzte sie ins Verhältnis zu angepeilten Zielgruppen. Ich verschob Zeitfenster, entwarf Kostentabellen und garantierte Deadlines. Kurzum: Ich verwandelte mich von einem Menschen, der scheinbar einen Flyer nicht von einem Zugvogel unterscheiden kann, in einen kreativen Quell zahlloser Ideen. Und schloss mit einem Spruch, den jeder Fischverkäufer im Repertoire hat: »Wenn wir das umsetzen, dann müssen Sie aufpassen, dass Ihnen Ihre Gäste in dem Gedränge nicht in den Rhein fallen!«

Sam grinste in sich hinein und schwieg. So kennt er mich. Unter Druck war ich schon immer am besten.

Die Herren von *ColorsCologne* hatten sichtlich Mühe gehabt, mir zu folgen, doch es war ihnen anzumerken, dass sie beeindruckt waren. Die Krawatte schielte irritiert in meinen Kaffeebecher und kratzte sich am Kopf. Auch Maren Bettermann blickte Sam und mir nur scheinbar unbeeindruckt in die Gesichter. Ihre Augen lächelten, während sie die Eckdaten des Projekts noch einmal herausstrich: »Wir benötigen Ihre Ideen als Skizzen mit Farbanmutung und zwei bis drei Schriftvarianten in spätestens zwei Wochen.

Lassen Sie sich von unserer Grafik bitte die Zugangsdaten für unseren FTP-Server geben. Wir honorieren Ihre erste Präsentation auch in dem Fall, dass Sie den Auftrag nicht erhalten, mit fünf Tagessätzen.«

»Ihren oder unseren?«

Das war hoch gepokert, aber gezielte Frechheiten kamen bei Frauen ja oft ganz prima ...

Maren Bettermann jedoch schaute mich an, als wäre für mich so langsam mal wieder ein Schluck aus der Kaffeetasse fällig. Doch zum Glück entfaltete sich schnell ein entwaffnendes Lächeln auf ihrem Gesicht: »Netter Versuch!«

Sam und die beiden Agenturmänner lachten höflich und begannen mit den gängigen Verabschiedungsritualen: *Hat mich gefreut, Sie kennenzulernen. Interessante Ideen. Wir hören voneinander.* Strombergs kleines Floskel-Brevier. Nur ich saß mit offenem Mund auf meinem Stuhl, als habe man mich festgetackert. *Netter Versuch?*

Ich schaute die brünette Schönheit mit dem Jennifer-Aniston-Bob so verblüfft an, als tanzte auf ihrem Kopf ein Äffchen.

Maren Bettermann reichte mir derweil die Hand und sagte ihr Sprüchlein: »Hat mich sehr gefreut, Sie kennenzulernen.« Dann flüsterte sie, beinahe tonlos, aber für mich noch ganz gut zu verstehen, ein spöttisches *»Again!«* hinterher. Einen Augenblick später drehte sie sich weg und schwebte aus dem Raum.

Ich schaute ihr mit offenem Mund nach. JETZT wusste ich, woher ich Maren Bettermann kannte: Mai 2010. Das Sommerfest auf der Terrasse des St. Josef-Hotels. Die Erdbeerbowle. Der amüsante Flirt unter dem gotischen Gewölbe des ehemaligen Klosters. Und die halbe Stunde nach Mitternacht, in der ich versucht hatte, die damals noch platinblonde Maren zu überreden, sich im St. Josef ein Zimmer mit mir zu nehmen. »Netter Versuch!«, hatte sie auch damals geantwortet, mich aber trotzdem geküsst und ihre Telefonnummer auf einen Bierdeckel geschrieben. Ins Hotelzimmer war sie mir allerdings nicht gefolgt. Ich hatte erst im Laufe des Abends gemerkt, dass Maren nicht nur gut aussah. Sie verfügte über einen hintergründigen Humor, war schlagfertig, smart, einfach eine tolle Frau. Doch als ich das schließlich überrascht realisiert hatte, hatte ich mich schon verpokert und mich wieder mal als »Sven aus Hamburg« ausgegeben. Hin und wieder wirkte dieses Jetzt-oder-nie-Szenario beschleunigend auf die Bereitschaft neuer Bekanntschaften, das ganze Lied gleich in der ersten Nacht zu spielen. Bei Maren aber war ich mit dieser Strategie abgeblitzt. Und nach diesem Abend konnte ich sie ja als »Sven aus Hamburg« kaum noch einmal anrufen – obwohl ich hin und wieder an sie gedacht hatte.

Netter Versuch? Tja. In diesem Fall wohl eher ein Griff in den Kübel.

»Was war *das* denn?«, fragte mich Sam im Lift. »So attraktiv war die gute Maren jetzt aber auch wieder nicht. Oder hat dich mal wieder der Blitz getroffen?«

Ich schaute aus dem gläsernen Aufzug hinaus auf den Rhein, auf dem gerade ein kleiner Frachter langsam vorbeituckerte. Am besten, ich ignorierte ihn einfach. Sam amüsierte sich schließlich nicht zum ersten Mal über meine Fähigkeit, eine Frau nur zu sehen und mich aus dem Stand in sie zu verlieben. Was sollte ich dazu auch sagen? Mit Sam ernsthaft über meine amourösen Trampelpfade zu debattieren wäre ohnehin sinnlos: Mein Partner hat seine Sandkastenliebe geheiratet, da war er gerade einundzwanzig! Seit vierzehn Jahren ist er glücklich mit Bettina zusammen. Manchmal beneide ich Sam für die Selbstverständlichkeit, mit der er auf eine vorgezeichnete Zukunft im Reiheneckhaus mit drei Kindern zusteuert. Zwei davon haben die beiden schon ausgeliefert.

»Ich kannte die Frau!«, antwortete ich schließlich mit einer wegwerfenden Handbewegung.

»Das glaub ich jetzt nicht! Jetzt treffen wir schon in den Meetings auf deine Opfer ...« Sam lachte. »Jedenfalls scheint dich Fräulein Bettermann amtlich aus der Fassung gebracht zu haben, so wie du sie angestarrt hast ...«

»Ich hab sie erst gar nicht wiedererkannt«, gestand ich. »Das ist alles schon ein wenig länger her. Und außerdem habe ich sie nicht ... Ich meine ... da *war* nichts. Nicht viel jedenfalls.«

»Na klar, nicht viel. Kann ich mir denken. Ist ja nie so *viel* bei dir ...« Sam schüttelte scheinbar missbilligend, aber in Wahrheit doch eher vergnügt den Kopf. Das Quantum Abenteuer, das seinem Leben fehlt, holt er sich als virtueller Beifahrer meines Liebeslebens ganz gerne bei mir ab.

Ich hielt ihm die Tür des Lifts auf und zeigte dabei nach oben in die Richtung, in der ich die Räume von *ColorsCologne* vermutete: »Stell dich schon mal drauf ein, dass wir *diesen* Job nicht kriegen. Ich schätze, Fräulein Bettermann hat mich wiedererkannt!«

Sam zuckte mit den Schultern. »So übel hast du sie abserviert?«

»Na ja, nicht direkt *abserviert*. Sagen wir: Mein gesamter Auftritt war keine stilistische Meisterleistung ...« Mit Details über meine Zweitidentität als »Sven aus Hamburg« wollte ich Sam jetzt lieber nicht füttern. So nah sind wir uns auch wieder nicht.

Sam war zum Glück nicht sonderlich beunruhigt. Unserer Firma ging es so gut, dass sich *Linientreu* sogar seit einiger Zeit erlauben konnte, den ein oder anderen Auftrag abzulehnen. »Bevor wir Annoncen für das Möbelhaus Dudelmeier schrubben, fahre ich lieber Taxi«, sagt Sam hin und wieder, was eine erstaunlich selbstbewusste Aussage für einen Familienvater mit zwei Kindern ist.

Ich war da ganz bei meinem Partner. »Das Rheinauhafen-Ding brauchen wir wirklich nicht zwingend«, sagte ich. »Wir kommen ja jetzt schon kaum hinterher, ich kann mich an meinen letzten Urlaub kaum noch erinnern. Außerdem hat *ColorsCologne* zurzeit nicht mal das gesamte Festivalprogramm in trockenen Tüchern. Da fassen wir am Ende jede Seite dreimal an, bis das Booklet wirklich druckfertig ist.«

Sam nickte, doch er konnte es sich einfach nicht verkneifen: »Obwohl …«

»Obwohl was?«

Sam grinste. »*Obwohl* Köln auf Dauer zu klein für uns wird, wenn du dich noch ein paar Jahre durch die Stadt vögelst. Kannst du dich nicht zukünftig auf der anderen Rheinseite oder in Düsseldorf austoben, bevor wir in den Agenturen der Stadt schon an der Tür abgewiesen werden?«

»Sehr witzig!«, antwortete ich, doch ich musste selbst lachen. »Düsseldorf kommt aber nicht infrage. Dortmund vielleicht. Oder Aachen.« Insgeheim hatte ich tatsächlich schon darüber nachgedacht, ob es vielleicht an den Kölner Frauen lag, dass ich einfach keine dauerhafte Beziehung hinkriegte. So lebenslustig und – tja, wie soll ich das ausdrücken? – *freizügig* die jungen Damen der Domstadt auch alle sind. Da wäre es doch wirklich schade, nicht so viele wie möglich von ihnen kennenzulernen.

Mein kleiner Bruder Markus behauptet, die Offenherzigkeit der Kölner Frauen hinge mit dem Karneval zusammen. »Die werden ja quasi zur Sünde erzogen«, albert er immer, wenn die Sprache auf die Eigenheiten der einheimischen Damen kommt, »und wer einmal die Salbungen der Zügellosigkeit genossen hat ...« Beide wussten und wissen wir natürlich, dass das nur eine Blödelei unter Brüdern ist. Die Kölner Frauen waren beileibe unschuldig daran, dass ich meine große Liebe noch nicht gefunden hatte. Ich ganz allein war es, der immer gleich die Flucht ergriff, wenn es ernst zu werden drohte. Manchmal, als »Sven aus Hamburg«, sogar schon deutlich früher ...

»Noch auf einen Drink ins ›Hallmackenreuther‹?«, fragte Sam, der es wieder einmal nicht so eilig zu haben schien, in seine Rondorfer Familienbutze zurückzukehren.

»Nein, heute nicht, keine Zeit«, antwortete ich bedauernd. »Meine Mutter feiert heute Abend ihren Geburtstag, und ich brauche noch was Kleines!«

»Was wünscht sie sich diesmal?«, fragte Sam. »Einen ausgestopften kaspischen Tiger fürs Esszimmer?«

Ich lächelte. »Der kaspische Tiger ist ausgestorben, du Experte. Ich bin an einem kanadischen Braunbären dran!«

Sam lachte, dann winkte er zum Abschied. »Wir sehen uns morgen in alter Frische!«

Ich winkte lässig zurück, dabei dachte ich schon an das Geschenk für meine Mutter. Mit seinem Gekasper lag Sam gar nicht so verkehrt, denn meine Mutter hat in ihrer zweiten Lebenshälfte die Freuden der exotischen Inneneinrichtung entdeckt. Markus und ich werden regelmäßig gebeten, auf Reisen nach landestypischen Beutestücken zu fahnden: afrikanische Schrumpfköpfe, indischer Trauerschmuck, Glaskunst aus Murano – in dieser Hinsicht ist sie ziemlich flexibel. Hauptsache, die Präsente sind weit gereist und lassen sich auch im rheinischen Kulturkreis ausstellen. Zu ihrem achtundfünfzigsten Geburtstag aber würde sie mit einem Zufallsfund aus einem Design-Outlet im Rheinauhafen leben müssen – für einen längeren Trip hatte mir in den letzten Monaten wirklich die Zeit gefehlt.

Drei Stunden später saß ich in meinem Wagen und kämpfte mich durch den Kölner Straßenverkehr. Auf mein Auto bin ich stolz, auch wenn ich das nicht gerne zugebe. *Es ist doch bloß ein Auto!*, denke ich immer, wenn ich mich dabei ertappe, wie ich zärtlich über das Chassis meines silbernen Alfa Romeo Junior Zagato aus dem Jahr 1975 streiche. Aber zum einen habe ich das elegante, ziemlich seltene Fahrzeug bei einem Kfz-Ganoven in Ehrenfeld schon vor Jahren billig geschossen. Zum anderen bin ich als Grafikdesigner schon aus beruflichen Gründen dazu verpflichtet, nicht mit einem einfachen Opel oder einem schmucklosen Japaner bei den kreativsten Unternehmen der Stadt vorzufahren und dort auf Gestaltungsaufträge zu hoffen. So ein Wagen auf dem Firmenparkplatz ist doch quasi meine Visitenkarte!

Auf das wunderbare Gefühl, das entsteht, wenn der Motor bei Beschleunigung samtig surrt, musste ich an diesem Tag leider verzichten. Die Zufahrtsstraßen nach Klettenberg waren einmal wieder verstopft, und wie immer, wenn ich die Ringstraßen meiner Heimatstadt abfahre und auf gefühlten acht Kilometern nicht ein Mal links abbiegen kann, verfluchte ich die Stadtplaner. Falls es so etwas wie Stadtplanung jemals gab in einer Stadt, in der die Fatalisten den Ton angeben: »*Et kütt, wie et kütt, un et hätt noch immer joot jejange.*«

Ich muss zugeben, dass mir diese Lebenseinstellung prinzipiell gefällt. Allerdings nicht unbedingt auf den Uferstraßen am Rhein oder der Nord-Süd-Fahrt, die dafür verantwortlich ist, dass die Kölner Innenstadt in zwei Teile zerschnitten wird.

Ich hatte meinen iPod eingestöpselt und hörte laut die Foo Fighters, um mich vom zähen Voran auf der Luxemburger Straße abzulenken, als mein Telefon in der Jackentasche vibrierte. Es war mein Bruder, der wie ich zur Wohnung unserer Eltern unterwegs war.

»Hast du noch was gefunden, das Queen Mum gefallen könnte?«, fragte er ohne große Begrüßungsformalitäten.

»Das hoffe ich doch«, antwortete ich. »Erinnerst du dich an diese *Weltspiegel*-Dokumentation über die Mönche in Luang Prabang, die sie so begeistert hat?«

»Diese laotische Orgie in Orange?«

»Genau die! Ich habe in so einer Designerbutze im Rheinauhafen einen DIN-A0-Originalabzug einer solchen Szene gefunden. Mönche im Morgengrauen, die im Nebel an knienden Passanten vorüberziehen und Töpfe mit Reis und Früchten einsammeln. Großartiges Bild. Dürfte auch unserer virtuell weltreisenden Mutter gefallen.«

»Hört sich gut an. Und teuer ...«

»Na ja, ein Kunstdruck vom Dom wär natürlich billiger gewesen.«

»Komiker! Das habe ich ein Mal gebracht, und da war ich vierzehn!«

Beide mussten wir lachen, als wir uns an den süßsauren Gesichtsausdruck unserer Mutter bei der Geschenkübergabe erinnerten. Ich war damals zwar schon sechzehn gewesen, aber leider nur geringfügig geschmackssicherer: Ich hatte mit einem berühmten Bestseller von Philip Roth punkten wollen, *Portnoys Beschwerden*. Seitdem lese ich den Klappentext von Büchern etwas sorgfältiger, wenn ich sie verschenken will.

»Was hast du eigentlich am Hafen gemacht, das ist doch gar nicht dein üblicher Auslauf?«, unterbrach Markus meine Gedanken.

»Ach, was Berufliches!«, wiegelte ich ab. Ob ich meinem Bruder von dem katastrophalen Meeting mit Maren Bettermann erzählen sollte? Nein, ich konnte mir schon vorstellen, wie Markus auf meine Slapstick-Einlage reagieren würde: mit ein paar Witzen auf meine Kosten vermutlich – und mit unwillkommenen Ratschlägen.

Obwohl Markus mit einunddreißig immer noch als Student unterwegs ist, zeigt er in Liebesdingen deutlich mehr Entschlossenheit als ich: Er ist schon seit Jahren mit der hübschen ehemaligen Leistungsturnerin Britta von Drahten liiert, die ich aufgrund ihrer mangelnden Körpergröße zwar ständig als einen Knirps mit Brüsten verkaspere, insgeheim aber längst zur Familie zähle und dementsprechend lieb gewonnen habe. Überhaupt Familie: Da gibt es wenig, was mir wichtiger ist.

Deshalb erzählte ich Markus dann doch noch von meinem Meeting bei *ColorsCologne*. Das beschäftigte mich nämlich mehr, als ich wahrhaben wollte, und diese Maren Bettermann ging mir auch nicht mehr aus dem Kopf. War ich etwa doch schon wieder blitzverliebt?

Mein Bruder war wie erwartet höchst amüsiert. »Führst du diese ›Sven aus Hamburg‹-Nummer wirklich immer noch auf?«

»Nein, das mach ich schon länger nicht mehr. Ehrlich. Aber Maren habe ich vor fast drei Jahren getroffen, da war ich noch jung und brauchte den Freiraum ...«

»Tja, mein Lieber, das Pendel. Es kommt alles zu dir zurück!«

»Du Klugscheißer!«

»Du Hallodri!«

»Du Frührentner!«

»Du ... du ... SVEN!«

Wir lachten beide.

»Aber mal ernsthaft, großer Bruder.« Markus seufzte theatralisch. »Ewig kannst du diese Peter-Pan-Geschichten auch nicht durchziehen. Du willst doch nicht im Greisenalter immer noch durch Bars und Discos streifen und nach der perfekten Frau suchen?«

»Wer sagt denn, dass ich die überhaupt suche?«

»Lass mich überlegen, wer sagt das? Okay, wie wäre es mit den geschätzten hundert Uschis, die du seit deinem vierzehnten Geburtstag an dir hast vorübertreiben lassen? *Die* sagen das. Und da waren einige dabei, die mindestens Level 2 verdient gehabt hätten.«

»Level 2?«

»Du kennst doch *World of Warcraft*, oder?«

»Ja, und? Was hat das mit einem Computerspiel zu tun?«

»In *World of Warcraft* kannst du, wenn du dich schlau anstellst und ein paar Missionen meisterst, von Level 1 aufsteigen. Das schafft man aber nur in einem durchlässigen System. Du jedoch agierst in deinem Reich wie ein zorniger Tempelwächter. Zeigt eine deiner vermeintlichen Gegnerinnen auch nur die kleinste Schwäche, wird sie gleich wieder nach Mordor zurückverfrachtet und ist für den heiligen Moritz-Gral verloren. Dabei entwickeln viele dieser Kandidatinnen ihre Qualitäten erst mit einem längeren Anlauf.«

»Du klingst wie der Animateur einer Partnervermittlung. Außerdem kommst du mit deinen Fantasieländern durcheinander«, warf ich ein. »Mordor ist meines Wissens aus *Der Herr der Ringe*.«

»Und wenn schon. Das Prinzip hast du doch wohl auch so verstanden. Ich kann's auch mal so schlicht formulieren wie Omma Käthe: ›Dir is' ja *keine* Frau gut genug, Junge!‹« Markus krächzte den Satz ins Telefon wie eine heisere Krähe.

»Das ist Blödsinn!«, widersprach ich halbherzig, doch beim Gedanken an Omma Käthe musste auch ich lachen. Was wusste meine Großmutter schon von meinen Problemen, eine Frau zu finden, mit der ich alt werden konnte. Früher war das halt einfacher gewesen.

»Übrigens.« Ich bemühte mich, ernst zu klingen. »Können wir meine nichtswürdigen Frauengeschichten nachher mal unter den Tisch fallen lassen? So langsam ermüdet mich das

Thema. Außerdem gibt es keinen neuen Stand, unsere Eltern werden in absehbarer Zeit nicht mit Enkeln rechnen dürfen. Es sei denn, du hast deinem Knirps ein paar Smarties unter die Pille gemischt.«

»Du bist echt ein großer Komiker!«, antwortete Markus, ohne direkt auf die Verkasperung seiner Freundin einzusteigen. Manchmal nannte er sie ja selbst seinen Alberich. Trotzdem kam ich nicht so einfach davon. »Das passt auch prima zu deiner *Performance* als Hamburger Junge«, sagte er spitz. »Vielleicht sollte ich Mum und Dad mal *davon* erzählen, die freuen sich bestimmt über deine bislang verborgenen Talente.«

»DAS machst du nicht!«

»Lass mich überlegen ... Ich denke, doch!«

»Auf keinen Fall, bitte, Markus, diesmal hältst du ausnahmsweise mal die Backen!«

»Na ja, ich wüsste da schon eine Möglichkeit, mich zum Schweigen zu bringen ...«

»Und die wäre?«

»Dieses Foto, das du für Mum gekauft hast – ist es teuer genug, um als Geschenk von uns beiden durchzugehen?«

Dieser Filou! Ich schüttelte grinsend den Kopf. »Du ehrlose Kröte von einem Bruder, schämst du dich kein Stück? Hast du denn gar nichts besorgt?«

»Hallo? Klar habe ich was besorgt, aber ich bin Student, ich muss auf mein Budget achten. Ein paar Blumen. Und eine Familienpackung Mon Chéri.«

»Eine stolze Bilanz, meinen Respekt!«

»Dafür habe ich doch einen großen Bruder!«, lachte Markus. »Und für ein wenig Diskretion meinerseits wäre der ganz sicher bereit, seine kunstgewerblichen Muttergaben mit mir gemeinsam zu überreichen!«

Ich seufzte gespielt. »Ich werde erpresst!«

»Ach nein, ich biete dir bloß die seltene Möglichkeit, mal nett zu deinen Mitmenschen zu sein, ohne sie belügen oder vor ihnen davonlaufen zu müssen.«

»Verstehe. Ich bin dir zu großem Dank verpflichtet!«

»Schön, dass du es auch so siehst. Also Deal?«

Bevor ich darauf antworten konnte, war ich auf der Petersbergstraße in Klettenberg angekommen, wo unsere Eltern eine große Altbauwohnung im fünften Stock bewohnten. Ohne Aufzug.

Freudig überrascht sah ich, dass vor dem Haus unserer Eltern tatsächlich ein Parkplatz frei war. Ein seltenes Glück in dieser Ecke. Dann aber wurde ich plötzlich unter mehrmaligem Hupen von einem Auto überholt.

»He! Was soll das?« Ich ging in die Bremsen und wollte den rücksichtslosen Verkehrsrowdy schon reflexartig mit ein paar gebührenpflichtigen Beleidigungen überziehen, da merkte ich, dass es sich um meinen Bruder handelte, der mich mit seinem alten Golf schnitt, dabei abgrüßte wie ein Karnevalsprinz und lässig den freien Parkplatz besetzte.

Das durfte ja wohl nicht wahr sein! Ich zeigte ihm kopfschüttelnd den Effe, doch Markus hielt bloß den Kopf aus dem Seitenfenster.

»Was ist nun? Deal?«

Gegen zwanzig Uhr hatte ich ein ernstes Problem. Und das hatte mit meinem Geschenk, pardon – mit *unserem* Geschenk – nichts zu tun.

»Ich finde es rührend, wie viel Sorgfalt ihr inzwischen darauf verwendet, mir etwas Gutes zu tun«, hatte meine Mutter bei der Übergabe des großformatigen Drucks gesagt und Markus und mich in den Arm genommen, »dieses Bild ist wirklich so wunderschön!«

»Na ja, Mum«, hatte Markus daraufhin geantwortet, »ich musste Moritz schon ein wenig antreiben. Du weißt ja, wie er ist.«

Was für eine Frechheit! Ich biss mir auf die Lippen, während mein Bruder hinter dem Rücken unserer Eltern feixte.

»Wie *ist* er denn?«, antwortete unsere Mutter und lächelte mich liebevoll an. »Wenn ich ein junges Mädchen wäre, hätte ich an meinem Moritz vermutlich nichts auszusetzen.«

Ich verdrehte die Augen, doch Markus nahm die Vorlage liebend gern auf: »Er ist halt ein wenig langsam, findest du nicht? Ich meine, schau ihn dir doch mal an – dreiunddreißig Jahre alt, relativ gut aussehend, aber immer noch Single. Und das seit ungefähr zehn Jahren, also seitdem ihn seine Jugendliebe sitzengelassen hat!«

»Die mit den langen blonden Haaren?«, fragte unser Vater. »Wie hieß sie noch gleich?«

»Veronika!«, rief meine Mutter dazwischen. »Das war doch Veronika!«

»Okay!« Ich hob die Hände. »Fürs Protokoll: Sie hieß tatsächlich Veronika, sie hatte lange blonde Haare, und wir waren drei Jahre zusammen, aber sie hat mich *keineswegs* sitzen gelassen, sondern wir haben uns einvernehmlich getrennt. Außerdem bin ich auch nicht seit zehn Jahren Single, wie jeder von euch weiß. Ich hatte Beziehungen, sogar einige! Ihr konntet euch nur die Namen nicht merken!«

»Kunststück, die waren ja auch jeweils nur einmal hier!«, rief meine Mutter dazwischen.

Ich wischte die Bemerkung mit einer Handbewegung vom Tisch, als sei sie ein Kuchenkrümel. »Außerdem bin ich nicht *langsam*, der Begriff, nach dem ihr sucht, heißt: wählerisch. Ich bin *wählerisch*. Und das ist auch gut so! Können wir jetzt ins Esszimmer, um zu tun, was man in einem Esszimmer für gewöhnlich tut?«

Ich war nicht wirklich genervt, ich kenne meine Familie ja: Manchmal können meine alten Herrschaften eben ein wenig lästig sein, auch wenn sie keinem ihrer Söhne etwas Böses wollen. Und die Frotzeleien mit Markus gehören einfach dazu. Im Ernstfall kann ich mich hundertprozentig auf ihn verlassen.

»Das Esszimmer heißt jetzt *living room*, frag deine Mutter«, antwortete mein Vater mit leichtem Spott in der Stimme, »allerdings ist essen darin weiterhin gestattet, sofern ich das richtig verstanden habe. Hauptsache, man stellt eine Kerze dazu auf!«

Meine Mutter verdrehte die Augen. »Seit ich unser Heim ein wenig moderner gestalte, tut euer Vater manchmal so, als sei er mit großer Begeisterung in einem Plattenbau großgeworden, und das nur aus Protest.«

Markus, mein Vater und ich grinsten.

»Du führst ja auch neuerdings ein strengeres Regiment als die Geschmackspolizei«, entgegnete ich. »Stimmt es wirklich, dass Papa nicht mal mehr Pantoffeln in der Wohnung tragen darf?«

Mein Vater nickte stumm und zuckte mit den Schultern. »Das ist richtig, und ich sag es gleich: Der Jogginganzug ist auch gestrichen. *Ich will in meinem Zuhause niemanden und nichts sehen, das ich aus einer RTL-Nachmittagsshow kennen könnte …*«

Markus lachte laut auf und stellte sich vor unsere Mutter, um sie spielerisch zu schütteln: »Uuuuh, Martha Stewart … Geben Sie meine Mutter wieder frei, sonst bestelle ich einen Design-Exorzisten …«

Es dauerte bestimmt eine halbe Stunde, bis der erste Schlagabtausch beendet und wir Sommers unsere Plätze an der

Tafel eingenommen hatten. Das vorbereitete Essen war so chic wie praktisch: Sashimi satt vom besten Sushi-Laden der Gegend.

Obwohl sich Markus wie versprochen vorerst tatsächlich ein wenig zurückhielt, lenkte meine Mutter das Gespräch immer wieder auf ihr aktuelles Lieblingsthema »Mein Sohn Moritz und die Frauen«, beziehungsweise auf die bedauerliche Abwesenheit einer ernsthaften Anwärterin für den Familienclan. Sie erzählte mit leuchtenden Augen von den Töchtern und Söhnen ihrer Freunde, die entweder bereits verheiratet waren und Kinder hatten oder just im Begriff waren, diesen Schritt zu tun. Sie erkundigte sich, wie »dieses Online-Dating« eigentlich funktionierte, und erwähnte, dass das jetzt viele Menschen machten, aus Zeitgründen. »Da braucht man sich nicht zu schämen, im Gegenteil – das scheint sehr effizient zu sein.«

Als sie sich auch noch erkundigte, ob ich schon einmal beim Speeddating mitgemacht hatte, reichte es mir. »Mutter, hör mir zu: Ich lerne Frauen kennen, auch ohne mich um Onlinebörsen, Speeddatings oder Bestellungen beim verdammten Universum zu kümmern. Es war halt bislang noch nicht die Richtige dabei!«

»Vielleicht sollte er sich mal in Hamburg umschauen«, schlug Markus mit einem scheinheiligen Augenaufschlag vor. Er dachte offenbar, jetzt lange genug den Mund gehalten zu haben.

»Was soll denn an den Hamburger Mädchen so anders sein?«, erkundigte sich unsere Mutter. »Habe ich da was verpasst?«

»Ach nein«, wiegelte Markus ab. »Es ist nur, weil Moritz so eine enge Beziehung zu Hamburg hat, nicht wahr, großer Bruder?«

Ich blickte meinen Bruder an wie ein geladenes Schrotgewehr. *Das machst du jetzt nicht mit mir!*

Markus allerdings hatte inzwischen genug von dem trockenen Chablis getrunken, um meine nonverbalen Störfeuer zu ignorieren. »Ernsthaft, Leute, bei Moritz ist die Liebe zur Hansestadt schon fast zu seiner zweiten Identität geworden!«

»Davon weiß ich ja gar nichts«, meldete sich nun auch unser Vater zu Wort. »Wann warst du denn zuletzt dort?«

»Vor vierzehn Jahren, auf meiner Abifahrt«, erwiderte ich knapp.

»Aha!« Unser Vater schaute sichtlich verstört. Dankenswerterweise entschied er sich jedoch dafür, nicht weiter nachzuhaken. Mit Schalk im Blick bat er stattdessen meine Mutter und ihren jüngsten Sohn, mich jetzt einfach ungestört das Dessert genießen zu lassen. »Ich bin sicher, dass auch mein Erstgeborener früher oder später den segensreichen Zustand seiner Single-Lümmelei aufgeben und sich den Anforderungen der Evolution stellen wird, da haben die männlichen Sommers schließlich immer ihre Pflicht getan, seit Generationen!«

»Niemals!«, rief Markus. »Mein geschätzter Bruder wird sein ganzes Leben lang ein herumstreifender Single sein, der von der großen Liebe träumt. Wenn ihr wüsstet, was Moritz alles anstellt, damit sie ihm gar nicht erst begegnen *kann*, die große Liebe – ihr wärt vermutlich ziemlich erstaunt.«

Meine Mutter beugte sich interessiert vor: »Was meinst du denn damit?«

Das durfte doch nicht wahr sein! Bevor Markus noch ein weiteres Wort sagen konnte, hob ich beide Hände hoch, um ihr Gespräch zu unterbrechen: »Kurz mal Silentium, jetzt rede *ich*. Also: Ich bin *sehr wohl* erwachsen genug, um eine verantwortungsvolle und dauerhafte Beziehung zu führen. Und ich wette mit dir ...« Ich zeigte auf meinen renitenten Bruder. »Ich wette mit dir um eine Wochenendreise nach

Hamburg, dass ich spätestens am 24. Dezember hier auf diesem Sofa sitze und euch genau hier die Frau meines Lebens präsentieren werde.«

Stille. Meine Mutter, mein Vater und auch mein kleiner Bruder starrten mich stumm an. Nicht in einem anklagenden, genervten Sinne, eher etwas mitleidig, so, wie man einen Sonderschüler anschaut, der sich bei der NASA bewirbt. Diesen Blick hatte ich an diesem Tag schon einmal gesehen.

Es war einundzwanzig Uhr, und nun hatte ich wirklich ein ernstes Problem. Ich brauchte eine Frau. Nicht irgendeine. Ich brauchte die Frau fürs Leben. Schnell.

1. Lieber ein ganzer Kerl als ein halber Hahn

~ Sara ~
von Anne Weiss

Saukalt ist es an dem Tag, bevor das Leben, wie ich es kenne, enden wird. Morgen ist Valentinstag. Nils und ich haben uns vor drei Jahren kennengelernt, als der Feiertag aller Liebenden ausnahmsweise auf den Karnevalssonntag fiel. Nils ist Arzt, und er war als Dr. Stefan Frank verkleidet, was ich damals ausgesprochen originell fand. Natürlich stand bei unserer Verlobung sofort fest, dass wir am 14. Februar heiraten würden.

Warum nur? Ich schlage den Kragen meiner Lederjacke hoch, bevor ich mich aufs Rad schwinge. Hätte ich bloß einen Schal mitgenommen!

Eben habe ich meine erste eigene Wohnung an den Vermieter und die Nachmieterin – die glückliche Gewinnerin im Kölner Mietlotto – übergeben. Jetzt habe ich einen fetten Seelenkater: Nie wieder werde ich mich nach einer durchfeierten Nacht im Kwartier Latäng in den hässlichsten aller Schirmständer übergeben, ein Erbstück meiner Tante Karin, das beim Auszug auf dem Sperrmüll gelandet ist. Nie mehr werde ich das Schlafzimmer betreten, in dem ich meine erste Liebesnacht mit Nils verbracht habe. Und die mit Ulf. Und Manuel ... Na ja, es waren immerhin sieben Jahre. Und niemals mehr werden meine beste Freundin Katja und ich auf dem Sofa unter der Dachschräge in eine Decke eingekuschelt über das Leben philosophieren.

Vielleicht holt mich ein starker Kaffee aus diesem Tief? Ich halte an meinem Lieblingscafé, der *Café Bar*, und gehe hinein. Uwe, der Besitzer, hat die Weihnachtsdeko immer noch nicht abgehängt. Sofort fühle ich mich ruhiger. Einige Dinge haben eben Bestand.

»Einen Cappuccino zum Mitnehmen.«

Lieber würde ich ihn hier trinken, aber ich habe nicht viel Zeit, denn gleich kommt Katja vorbei, um mit mir den Ablauf der Feier durchzugehen. Den kurzen Weg zu meinem neuen Zuhause muss ich eben einhändig fahren.

Als ich mit dem Kaffeebecher in der Hand an der Ampel stehe, hält neben mir mit quietschenden Reifen ein etwas zu aufgemotztes Mountainbike, auf dem ein dunkelhaariger Typ sitzt, blitzende braune Augen, sportliche Figur, Jeans, schwarze Jacke.

Er grinst, und ich spüre, wie ich rot werde. So jemandem zu begegnen, wenn man am nächsten Tag vor den Standesbeamten tritt, ist einfach unverschämt vom Schicksal.

Die Ampel springt auf Grün. Verlegen trete ich etwas heftiger in die Pedale als üblich.

Einmal noch riskiere ich einen Blick zurück, und ausgerechnet in diesem Moment öffnet sich die Tür eines parkenden Wagens.

Alles passiert wie in Zeitlupe. Ich bremse, das Rad schlittert seitwärts am Wagen vorbei, ich versuche, mich mit dem Fuß abzustützen. Mein Cappuccino fliegt in hohem Bogen durch die Luft. Ich knalle seitwärts mit den Ellenbogen auf die Straße, der heiße Kaffee ergießt sich über meine Jacke, der Becher landet auf meinem Kopf wie ein lustiges Partyhütchen.

»Alles in Ordnung?«, ruft der Mann, der die Autotür aufgemacht hat, entsetzt.

Sie spinnen ja wohl!, möchte ich schimpfen. Ihretwegen hab ich mir vielleicht gerade beide Arme gebrochen!

Aber ich sitze mitten auf der Straße, die milchkaffeeverschmierten Arme in die Höhe gereckt, und aus meiner Kehle dringen nur unkontrollierte heisere Schluchzer.

Der Mann kommt näher, er wirkt geschockt.

Ein Radfahrer hält an, und durch den Tränenschleier und den Milchschaum hindurch erkenne ich den gut aussehenden Typ von eben, der sich mit besorgtem Gesichtsausdruck zu mir herabbeugt.

»Wie geht's?«, fragt er.

Na, wie wohl, du Schlaumeier.

Dann wird mir klar, dass ich vermutlich nicht allzu schwer verletzt bin, wenn ich so was noch denken kann. Vorsichtig befühle ich mit der aufgeschürften Hand den Ellenbogen des anderen Arms, dann umgekehrt, nichts scheint gebrochen zu sein. Ich atme tief durch und wische mir schließlich die Tränen mit dem Handrücken aus dem Gesicht.

»Geht schon«, sage ich und versuche, dabei möglichst gelassen zu wirken, doch ein Wimmern entwischt mir noch. »Nur der Schock.«

Er starrt mich eine Sekunde lang an, dann lacht er plötzlich hell auf. »Der Becher«, sagt er und deutet auf meinen Kopf. »Das sieht leider echt komisch aus.«

Sehr witzig.

Ich wehre seinen Arm ab, als er mir aufhelfen will.

»Schon gut«, sage ich, stehe auf und humpele zum nächsten Mülleimer, wo ich die unliebsame Kopfbedeckung entsorge. »Ich wohne gleich da vorn.«

»Ich bring dich trotzdem das Stück.«

Bevor ich ablehnen kann, hat er sein Mountainbike an den nächsten Laternenmast angeschlossen und mein Rad aufgehoben.

Der Autofahrer gibt mir seinen Namen und seine Telefonnummer, und ich stecke den Zettel in meine Jackentasche.

»Ich bin Moritz«, sagt der junge Mann, nachdem wir ein paar Meter gegangen sind.

»Sara«, erwidere ich und ärgere mich darüber, dass ich so schroff klinge, immerhin ist er wirklich hilfsbereit. »Entschuldige, ist irgendwie nicht mein Tag heute.«

»Ach so, und ich dachte, dass du extra einen Stunt hingelegt hast, um mich zu beeindrucken«, sagt Moritz verschmitzt.

Ich weiche seinem Blick aus.

»Willst du meine Telefonnummer gar nicht haben?«, fragt er, als wir das Gartentor vor meinem neuen Heim erreicht haben.

So was Eingebildetes, wie kommt er denn darauf?

»Ich heirate morgen«, entgegne ich schnippisch. »Kein Bedarf.«

Um seine Mundwinkel zuckt es belustigt. »Dein Auftritt war zwar unwiderstehlich«, sagt er dann, »aber ich hatte eher daran gedacht, dass du mich vielleicht als Zeugen für den Unfall brauchst.«

Er diktiert mir seine Nummer, die ich mit hochrotem Kopf in mein Handy tippe.

»Danke für alles«, murmele ich schließlich, nehme ihm das Fahrrad ab und schiebe es durch das Tor zum Haus.

An der Tür wartet Katja bereits auf mich.

»Wie siehst du denn aus?«, fragt sie und zieht die Augenbrauen hoch. »Und wer war das überhaupt?«

»Ach, niemand«, sage ich.

Hoffentlich sehe ich den nie wieder!

Am schönsten Tag des Lebens wache ich schon vor dem Weckerklingeln auf. Der Himmel hängt nicht voller Geigen, eher voller Wolken. Und als ich mich an meinen Zukünftigen kuscheln will, bemerke ich, dass die andere Hälfte des Bettes leer ist.

Als ich geduscht in die Küche komme, ist Nils immer noch verschwunden, aber der Anrufbeantworter blinkt.

»Sara«, höre ich Katjas Stimme, »es tut mir wirklich wahnsinnig leid.« Sie bricht ab, um sich zu schnäuzen. »Mich hat's voll erwischt, Magen-Darm-Grippe. Ich kann nicht kommen, es geht einfach nicht.«

Das darf doch wohl nicht wahr sein! Da heirate ich ein Mal im Leben, und meine beste Freundin hängt über der Kloschüssel.

Nils kommt mit Brötchen zurück, die er auf den Tisch pfeffert.

»Welche Laus ist dir denn über die Leber gelaufen?«, will ich wissen, aber er antwortet nicht, sondern verschwindet erst mal im Bad.

Hat er etwa kalte Füße bekommen?

Bevor ich mir darüber weiter Gedanken machen kann, klingelt es an der Tür. Meine Schwester Marie, die auch meine Trauzeugin ist, holt mich zum Friseurtermin ab. Ich verabschiede mich von Nils, aber aus dem Bad dringt nur unverständliches Gemurmel.

Maries Auto springt erst nach mehrmaligem Schlüsseldrehen und gutem Zureden an. Als der Motor schließlich aufröhrt, habe ich für einen flüchtigen Moment das Gefühl, er würde gleichsam eine unheilvolle Kette von Ereignissen in Gang setzen.

Nils' Eltern haben bereits einige Gläser Sekt intus, als sie am Standesamt ankommen. Kein Wunder, dass meine Schwiegermutter in spe einen hysterischen Lachanfall bekommt, als ich beim Betreten des Trauzimmers fast über den Saum meines Kleides stolpere. Pure Schadenfreude, denn sie ist immer noch eingeschnappt, dass wir uns gegen eine kirchliche Trauung entschieden haben. Seit sie das erfahren hat, zieht sie nun darüber her, dass ich trotzdem auf einem weißen Brautkleid bestanden habe.

»Mach dir nichts draus«, sagt meine Mutter, die sich redlich bemüht, gut Wetter zu machen. Aber gegen die düsteren Regenwolken, von denen indes immer mehr am Kölner Himmel aufziehen, kann auch sie nichts ausrichten.

Umso schlimmer, dass Marie die weiße Stola vergessen hat, die mir ihre Freundin Eva leihen wollte. So muss ich nach dem Ja-Wort in der überheizten Stube des Standesbeamten aufpassen, dass mir draußen beim starken Zähneklappern nicht sämtliche Plomben herausfallen, während wir mit Sekt auf unsere gemeinsame Zukunft anstoßen.

Fürs Hochzeitsfoto fahren Nils und ich zur Hohenzollernbrücke, die vom Hauptbahnhof aus über den Rhein führt.

»Irgendwann wird das Brückengeländer noch unter dem Gewicht zusammenbrechen«, bemerke ich beim Anblick der vielen Vorhängeschlösser, die Paare dort befestigen, um sich ewige Liebe zu schwören.

Im fahlen Februarlicht blinkt der Edelstahl der Schlösser wie die Schuppen eines riesigen Fisches; auf vielen sind Namen oder Buchstaben und Herzen eingraviert.

»Quatsch«, antwortet Nils bloß.

Wilhelm der Zweite blickt streng von seinem bronzenen Ross auf mich herab, und ich fröstele, denn da die Stola fehlt, trage ich über dem Kleid nur ein kleines Bolero-Jäckchen.

Nils ist immer noch unbräutigamsmäßig schlecht gelaunt. Er schiebt mich herum, und ich lasse dabei fast das Schloss samt Schlüssel in den Rhein fallen.

»Kannst du nicht aufpassen?«, herrscht er mich an.

Mit fahrigen Fingern öffne ich unser Edelstahl gewordenes Liebesversprechen, auf dem *Sara & Nils* in ein Herz eingraviert ist.

Klick, klick, klick.

Der Fotograf knipst, was das Zeug hält, während Nils von einem Bein aufs andere tritt und dann meine Hand ergreift, die den Premiumartikel eines bekannten Sicherheitsprodukteherstellers umklammert hält. Wir haken das Schloss gemeinsam ein, drücken den Verschluss zu und werfen die Schlüssel in die grauen Fluten, die sich unter der Brücke herwälzen.

Klick, klick, klick.

Das ist jetzt der Mann, mit dem du den Rest deines Lebens verbringen wirst, flüstert eine kleine Stimme in meinem Innern, als ich Nils ansehe.

In diesem Moment spüre ich dabei zum ersten Mal einen kleinen Stich.

Erst, als wir den Festsaal der »Wolkenburg« betreten, kommt bei mir so etwas wie Hochzeitsstimmung auf. Der Raum wird von Tausenden kleiner Lichter erhellt, überall stehen duftende Blumengestecke, und die Fensterbänke und Tische sind mit Kunstperlen und Seidenbändern geschmückt. Und mein weißes Kleid raschelt bei jeder Bewegung!

»Noch mal herzlichen Glückwunsch, ihr beiden«, sagt Onkel Werner und schüttelt mir so heftig die Hand, dass ich für einen Moment befürchte, er kugelt meine Schulter aus. »Ich freu mich für euch!«

Nachdem Nils und ich artig alle Gäste begrüßt haben, können wir endlich am Brauttisch Platz nehmen.

Ein paar meiner Kollegen vom Kölner Theater führen den bekannten Sketch von Loriot auf, in dem es um das Frühstücksei geht, und endlich tauen die Gäste ein wenig auf. Es gibt ein Büfett mit mediterranen Köstlichkeiten. Obwohl es wirklich gut aussieht, bekomme ich kaum einen Bissen herunter, so aufgeregt bin ich.

»Wenn du sowieso nichts isst, hätten wir ja auch die Kölner Leckereien bestellen können«, sagt Nils.

In einem Anflug von Heimatverbundenheit hatte er anfangs für Blootwoosch und Halve Hahn plädiert – wobei Letzteres nichts mit einem Grillvogel zu tun hat, sondern eine kölsche Spezialität ist, bei der ein halbes Roggenbrötchen eine gefährliche Liaison mit einem daumendick geschnittenen Stück mittelaltem Gouda eingeht.

Ich hasse Gouda, und Nils weiß das.

»Was ist eigentlich heute mit dir los?«, frage ich ihn.

»Ich muss dir was sagen«, gesteht Nils mit gedämpfter Stimme, aber da klopft sein Vater mit dem Löffel ans Glas.

»Liebelein«, sagt er, gedehnt und etwas zu laut. Ohne Zweifel, mein Schwiegervater hat während des Essens dem Kölsch bereits gut zugesprochen. »Jetz seid ihr verheiratet. Et es, wie et es, wie mer Kölsche sage. Hoffe mer mal, dat wenigstens schon en Blag unterwegs es.«

»Klaus!«, zischt seine Frau und versucht, ihn am Ärmel auf seinen Platz zu ziehen.

Mein Schwiegervater kommt jetzt erst richtig in Fahrt. »Do weiß, wat ich denke, Gisela. Do hätt er besser en Mädche us Düsseldorf jenomme!«

Meine Mutter schießt aus ihrem Sitz empor, hochrot im Gesicht. »Das setzt dem Fass die Krone auf!«

»Es schlägt ihm den Boden aus, Schatz, den Boden«, sagt mein Vater sanft.

»Ist doch egal!«, ruft Mami. »Da muss doch einer mal kräftig auf die Sau hauen!«

Am liebsten würde ich vor Scham im Erdboden versinken.

Obwohl ich natürlich wusste, worauf ich mich einlasse, was Nils' Eltern angeht. Noch nie war für ihren Goldjungen irgendeine Frau gut genug gewesen, das hatte Nils mir erzählt. Aber dass ich in einem Café jobbe, während ich versuche, mir als Schauspielerin einen Namen zu machen, ist in ihren Augen geradezu skandalös.

Plötzlich erklingen die ersten Takte von *Can't Help Falling in Love*. Nils' Freunde und Kollegen aus der Notaufnahme, die sich für diesen Tag unter dem Bandnamen Die Medizinischen Instrumente zusammengetan haben, wollen damit vermutlich den peinlichen Moment überspielen.

Es ist unser Lied, aber mein Mann macht keine Anstalten, mich aufzufordern.

Und dann sagt er sie, die Worte, deren Sinn erst wie ein verspätetes Echo zu mir durchdringt.

»Tut mir leid, Sara«, lauten sie. »Ich hab mich verliebt.«

»In wen?«, frage ich idiotischerweise.

»Egal«, sagt er tonlos.

»DAS IST NICHT EGAL!«, schreie ich ihn an. »DU – HAST – WAS – MIT – EINER – ANDEREN! UND DAS SAGST DU MIR AUSGERECHNET HEUTE? NACHDEM ICH DICH GEHEIRATET HABE?!«

Die Medizinischen Instrumente verstummen schlagartig. Nach einigen Sekunden, die mir wie eine Ewigkeit vorkommen, halte ich die Stille nicht länger aus.

Ich raffe mein wogendes Kleid zusammen und stürze aus dem Saal zur Treppe. Unterwegs rutsche ich aus einem der unbequemen Schuhe heraus. Anstatt ihn mit dem Fuß wieder aufzufischen, schüttele ich den anderen einfach auch noch ab. Nur weg hier! Auf Strümpfen renne ich die Treppe hinunter, nehme die letzten Stufen in einem Satz, presse mich durch die Eingangstür der »Wolkenburg« und stürme über den kleinen Innenhof mitten auf die Straße.

Ein Auto bremst scharf, und ich stehe wie der berühmte Ochs vor dem Blech.

Eine Autotür klappt, ein junger Mann steigt aus dem silbernen Flitzer, der mich an ein Matchboxauto erinnert.

»Können Sie nicht aufpassen?«, ruft er aufgebracht und bleibt dann wie angewurzelt stehen. »Du schon wieder!«

Ich brauche ein, zwei Sekunden, dann fällt es mir wieder ein. Das ist Moritz, der Mann, der mich als Unfallopfer mit Milchschaumhaube gesehen hat.

»War wohl ein voller Erfolg, deine Hochzeit«, sagt er trocken. »Darf man gratulieren?«

»Wohl kaum«, erwidere ich säuerlich und blicke mich um, denn ich befürchte, dass Nils jeden Moment hinter mir auftaucht. »Aber man darf mir eine Mitfahrgelegenheit anbieten.«

»Na, steig schon ein.« Moritz macht eine einladende Geste in Richtung Matchboxauto.

Auf dem engen Beifahrersitz versinke ich fast gänzlich im üppigen weißen Stoff meines Kleides und der Unmenge von Rüschen.

»Könntest du die Heizung anmachen?«, frage ich, denn meine bestrumpften Füße sind inzwischen zu Eisklumpen geworden.

Er dreht an den Schaltern im Armaturenbrett. »Wo willst du eigentlich hin?«

Das weiß ich sofort. Ich muss etwas aus der Welt schaffen. Sicher hat Moritz einige Werkzeuge im Kofferraum, so wie sich das für einen echten Mann gehört.

»Zur Hohenzollernbrücke«, sage ich grimmig.

Als wir dort sind, öffnet der Himmel schließlich seine Schleusen.

Da hängen jede Menge Schlösser. Wo war jetzt gleich dieses verflixte Ding?

Nach einer Weile ist mein Kleid vollkommen durchweicht, ich schlottere.

Endlich, da ist es ja.

Ich gehe in die Knie, um den Bolzenschneider richtig anzusetzen.

»Nur so aus Interesse«, fragt Moritz, der mir über die Schulter schaut, plötzlich, »bist du Andreas oder Knut?«

Mist, jetzt hätte ich fast das falsche Schloss geknackt. Nils und ich hängen direkt daneben.

»Fertig«, sage ich, als es endlich vollbracht ist, und halte das Schloss triumphierend in die Höhe. Allerdings nicht sehr lange, denn meine Hände sind inzwischen taub vor Kälte. Von meinen Füßen ganz zu schweigen. Plötzlich fällt mir noch etwas anderes ein. »Shit, ich kann nicht mal nach Hause«, murmele ich. »Nils und ich sind gerade zusammengezogen.«

Ich sehne mich nach Katjas Gästecouch und danach, mich bei ihr auszuheulen. Aber wenn sie zu krank ist, um zu meiner Hochzeit zu kommen, kann ich sie jetzt nicht überfallen. Meine Familie will ich nicht sehen, denn sonst muss ich die ganze Hochzeitsgeschichte noch mal durchkauen. Wo also soll ich jetzt hin?

»Na, dann komm halt erst mal mit zu mir«, schlägt Moritz vor.

In eine alte Wolldecke gewickelt, sitze ich wenig später wieder auf dem Beifahrersitz seines Wagens, als wir über die Rheinuferstraße in Richtung Südstadt fahren. Am Ubierring biegen wir ab und halten in der Nähe des Chlodwigplatzes in einer Seitenstraße.

Moritz' Zweizimmerwohnung ist für Kölner Verhältnisse geräumig und gut in Schuss, in dieser Wohnlage bezahlt er vermutlich ein Vermögen an Miete.

»Was machst du eigentlich, wenn du nicht gerade verrückte Bräute aufgabelst?«, frage ich.

»Ich habe mit einem Freund zusammen ein Grafikbüro«, sagt er, und es ist deutlich herauszuhören, wie großartig er das findet.

Wieso hat er dann so einen grottigen Geschmack? Bei der Einrichtung könnte man glatt darauf tippen, dass sich hier ein Sechzehnjähriger mit viel Geld seinen größten Innenausstattungstraum erfüllt hat. Die Möbel sind schwarz, alles ist aus klarem und einfallslosem Design, und die Lautsprecher, die rechts und links neben dem Flachbildfernseher stehen, sind natürlich von einer Marke, die mit »B« anfängt und auf »ang & Olufsen« endet. Auf dem Sideboard steht eine Pantone-Tasse, das Pflichtaccessoire aller Grafikfreaks.

»Hast du den geschenkt bekommen?«, frage ich und deute auf den Becher.

»Ja – willst du einen Tee?«

»Lieber was Stärkeres.« Ich gehe hinüber zum Aquarium.

Plötzlich steht er hinter mir.

»Sieh mal hier«, sagt er und zeigt auf eine kleine Vertiefung neben einer Wurzel, über der zwei bunt gefleckte Fische hin und her schwimmen. »Das ist ein Nest. Bisher dachte ich immer, es wären zwei Männchen, daher hatte ich sie Carl und Heinz getauft.«

Moritz kommt mir so nah, dass ich seine Körperwärme spüren kann, und ich bekomme eine Gänsehaut.

»Ohne deine Begeisterung dämpfen zu wollen«, sage ich rasch und deute auf die Pfütze, die sich unter meinem Kleid bereits gebildet hat, »aber die könnten inzwischen auch da auf deinem Fußboden nisten. Hast du vielleicht was Trockenes zum Anziehen für mich?«

Plötzlich hat er es sehr eilig, mir das Bad zu zeigen, und reicht mir wenig später einen grauen Kapuzenpulli mit dem

Aufdruck *University of Philadelphia*, eine zu große Männerjeans, dicke Socken und ein flauschiges Handtuch hinein.

Ich schließe die Tür und schäle mich aus dem nassen Ungetüm von Kleid, das ich sorgfältig auf dem Wäscheständer drapiere, der über der Badewanne aufgestellt ist.

Als ich es dort so liegen sehe, kommen plötzlich die Tränen, die ich so lange zurückgehalten habe. Es hätte verdammt noch mal der glücklichste Tag meines Lebens sein sollen!

Ich zwinge diesen Gedanken in die hinterste Ecke meines Bewusstseins und wärme mich erst mal unter der Dusche auf.

Frisch geduscht und in den zu großen, aber trockenen Sachen fühle ich mich schon besser. Gut, das Outfit ist gewöhnungsbedürftig, aber zumindest friere ich nicht mehr. Das Vorhängeschloss hatte ich auf die Ablage des Waschbeckens gelegt. Ich zögere einen Moment, dann stecke ich es ein.

Als ich ins Wohnzimmer komme, drückt Moritz gerade auf *Play* und Keane spielen *Somewhere Only We Know*. Er dreht sich um und sieht mich an. Für einen Moment komme ich mir lächerlich vor. Was mache ich hier, bei einem fremden Mann, in viel zu großen Klamotten und während im Hintergrund ein furchtbar melancholischer Song erklingt? Wenn das nächste Lied so etwas wie *You Don't Know* von Milo oder *Chasing Cars* von Snow Patrol ist, muss ich wohl oder übel aus dem Fenster springen.

Die Lichter hinter dem Flachbildfernseher tauchen das Zimmer in violettes Licht, und ich versuche, die ästhetische Verfehlung in Form einer Glasvitrine linker Hand auszublenden.

Moritz reicht mir ein Glas Wein. »Reicht das erst mal, oder brauchst du mehr Umdrehungen?«

»Man soll ja klein anfangen.« Ich lächele, nehme ihm das Glas ab und sinke damit auf die weißen Polster der Couch.

Schon nach wenigen Schlucken bin ich beschwipst. Vielleicht hätte ich doch etwas vom Hochzeitsbüfett essen sollen.

»Hast du Hunger?«, fragt Moritz in diesem Moment. »Ich habe heute früh für ein Abendessen mit einer Bekannten eingekauft, aber die hat mich versetzt.«

Hoffentlich hat sie nicht wegen seiner Kochkünste abgesagt.

Als wir in der Küche stehen, bin ich überrascht, wie geschickt er am Herd ist. Und das, was er da zaubert, kann mit dem Catering auf der Hochzeit locker mithalten: Feigen und Ziegenkäse in Prosciutto, danach Crespelle alla Fiorentina – gefüllte Pfannkuchen mit Spinat und Ricotta – und als Abschluss ein Champagnersorbet.

»Das muss aber eine gute Freundin sein«, sage ich, als ich mich nach dem letzten Löffel der köstlichen Süßspeise zurücklehne.

»Kann man so sagen«, meint er und grinst schief. »Ich hatte sogar gedacht, das wäre vielleicht die Frau fürs Leben.«

»Willkommen im Club«, sage ich, und wir stoßen an.

»Und wo hast du so gut kochen gelernt?«, will ich dann wissen.

»Ein Freund von mir macht das beruflich, wir haben früher zusammen in einer WG in Sülz gewohnt«, erzählt Moritz. »Jetzt lebt er in New York. Bist du schon mal da gewesen?«

»Wo, bei deinem Freund?«

Moritz lacht. »Nein, im Big Apple.« In seinen dunklen Augen blitzt es auf. »Ich liebe die Stadt. Die kleinen Parks in Manhattan sind wie winzige Oasen in dieser lauten Stadt. Und dann gibt es da dieses wunderbare kleine Café an der Jane Street Ecke 8th Avenue, wo man morgens Coffee und unvergleichlich gute Bagels mit Cream Cheese bekommt.«

»New York ist bestimmt genau das Richtige, wenn man Liebeskummer hat und auf andere Gedanken kommen will«, sage ich und erschrecke darüber, dass ich das wirklich laut ausgesprochen habe.

»Du meinst, wenn man gerade auf eine faule Nummer reingefallen ist?«

»Ja, genau.«

Der Wein hat meine Zunge gelöst; ich erzähle Moritz die Kurzversion meines Hochzeitsfiaskos.

»Und du weißt nicht, wer sie ist?«

»Nein, und ich bin mir gar nicht sicher, ob ich das wirklich wissen will«, sage ich nachdenklich. »Dann hat das Grauen einen Namen.« Ich zucke mit den Schultern. »Und was hast du zu bieten?«

»Du gewinnst auf jeden Fall«, meint Moritz und grinst. »Meine Geschichte ist weit weniger spektakulär. Der Dame, die mich versetzt hat, hatte ich vor einiger Zeit nicht ganz die Wahrheit über mich gesagt. Ich wollte mich bei ihr mit einem Essen entschuldigen, aber sie hat stattdessen ihren Kollegen vorbeigeschickt, der mir einen Stapel Arbeit gebracht hat. Und die Speisekarte eines Pizzalieferanten – mit schönen Grüßen von ihr, falls ich noch Hunger bekommen sollte.« Er steht auf und holt aus dem Regal eine halb volle Flasche, auf der *Wódka Żołądkowa Gorzka* steht. »Da hilft nur der gute polnische«, sagt er und gießt zwei kleine Gläschen bis zum Rand voll.

Wir kippen einen Wodka.

Und noch einen.

Als die Flasche schließlich leer ist und wir ziemlich voll sind, beschließen Moritz und ich mit benebeltem Kopf, zu Fuß in die »Fiffibar« zu gehen. Er leiht mir dafür ein Paar seiner Trainingsschuhe, sodass ich mir in meiner neuen Garderobe langsam vorkomme wie Stan Laurel. Egal, die Schuhe trinken wir uns jetzt gemeinsam schön.

Ich dränge mich zwischen den vielen Leuten hindurch zum Tresen. Mir ist furchtbar warm. Meine Güte, ist das voll hier. Sind die etwa auch alle von irgendwelchen Feiern geflohen?

Als ich gerade zu einer Bestellung ansetzen will, sehe ich sie: Zwischen Wackeldackeln und Hundeporträtfotos sitzt unweit von mir auf einem Barhocker eine Frau mit kurzen dunklen Haaren, die ihren Kopf über einen Cocktail beugt.

»Katja!«, rufe ich, lasse Moritz stehen, stürme auf sie zu und falle ihr um den Hals. Dann löse ich mich von ihr und runzele die Stirn. »Was machst du denn hier? Du bist doch krank!«

»Sara!« Katjas Augen sind gerötet, ihre Haare verstrubbelt, sie sieht wirklich übel aus. Sie umklammert ihren Drink, der wie alle hier auf der Karte sicher einen Hundenamen trägt.

Ich bestelle einen Foxterrier und lasse mich neben ihr auf dem Barhocker nieder.

Dann sprudelt es auch schon aus mir heraus wie aus einem kaputten Hydranten, und ich lasse meinen ganzen Ärger über diese Hochzeit, den gemeinen Bräutigam und die Schlechtigkeit der Welt in Höchstgeschwindigkeit heraus.

»Ich bin übrigens Moritz«, meldet sich mein beinahe vergessener Begleiter, als ich geendet habe.

»Nur ein Freund«, sage ich schnell.

Katja sieht erst ihn, dann mich schief an. »Ist das nicht der Typ von gestern?«, fragt sie. »Hast du etwa wegen dem die Hochzeit platzen lassen?«

Ich schüttele den Kopf und erkläre ihr, wem wir zu verdanken haben, dass ich jetzt vor ihr stehe. Mich nervt, dass Katja kaum Anteil an meinem Schicksal nimmt. »Warum hat er das bloß gemacht?«, frage ich anklagend.

»Wer, der da?« Katja blickt zu Moritz.

»Nein, Nils natürlich!« Ich nehme einen kräftigen Schluck von dem Drink, den der Barkeeper vor mich hingestellt hat. »Warum heiratet er mich denn dann überhaupt erst?«

»Vielleicht hat er sich vorher nicht getraut, es dir zu sagen«, sagt sie, und ein bisschen leiser fügt sie hinzu: »Vielleicht ist es ja auch was Ernstes.«

»Hör mal«, sage ich ein wenig zu laut, »du bist *meine* Freundin, ja?«

»Tut mir leid, hab schon zu viel intus.« Katja stürzt den Rest ihres Getränks hinunter, sagt: »Noch einen!« zum Kellner und: »Muss mal!« zu mir. Dann rutscht sie vom Barhocker hinunter und wankt Richtung Toiletten.

»Ist die immer so?«, fragt Moritz.

Gerade will ich sie verteidigen, als Katjas Telefon, das auf der Theke wie ein Knochen vor einem Porzellanhund liegt, klingelt.

Sofort wandert unser beider Blick dorthin. Auf dem Display prangt der Schriftzug *Nils Mobil.*

»Das ist bestimmt nicht so, wie ich jetzt denke«, sage ich.

»Klar.«

Fast gleichzeitig greifen wir nach dem Telefon, aber ich bin schneller.

»Ich hab's Sara gesagt«, redet Nils drauflos. »Wir haben uns getrennt. Das wolltest du doch …«

Ich will nicht glauben, was ich da höre. Mein Mann! Meine beste Freundin, meine Katja! Der Verrat wiegt noch schwerer als der schlichte Betrug. Ich will irgendetwas Böses in den Hörer brüllen, aber ich bringe kein Wort heraus. Deswegen drücke ich einfach die Taste mit dem kleinen roten

Telefon und schiebe das Handy dann so weit wie möglich von mir weg.

»Und?«, fragt Moritz.

Ich kann nichts sagen, nur den Kopf schütteln. Es ist, als hätte ich eine der kleinen Hundefiguren hier verschluckt, die jetzt wie ein Stein auf meinem Herzen liegt.

»Komm, lass uns gehen.« Moritz legt einen Zwanziger für die Drinks auf die Theke und nimmt meine Hand.

Als er mich durch die Menge nach draußen ziehen will, reiße ich mich noch einmal los und greife in meine Tasche, um das Vorhängeschloss herauszuholen. Der Barkeeper hat den neuen Drink für Katja bereits auf die Theke gestellt. Darin versenke ich *Sara & Nils,* dann folge ich Moritz zum Ausgang.

»Der Tag ist ja ganz schön misslungen«, sagt er, als wir draußen stehen, und es ist so kalt, dass sein Atem kleine Wölkchen bildet.

»Ja, der kommt in mein Album für größte Katastrophen«, sage ich bitter. »Gleich neben den Ausbruch des Krakatau und die Ölpest im Golf von Mexiko.« Ich muss plötzlich lachen, weil das alles so absurd ist, und auch, weil Weinen nun wirklich die Kapitulation schlechthin wäre.

Als wir an der Torburg auf dem Chlodwigplatz ankommen, dringt aus einem Imbiss in der Nähe Radiomusik.

Bei den Klängen bleibe ich stocksteif stehen.

Wise men say, only fools rush in, but I can't help falling in love with you ...

»Das war der Song für unseren Hochzeitstanz«, murmele ich, und Tränen steigen mir in die Augen.

Moritz zögert einen Augenblick, dann macht er eine komische kleine Verbeugung. »Den Tanz hast du dir jetzt aber wirklich verdient«, sagt er und legt den Arm um meine Taille. Ich nicke ergeben, ergreife seine Hand, und wir bewegen uns im Schein der Straßenlaternen unter der Torburg langsam zu den Klängen von Elvis' schmelzender Stimme.

Erst bin ich noch tränenblind, aber der Moment ist so magisch, dass ich gar nicht anders kann, als alles um mich herum zu vergessen – und der Alkohol tut ein Übriges. Ich bin Moritz für einen Moment lang unendlich dankbar, dass er mir eine neue Erinnerung an dieses Liebeslied gibt, und lehne meinen Kopf an seine Schulter.

Ganz nah sind wir uns jetzt. Da bleibt er stehen und löst sich von mir, nur um behutsam mein Gesicht mit den Händen zu umschließen und mich zu küssen. Nach einer Weile tritt er mir auf die viel zu großen Schuhe, wir stolpern und bekommen beide einen Lachanfall. Dann küssen wir uns wieder.

»Zu mir oder zu mir?«, fragt Moritz, und ich muss erneut kichern.

Auf dem Weg zu ihm nach Hause halten wir immer wieder inne, um ungestüm herumzuknutschen, so, als hätte irgendwer einen Knopf gedrückt, der alles, was zuvor geschehen ist, ausgelöscht hat.

Wir machen das Licht im Flur noch nicht einmal an, Moritz kramt schnell die Wohnungsschlüssel hervor und schließt auf, dann stolpern wir unter Küssen durch den Flur zum Schlafzimmer.

Schließlich landen wir auf seinem Bett, dessen weiß bezogene Decke den Mondschein reflektiert. Er zieht mir den Kapuzenpulli über den Kopf, streicht unendlich sanft über meinen Hals und meine Schultern, berührt mich mit seinen Händen, seinen Lippen, seiner Haut, überall.

Ich blinzele ins neblige Morgenlicht, das unbarmherzig durch die Lamellen der Jalousie hereindrängt. Über mir hängt die weiße Kugel eines Papierlampenschirms, den es für zwei Euro in Deutschlands beliebtestem Möbelhaus gibt. Unter dem Einfluss des Restalkohols und müde, wie ich bin, stelle ich mir eine Weile vor, es sei ein ganzer Globus, eine weiße, runde Welt. Genauso riesig, hohl und undurchschaubar, wie meine eigene Welt im Moment ist.

Mein Kopf schmerzt. Warum habe ich bloß so viel getrunken? Langsam wird mir bewusst, wo ich mich befinde. Beim Gedanken an die letzte Nacht wird mir flau. Sara, was hast du dir dabei nur gedacht?, flüstert eine nagende Stimme in meinem Kopf. Viel besser als Nils bist du auch nicht. Nach einer Weile winde ich mich langsam und vorsichtig aus Moritz' Umarmung und klettere aus dem Bett.

Eigentlich hätte ich jetzt schon im Flieger sitzen sollen, der mich auf die Malediven bringt – meine Traumflitterwochen. Nun muss die Inselgruppe ohne mich untergehen. Denn mein Mann hat mich betrogen, und ich habe meine Hochzeitsnacht mit jemandem verbracht, der mich nicht nur sturzbetrunken, weinend und nackt, sondern tags zuvor sogar kaffeeverschmiert mit einem Becherhütchen auf dem Kopf gesehen hat. Wie peinlich ist das bitte?

Moritz seufzt im Schlaf, und ich schleiche vorsichtig zur Zimmertür. Mit dickem Schädel versuche ich mich zu erinnern, wo in dieser Wohnung das Bad ist. Prompt lande ich im Wohnzimmer. Für die Fische im Aquarium ist es dort um diese Zeit noch tiefste Nacht.

Ach, stimmt, das Bad war gleich gegenüber vom Schlafzimmer.

Als ich die Tür aufstoße, starrt mir mein Hochzeitskleid vom Wäscheständer aus hämisch entgegen. Du bist genauso eine treulose Tomate wie dein Angetrauter, sagt es, und es scheint beleidigt zu sein, dass wir es beide betrogen haben, Nils und ich. Ich mag es nicht mal anfassen, geschweige denn darin nach draußen unter Leute gehen. Stattdessen ziehe ich lieber wieder Moritz' Pulli, seine Sneaker und die viel zu große Jeans an.

Die Südstadt wirkt an diesem eiskalten Sonntagmorgen verschlafener denn je. Ich blinzele, weil es so hell ist, und schlurfe zur Haltestelle am Chlodwigplatz. Nachdem ich eine Weile fröstelnd die Tauben beobachtet habe, die auf der gegenüberliegenden Seite ein Dönerbrötchen auseinandernehmen, kommt endlich die Bahn.

Ich schließe leise auf, damit Nils nicht wach wird, aber er ist so schnell an der Tür, dass gleich klar ist: Er hat gar nicht geschlafen.

»Sara, es tut mir unendlich leid.« Er stockt und mustert mich von oben bis unten. »Wie siehst du denn aus?«

Wortlos gehe ich ins Schlafzimmer, um mich umzuziehen. Als ich fertig bin, ziehe ich meine große Sporttasche vom Schrank herunter und packe hastig ein paar Sachen zusammen.

»Du und Katja«, sage ich dann und fühle, wie mir meine eigenen Worte einen Schlag versetzen. »Ich glaub's einfach nicht.« Ich bringe es nicht über mich, ihn anzusehen, sondern stopfe weiter Klamotten in meine Tasche wie eine Besessene.

»Sie hat es dir gesagt?« Nils' Stimme zittert.

»Nein, das hast du schon selbst erledigt«, sage ich und spucke die Worte förmlich aus. »Ich war das, gestern an Katjas Handy.«

»Sara, bitte«, sagt Nils und klingt jetzt wirklich verzweifelt. »Ich möchte, dass wir das hinter uns lassen. Weißt du nicht mehr – in guten wie in bösen Tagen? Die halbe Nacht bin ich in der Stadt herumgefahren, um dich zu suchen, weil ich mir Sorgen gemacht habe.«

Etwas in mir möchte ihm so gern glauben. Wie gerne würde ich zu ihm gehen und alles einfach vergessen. Aber dann trifft es mich plötzlich mit voller Wucht: Etwas Gutes fängt in den seltensten Fällen mit bösen Tagen an. Und mir fällt auf, dass er von der halben Nacht gesprochen hat. Wen hat er denn den Rest der Nacht über gesucht – Katja?

»Ich will die Scheidung«, sage ich und werfe meine Jacke oben auf die Tasche. Nils würdige ich keines weiteren Blickes, als ich die Autoschlüssel vom Haken nehme.

Kurz darauf fällt die Tür mit einem lauten Knall hinter mir ins Schloss.

Am Flughafen Düsseldorf parke ich Nils' Wagen sorgfältig im absoluten Halteverbot vor der Abflughalle.

Drinnen buche ich im Last-Minute-Reisebüro einen Flug nach New York. Ich habe unfassbares Glück, die Einreisegenehmigung wird mir fast umgehend erteilt.

New York ist etwas ganz anderes als die Malediven. Aber diese Reise ist ja auch das Gegenteil von Flitterwochen, falls es so was gibt.

»Wie möchten Sie zahlen?«

Ich überlege erst einen Moment, dann schiebe ich unsere gemeinsame Kreditkarte über die Theke. Den Trip habe ich Nils zu verdanken, also geht er aufs Beziehungskonto.

Während ich aufs Boarding warte, krame ich mein Handy heraus.

Stell dir vor, ich fliege nach New York, schreibe ich. *Das war deine Idee. Danke dafür und für gestern Abend, Sara.* Dann klicke ich auf Moritz' Telefonnummer und auf *Senden.* Vielleicht sehen wir uns nie wieder. Aber er hat mich gerettet, und das muss ich ihm sagen.

Als ich aus dem JFK International Airport trete und mir

in dem Gewusel aus Menschen mit Koffern einen Weg bahne, fühle ich mich schon besser. Manchmal ist ein Ozean einfach genau der Abstand, den man braucht.

Ich reihe mich in die Schlange der Leute ein, die vor dem Ausgang auf ein gelbes Taxi warten.

Wenig später nenne ich dem Taxifahrer die Adresse des Hotels im Südwesten Manhattans. Es ist unweit von dem kleinen Café, das Moritz erwähnt hat, dem »Bonsignour«. Ich freue mich schon darauf, dort morgen einen Kaffee zu trinken.

Der Innenraum des Wagens ist mit kleinen Figuren, bunten Fähnchen und Fotos dekoriert, ein kleines Plexiglasfensterchen trennt den Fahrgastbereich vom Fahrer. Ich wende meinen Blick aus dem Fenster auf die Landschaft, die rasch an mir vorbeizieht – erst Holzhäuser mit kleinen Veranden, dann Bürogebäude. Kurze Zeit später werfe ich den ersten Blick auf die Brooklyn Bridge und die Wolkenkratzer von Lower Manhattan und stelle dabei erstaunt fest, dass es mir vergleichsweise gut geht. Ich habe eine Entscheidung getroffen, die mich immerhin hierher geführt hat. Gut, bis hierhin habe ich Federn gelassen, aber das ist besser, als sein Glück auf einer falschen Freundin und einem rückgratlosen Weichei aufzubauen.

Sollte ich jemals wieder heiraten, das verspreche ich mir, dann einen echten Kerl, nicht so eine halbe moralische Portion. Moritz könnte der Richtige sein, er ist mir nur definitiv im falschen Moment über den Weg gelaufen. Beim Gedanken an die letzte Nacht bekomme ich trotzdem eine Gänsehaut. *Shall I stay, would it be a sin, if I can't help falling in love with you …* Beim Gedanken an die Turnschuhe muss ich wieder schmunzeln.

Geblieben bin ich nicht, aber das heißt ja nicht, dass ich nicht zurückkommen kann. Ich krame mein Handy heraus und schalte es ein. Mein Herz macht einen Hüpfer, als ein kleines Umschlagsymbol auf dem Display erscheint. Ich habe zwei neue Nachrichten. Eine ist von Katja. Die lösche ich, ohne sie zu öffnen. Die andere ist von Moritz.

Du kannst dich doch nicht einfach so aus dem Staub machen!, steht da. *Immerhin hast du noch meinen Lieblingspulli und ich dein Hochzeitskleid. Ich bestehe auf einem Geiseltausch, wenn du wieder da bist.*

Ich lächle versonnen. Ja, denke ich, mag sein, aber jetzt ist mir erst mal nicht nach Elvis und Küssen und Liebesliedern, sondern nach der Stadt, in der angeblich alles möglich ist. Und erst, wenn ich weiß, wie mein Leben weitergehen soll, kann ich sagen, ob aus Moritz und mir was werden könnte.

Zufrieden mit diesem Entschluss mache ich mein Handy aus, lehne mich wieder zurück und genieße den Ausblick auf die Stadt, in die ich mich schon jetzt verliebt habe. *It's up to you, New York, New York!*

Nicht so einfach

~ Moritz ~

Moritz
Nicht so einfach
vor 28 Minuten

Markus **18:32 Uhr**
Zeigst du den Typen an? :-))

Moritz **18:33 Uhr**
Guten Tag auch, Markus, danke, mir geht's gut, wie geht es Dir . . . Hat Mom also geplaudert? Du hörst mich seufzen . . .

Markus **18:34 Uhr**
Sag schon, zeigst Du ihn an? Und von Mom weiß ich es nicht.

Moritz **18:35 Uhr**
Außer Mom & Dad weiß aber gar keiner davon. Und Dad würde Dir sicher nichts erzählen, wenn ich ihn drum bitte.

Markus **18:36 Uhr**
Unterschätz mal das Kommunikationsbedürfnis deines Erzeugers nicht, Moritz! :-)

Moritz **18:36 Uhr**
Es WAR Mom, und nein, ich zeige ihn nicht an. So arg ist die

Platzwunde nicht. Ich nehme an, für diese Bratwurst ist das Leben gerade auch nicht so einfach.	
Markus	**18:37 Uhr**
Weil Du ihm die Frau ausgespannt hast?	
Moritz	**18:37 Uhr**
Witzig. Ich habe ihm nicht die Frau ausgespannt. Ich war nur zufällig da, als Sara jemanden brauchte, der ihr in ihrer Situation zur Seite stand, mehr nicht.	
Markus	**18:38 Uhr**
Ich weiß nicht. Vor Gericht kämst du damit nicht durch. Schamloses Ausnutzen einer psychischen Ausnahmesituation, würde ich sagen.	
Moritz	**18:40 Uhr**
Seit wann bist Du denn sachverständig? Außerdem habe ich nichts *ausgenutzt*, Euer Ehren, ich habe nur ganz altruistisch eine projektive Leerstelle ausgefüllt, wenn man so will.	
Markus	**18:40 Uhr**
Du meinst, weil das arme Mädchen sonst ja gar keine Hochzeitsnacht gehabt hätte? Das war wirklich uneigennützig von Dir ...	
Moritz	**18:41 Uhr**
Glaub mir, Sara brauchte mich in dieser Nacht dringender als ich sie.	
Markus	**18:42 Uhr**
Oooookay, Du fandest sie also nicht sonderlich attraktiv und bist aus reiner Menschenfreude mit ihr ins Bett gestiegen ...	
Moritz	**18:42 Uhr**
Na ja, sooo kann man das auch nicht sagen. Aber ich mache doch keiner Frau ernsthaft den Hof, die gerade geheiratet hat.	

Markus **18:43 Uhr**
. . . und sicher ganz schnell wieder geschieden wird. Siehst Du sie wieder?

Moritz **18:44 Uhr**
Darum geht's doch gar nicht.

Markus **18:44 Uhr**
Nicht? Warum hast Du dann zwei Wochen später vor ihrer Wohnung gestanden? Hatte sie ihren Schlüpfer bei Dir vergessen? :-))))

Moritz **18:44 Uhr**
Alter, manchmal bist Du so Cala Ratjada . . . Nein, ich wollte nur sichergehen, dass es ihr gut geht!

Markus **18:45 Uhr**
Und, geht es?

Moritz **18:46 Uhr**
Offenbar, sie ist in New York.

Markus **18:46 Uhr**
Sagt wer?

Moritz **18:46 Uhr**
Ihre SMS. Und ihr Mann! Ex-Mann. Nils halt.

Markus **18:47 Uhr**
Nils? Habt ihr euch am Ende auch noch angefreundet? Ich dachte, der hätte Dich gleich niedergeschlagen?

Moritz **18:48 Uhr**
Na ja, aber er hat mich hinterher ja auch gleich verarztet, als er sich beruhigt hatte. Ist ja ein Mediziner.

Markus	**18:48 Uhr**
Sag mal, woher wusste der eigentlich, dass Du was mit ihr hattest?	
Moritz	**18:49 Uhr**
Wusste der nicht wirklich. Tja ... ähm ... na ja ... Er hat sich das so zusammengereimt.	
Markus	**18:49 Uhr**
?	
Moritz	**18:50 Uhr**
Intuition, nehme ich an.	
Markus	**18:50 Uhr**
???	
Markus	**18:53 Uhr**
Ich weiß, dass Du noch online bist ...	
Moritz	**18:53 Uhr**
Okay, ooookayyyy, ich hatte was von ihr dabei.	
Markus	**18:53 Uhr**
Doch der Schlüpfer ... Ich werf mich weg! :-)))))	
Moritz	**18:54 Uhr**
Nein, du Spinner, nicht den Schlüpfer. So eine Art T-Shirt. Für drunter.	
Markus	**18:55 Uhr**
Du Blitzbirne!	
Moritz	**18:56 Uhr**
Na ja, ich wusste doch nicht, dass mich da an der Tür so ein Wrack mit rot unterlaufenen Augen überrascht.	
Markus	**18:57 Uhr**
Und jetzt?	

Moritz	**18:57 Uhr**
Nichts jetzt. Sara ist in New York, Nils hat keine Ahnung, wann sie zurückkommt. Und ob überhaupt.	
Markus	**18:58 Uhr**
Bist du nicht in drei Wochen beruflich in den Staaten?	
Moritz	**18:58 Uhr**
Ja, und?	
Markus	**18:59 Uhr**
Nichts, nichts . . . haha!	
Moritz	**19:00 Uhr**
Ach, spinn nicht rum. Ruf mich lieber mal an, dann erzähle ich Dir die Einzelheiten, das ist doch hier drin viel zu mühsam.	

2. Maskerade

~ Hanna ~
von Katarina Fischer

Das Schwein hieß Thomas, war schätzungsweise achtundzwanzig Jahre alt, und seinen Artikulations- und Gleichgewichtsstörungen nach zu urteilen hatte es deutlich mehr als 2,0 Promille im Blut. Ich konnte das beurteilen. Schließlich arbeitete ich in einer Tierarztpraxis. Und in diesem Augenblick, als Thomas das Schwein mich lallend davon zu überzeugen versuchte, dass ich mit ihm erst an die Bar und dann später nach Hause kommen sollte, während er sich Whisky-Cola über seinen pinkfarbenen Plüschbauch schüttete, fragte ich mich zum wiederholten Mal an diesem Abend, warum ich jetzt nicht dort sein konnte. In der Tierarztpraxis. Um, zum Beispiel, einem knurrenden Dobermann die Zähne zu reinigen. Oder mir bei dem Versuch, Frau Gerwischs Kater Augentropfen zu verabreichen, zentimetertiefe Kratzer einzufangen. Alles wäre besser gewesen als das hier. Thomas das Schwein, Bierlachen auf dem Boden, ohrenbetäubende Schlagermusik aus den Boxen und mehr Indianer als in einem Karl-May-Roman. Auf dem Weg zum Klo hatte ich Harry Potter kotzen sehen. Wenn ich nicht seit Stunden mein Glas fest umklammert gehalten hätte, müsste ich mich jetzt fragen, ob mir nicht jemand etwas in meine Cola getan hatte. Es war ein Trip – und keiner von der guten Sorte.

»Hokee, aba dann krich ich nochn Kuss, bevor ich geh, ja?« Thomas lallte und schrie gleichzeitig, um gegen die Musik und das Mitgrölen der anderen Gäste anzukommen. Er spitzte die Lippen und schloss die Augen, was ihm offensichtlich den Rest gab.

Noch bevor ich überhaupt dazu kam, entschieden »Nein« zu sagen, fiel er hintenüber, mitten hinein in einen kleinen Pulk Playboy-Bunnys. Sie hüpften kreischend zur Seite, soweit das der Platz in dem gerammelt vollen Laden überhaupt zuließ, ein Super Mario wurde angerempelt, er ließ all die kleinen Gläser fallen, die er eben noch getragen hatte, und über den Boden ergoss sich eine weitere Ladung Bier. Noch mehr Bier auf dem Boden, das hätte ich niemals für möglich gehalten. Und in dieser Lache suhlte sich ein Mann im Schweinekostüm.

Wasser tropfte von der Decke. Rauchschwaden standen in der Luft. Ich nippte an meinem Glas und verkroch mich tiefer in der Ecke, in die ich mich direkt nach meiner Ankunft geflüchtet hatte, als die kostümierte Menge in rührseliger Eintracht zu schunkeln und voller Leidenschaft zu singen begonnen hatte. Ein Lied über die beste Stadt, ich weiß es nicht genau, ich verstand nur die Hälfte. Aber vermutlich meinten sie Köln.

Ich war nicht prinzipiell gegen Spaß. Ich feierte auch gern. Nur eben nicht dann, wenn ich mich vor Enttäuschung und Frustration über meinen miesen Exfreund eigentlich lieber mit einer Packung Taschentücher im Bett verkrochen hätte. In meinem Bett. Ein schöner Gedanke. Aber mein Bett war weit weg, in Hamburg, und ich war hier, mitten im Kölner Karneval, und verfluchte die Tatsache, dass Rosenmontag nicht in meinem Kalender eingetragen war. Dann wäre ich wenigstens vorgewarnt gewesen. Dann hätte ich Mona gesagt, dass mich keine zehn Pferde dazu bringen konnten, sie ausgerechnet jetzt zu besuchen.

»Sag mir bitte, dass da wenigstens Rum in der Cola ist.«

Mona trug eine Bob-Perücke, ein Zwanzigerjahre-Charleston-Kleid und deutete mit ihrer Zigarettenspitze auf mein halb leeres Glas. Schweißperlen standen auf ihrer Stirn und rollten ihr Dekolleté hinunter zwischen ihre enormen Brüste. Mona präsentierte sich gern.

Da war sie ganz anders als ich.

»Ist bloß Cola.«

Sie stemmte ihre Hände in die Hüfte und sah mich tadelnd an. »Ach, Hanna!«

Ich zuckte mit den Schultern.

»Und warum hast du den lustigen Hut nicht auf?«

»Mir war nicht nach lustigem Hut.«

Den lustigen Hut hatte Mona noch schnell in der Karnevalsabteilung von Karstadt besorgt, bevor sie mich am Vormittag vom Bahnhof abgeholt hatte. Ich hatte ohnehin schon eine üble Vorahnung, als ich die vielen verkleideten Menschen bemerkte, die mit mir im Zug nach Köln saßen. Als ich Mona mit der paillettenbesetzten bunten Clownsmütze am Gleis winken sah, wurde aus dieser Vorahnung schreckliche Gewissheit. Alle jeck. Na toll.

»Mensch, Mäuschen!« Mona zog mich an ihre feuchte Brust, gab mir einen Kuss mit Alkoholaroma auf die Wange und schrie mir notwendigerweise ins Ohr, was eigentlich sanft gemeint war: »Ich kann dich nicht von deinem Kummer ablenken, wenn du mich nicht lässt.«

»Ich dachte, wir sitzen ein paar Tage auf deinem Sofa, essen Pizza und lästern über Chris«, maulte ich und merkte, wie mir schon wieder die Tränen kamen. Wie immer, wenn ich seinen Namen sagte oder auch nur an ihn dachte. Das war doch nicht mehr normal.

»Wegen dem Arschloch werd ich doch nicht fett!« Mona trank ihr Glas in einem Zug aus und stellte es vor mir auf einem klebrigen Stehtisch ab. »Und du auch nicht. Du amüsierst dich jetzt gefälligst. Ich hol dir einen Drink. Einen echten Drink.«

»Ich will lieber nach Hause.«

Aber was ich wollte, interessierte hier niemanden.

Mona rief noch: »Egal was, nä? Hauptsache Alkohol!«, und verschwand in der Menge.

Seufzend lehnte ich mich an die Wand hinter mir und fragte mich, was sie wohl dazu gesagt hätte, wenn die Situation andersrum gewesen wäre. Wenn ihr Freund sie mit seiner blonden Aerobictrainerin-Ex betrogen hätte, elf Monate lang, und mir nichts Besseres eingefallen wäre, als sie zum Trost in ihre Vorstellung der Hölle zu befördern. Das hätte sie sich nicht gefallen lassen. Bestimmt nicht. Aber mit mir konnte man es ja machen. Mich zum Karnevalfeiern nötigen. Mich verarschen und betrügen. Mit Sandra. Ausgerechnet.

Die Menschenmasse klatschte und grölte im Takt, und ich hielt panisch Ausschau nach dem Ausgang, entdeckte aber nur Mona, zwei Gläser in der Hand und einen Typen im Schlepptau, der sie um zwei Köpfe überragte und auffiel wie ein bunter Hund. Wie ich. Weil er auch kein Kostüm trug. Jeans, T-Shirt, ein graues Tuch um den Hals, das war's. Nicht einmal einen lustigen Hut hatte er auf dem Kopf.

»Das ist Hanna«, rief Mona ihm ins Ohr und zeigte auf mich.

Er lächelte mich an.

Ich winkte verhalten und bemühte mich ebenfalls um ein Lächeln, aber das war schwer, wenn man schon seit Stunden alles scheiße fand.

Er reichte mir die Hand. »Sven.«

»Okay«, sagte ich argwöhnisch.

Ich hatte schon keinen Drink gewollt. Und jetzt bekam ich zu dem Drink, den ich nicht wollte, auch noch einen Mann dazu, den ich nicht wollte. Ich warf Mona einen fragenden Blick zu.

Den sie ignorierte.

»Sven ist auch nicht verkleidet.«

»Das seh ich.«

»Und er ist auch aus Hamburg«, rief sie begeistert. »Ist das nicht ein Zufall?«

»Verrückt, nicht? Wie groß ist die Wahrscheinlichkeit?«, fragte Sven trocken.

Obwohl ich mich dagegen wehrte, musste ich jetzt doch lächeln.

Mona stellte mir ein Glas mit Eis, Strohhalm und Rum-Cola darin vor die Nase und klopfte mir auf die Schulter. »Also dann, meine Süße, ich geh tanzen. Ich hab da hinten einen äußerst attraktiven Batman klargemacht. Du solltest das Six-Pack mal sehen.« Sie rollte entzückt mit den Augen, drehte sich um und winkte mir noch einmal über die Schulter hinweg zu. »Viel Spaß, ihr beiden!«

Und dann verschwand sie wieder, und ich schaute ihr mit offenem Mund nach, bis mir auffiel, wie dumm das aussehen musste. Nicht, dass es mich interessierte, ob Sven fand, dass ich dumm aussah oder nicht. Warum sollte mich das interessieren? Ich hatte schließlich nicht darum gebeten, dass er hier neben mir stand. Ich wollte niemandem gefallen, ich war mies drauf, und ich hasste den Karneval. Aber ich hätte schon ganz gern gewusst, ob meine Haare einigermaßen saßen.

Sven berührte mein Glas mit seinem, deutete ein einseitiges Anstoßen an und nahm einen Schluck. Er ließ den Blick über die Tanzfläche gleiten und schüttelte den Kopf. »Ich hasse Karneval.«

»Ich auch.«

»In Hamburg gibt es so einen Quatsch nicht«, fuhr er fort,

während er weiter die Freaks beobachtete, und es klang in meinen Ohren seltsamerweise wie eine Frage.

Ich schob das auf den allgemeinen Krach in der Kneipe, nickte entschieden und schüttelte in direktem Anschluss angewidert den Kopf, während ich sagte: »Gott sei Dank.«

Wir waren wie die beiden alten Männer in der Muppet-Show. Vereint in Abneigung.

»Ich könnte hier nicht leben. Wenn ich wüsste, dass ich das hier jedes Jahr wieder mitmachen müsste.«

»Ja, es ist hart.« Sven beobachtete nachdenklich sein Glas. »Und weißt du, was das Schlimmste an all dem ist?«

»Nein. Was ist das Schlimmste?«

»Die Borat-Badeanzüge.«

Ich verzog angewidert den Mund. »Oh ja, absolut.«

»Die sind schrecklich.«

Wir standen beide mit dem Rücken an die Wand gelehnt und tranken unsere Drinks.

Ich sah ihn verstohlen von der Seite an. Er war groß und hübsch, Typ: perfekt, ohne langweilig zu sein. Gut aussehend, ohne zu glatt zu sein.

Warum stand ausgerechnet *ich* hier mit ihm? Ich war rothaarig, ohne rassig zu sein, sommersprossig, ohne niedlich zu sein, und außerdem dürr und flach, ganz anders als Mona.

Und apropos Mona: Hatte sie ihn vielleicht bezahlt? Zuzutrauen wär's ihr.

»Bist du allein hier?«, fragte ich Sven und hätte mich am liebsten sofort selbst für diese peinliche Standardfrage geohrfeigt.

Als er sich mir zuwandte und mich ansah, fielen mir seine braunen Augen auf, die auch wirklich hübsch waren.

»Nein, bin ich nicht.« Er verzog den Mund zu einem schiefen Grinsen.

Innerlich bereitete ich mich darauf vor, dass er jetzt sagen würde, dass seine Freundin nur mal eben auf dem Klo war. Nicht, dass mir das etwas ausgemacht hätte. Wirklich nicht. Trotzdem hoffte ich, dass er das nicht sagen würde. Ich nahm einen großen Schluck Rum-Cola zu mir. Das tat gut.

»Ich bin eigentlich mit meinem Bruder hier, aber der ist mir irgendwie abhandengekommen.«

»Ach, dein Bruder«, sagte ich und versuchte, nicht erleichtert zu klingen.

»Er ist Feuerwehrmann.«

»Feuerwehrmann? Wirklich?«

»Nur heute.« Sven lachte.

Ich auch. War ja Quatsch, sich gegen ein bisschen Spaß zu wehren.

»Ich mach so was eigentlich nicht«, flüsterte ich den Gardinen zu, so leise, dass ich es selbst kaum hören konnte.

Von der Straße dröhnte das Brummen von Autos und Bahnen zu uns herauf, und die letzten Betrunkenen der vergangenen Nacht riefen sich unverständliche Dinge zu. Vielleicht waren es auch die ersten Betrunkenen des neuen Karnevalstages, aber was interessierte mich das schon? Ich hatte ganz andere Sorgen.

»So was hab ich noch nie gemacht«, flüsterte ich und tastete hektisch den Boden vor dem Bett nach meiner Unterhose ab.

Irgendwo dort musste sie sein. Nicht, dass ich mich noch gut daran erinnern konnte, wo ich sie gestern Nacht hingeworfen hatte. Ob ich sie überhaupt irgendwo hingeworfen hatte oder ob Sven das für mich erledigt hatte, der jetzt neben mir lag und laut atmete, irgendwo an der Grenze zum Schnarchen. Chris hatte immer nur dann geschnarcht, wenn er Alkohol getrunken hatte. Aber was brachte es, jetzt an Chris zu denken? Wichtiger war meine Unterhose. Und die Tatsache, dass ich so was nicht tat. Sonst. One-Night-Stands. Ich fühlte mich schrecklich. Und ich hatte schrecklichen Durst.

»Hm?«, machte Sven.

Ich erstarrte in der Bewegung, den Oberkörper aus dem Bett gestreckt. Mit der rechten Hand stützte ich mich auf dem Boden ab, die linke suchte unter dem Bett nach Textilien.

»Hm? Was?«, fragte ich.

Svens Stimme klang verschlafen. »Bist du schon wach?«

»Ja ... nein ... schlaf weiter.«

So was mach ich eigentlich nicht. Nie.

Ich fand eine Socke. Sie gehörte nicht mir.

Ich merkte, wie Sven sich neben mir im Bett aufrichtete. Dann legte seine Hand sich um meine Taille und zog mich zurück auf die Matratze. Ich wickelte mich blitzschnell in die Bettdecke ein. Was auch immer letzte Nacht das Sexmonster in mir zum Vorschein gebracht hatte, war heute wieder dorthin verschwunden, wo es hergekommen war. Hatte mich allein zurückgelassen. Und jetzt gab es nur noch mich hier, und ich wollte unter keinen Umständen nackt gesehen werden. Nicht von Sven.

Für ihn hingegen schien das kein Problem zu sein. Nacktheit. Er war nackt, und das war anscheinend okay für ihn. Ich entdeckte ein Tattoo auf seiner Hüfte, eine Art Tribal-Fisch, der ziemlich bescheuert aussah.

Schnell weg hier.

Ich rollte aus dem Bett und richtete mich auf, konnte mich aber nur schwer fortbewegen, weil die Decke so eng gewickelt war. Ein Lichtblick war meine Unterhose, die ich am Fußende des Bettes erspähte, an mich nahm und dann hilflos in der Hand hielt und nicht wusste, wie ich sie ungesehen anziehen sollte.

Sven runzelte die Stirn. »Was ist denn los?«

»Ich!«, sagte ich. »Ich … äh … muss los. Ich mach so was nicht.«

»Was machst du nicht?«

»Das hier. Mach ich nicht. Eigentlich. Ehrlich. War nett. Aber nein.« Ob es wirklich nett gewesen war? Keine Ahnung. Ich ließ die Unterhose auf den Boden fallen, trat mit den Füßen hinein und verlor bei dem Versuch, sie hochzuziehen, die Bettdecke. Hätte ich Brüste gehabt, hätte man sie jetzt sehen können.

Sven sah mir zu, die Arme hinter seinem Kopf verschränkt. »Du siehst toll aus, weißt du?«

Ich sah ihn verdutzt an. »Nee?«

Dann fuhr ich damit fort, meine Klamotten zusammenzusammeln und mich anzuziehen.

»Bist du verabredet? Oder warum hast du's so eilig?«

Ich antwortete nicht. Ich fragte mich nur, ob One-Night-Stands immer so anstrengend waren, und wenn ja, warum es dann so viele Leute gab, die behaupteten, sie hätten Spaß daran.

»Wir könnten doch was frühstücken gehen. Unten an der Ecke ist das »Cafe Kult«, das ist ganz nett …«

Er gab sich wirklich Mühe. Warum nur? Warum tat er uns nicht beiden einen Gefallen, legte sich wieder hin und schlief weiter? Oder tat zumindest so.

Ich war inzwischen bei meinem Mantel und den Schuhen angekommen, strich mir die Haare aus dem Gesicht und sah mich noch einmal um, um sicherzugehen, dass ich nichts Wichtiges vergessen hatte. Ich konnte unter keinen Umständen hierher zurückkommen. Niemals.

»Okay, also dann«, sagte ich und ging auf die Tür zu.

»Telefonnummern!«, rief Sven.

Ich blieb in der Tür stehen. »Was?«

»Na, zumindest unsere Telefonnummern sollten wir austauschen, findest du nicht?«

Vielleicht hatte er damit recht. Ich kannte mich nicht aus mit One-Night-Stands, aber ich hatte mal gehört, dass man das tat, Nummern tauschen. Oder hatte ich gehört, dass man das auf keinen Fall tun sollte? Ich biss mir auf die Lippe. Ich war derartig verwirrt, ich wusste nicht einmal mehr, wo Mona wohnte. Noch so ein Problem.

Sven nahm einen Block und einen Stift von dem Nachttisch neben seinem Bett und reichte mir beides. Ich fragte mich, ob er die Sachen da liegen hatte, weil er regelmäßig mit Frauen Nummern tauschte.

»Falls ich nachts plötzlich eine Idee habe«, erklärte er, als habe er meine Gedanken gelesen.

Na gut.

Ich schrieb meinen Namen und meine Nummer auf und gab ihm den Block.

Er riss den obersten Zettel ab, legte ihn neben sich ins Bett, schrieb wiederum seinen Namen und seine Nummer auf und gab mir den Zettel.

Ich warf einen flüchtigen Blick drauf, stutzte, las genauer. Und sah Sven fragend an. Sven oder wen auch immer. »Moritz?«

»Ja?«, fragte der Mann im Bett.

»Moritz?!«, wiederholte ich, weniger fragend dieses Mal, eher empört.

Plötzlich entglitten ihm seine Gesichtszüge, seine Augen weiteten sich, und sein Mund öffnete sich, als er begriff, dass er gerade einen dummen Fehler gemacht hatte. Gerade oder gestern Abend.

Ich ließ den Zettel fallen, drehte mich um und stapfte los. Wütend. Auf ihn. Auf mich. War ja klar, dass mir so etwas passieren musste. Da hatte ich ein Mal einen One-Night-Stand, *ein Mal*, und dann geriet ich an einen Betrüger.

»Hanna! Warte!« Der nackte Mann lief mir hinterher,

aus dem Schlafzimmer, durch den Flur. »Das ist nur so ein Witz!«

»Das ist kein Witz, das ist krank!«

Frau Gerwischs Kater. Wie sehr sehnte ich mich nach Frau Gerwischs Kater.

Ich drückte die Klinke der Wohnungstür herunter und stand schon mit einem Fuß im Treppenhaus.

Sven oder Moritz griff nach meinem Handgelenk, nur sanft, und ich zog meinen Arm einfach weg.

»Ich wollte dich nicht anlügen. Aber deine Freundin hat mich an der Bar angequatscht, und ich sag betrunkenen Frauen nicht gern meinen echten Namen und ...«

Auf der anderen Seite des Treppenhauses öffnete sich eine Tür und eine dickliche Frau um die fünfzig im Kittelkleid erschien.

»Muss dat denn sin, met däm Geschrei hee am fröhen Morge, Herr Sommer?« Sie betrachtete den nackten Mann auf der Türschwelle streng, aber auch mit einem gewissen Interesse.

»Moritz Sommer, ja?«, warf ich ihm entgegen, und zu seiner Nachbarin: »An Ihrer Stelle wäre ich mir da nicht so sicher.«

»Wat soll dat heiße, ov ich mir do secher ben? Herr Sommer?!«, fragte sie alarmiert.

Dann hörte ich noch, wie erst die eine, dann die andere Tür geschlossen wurde, und dann nur noch das Hallen meiner Schritte auf den Stufen.

Als ich unten auf der Straße ankam, hatte ich bereits dreimal bei Mona angerufen, und dreimal hatte mich eine kalte weibliche Stimme darüber aufgeklärt, dass sie zurzeit nicht erreichbar sei. Das kam einer mittleren Katastrophe gleich. Ich wusste nicht, wohin, und selbst *wenn* ich gewusst hätte, wohin, hätte mir das vermutlich auch nichts gebracht, denn ich war mir sicher, dass Mona nicht in ihrem eigenen Bett übernachtet hatte. Dass sie irgendwo in dieser seltsamen Stadt neben dem Batman von gestern Abend aufgewacht war und endlich wusste, wie er unter seinem Cape aussah. Genau wie ich. Quasi. Allerdings hatte der Typ, auf den ich reingefallen war, sich nicht einmal die Mühe gemacht, sich zu verkleiden. Ein falscher Name, das hatte gereicht. Ich fragte mich, ob ich letzte Nacht im Bett diesen falschen Namen gerufen hatte und ob er sich dabei heimlich über mich totgelacht hatte. Okay, eigentlich war ich nicht der Typ, der beim Sex ekstatisch herumschrie. Aber eigentlich hatte ich auch keine One-Night-Stands. »Eigentlich« konnte mich mal.

Ich machte ein paar ziellose Schritte in die eine Richtung, blieb frierend stehen, ging in die andere und verfluchte Sven/Moritz, Köln und Mona. Vor allem Mona. Als mein Handy klingelte, hatte ich bereits all die Vorwürfe, die ich ihr machen wollte, vorformuliert und war froh, sie endlich loswerden zu können. *Alle.* Auch den, dass sie eine promiskuitive Kuh war, der Sex wichtiger war als ihre beste Freundin. Die Nummer auf dem Display kannte ich nicht. Wahrscheinlich rief sie von Batmans Handy an, weil sie ihres verloren hatte oder der Akku alle war. Egal, ich würde keine Entschuldigung gelten lassen.

Ich nahm das Gespräch an. Und legte los. »Du bist echt die mieseste Freundin, die man sich vorstellen kann, Mona. Die mieseste. Und vergiss das mit der Freundin. Du bist keine Freundin! Bloß damit du irgendwelche Kerle abschleppen kannst, lässt du mich mit diesem Irren nach Hause gehen? Was stimmt mit dir eigentlich nicht?! Ich meine, ich weiß nicht einmal, wo ich gerade bin …«

»Am Chlodwigplatz.«

Das war nicht Monas Stimme.

Aber mein Gehirn war nicht bereit, so schnell umzuschalten, und gab meinem Mund den idiotischen Befehl zu fragen: »Woher weißt du das?«

»Ich wohne hier.«

»Sven?«

»Nee. Moritz.«

Ich ließ meinen Blick an der Fassade seines Hauses hochwandern, sah aber nichts außer blinden Glasscheiben, in denen sich der graue Karnevalsmorgen spiegelte. Trotzdem warf ich einem der Fenster im zweiten Stock einen bösen Blick zu. Vielleicht war es ja das richtige.

»Du rufst mich an? Unglaublich. Du bist also nicht nur irre, sondern auch noch unverschämt ...«

»Du kennst mich doch gar nicht, Hanna«, sagte er betont ruhig, als spräche er mit einem bockigen Kind.

»Tja, und wessen Schuld ist das?«, pöbelte das bockige Kind.

»Meine. Ich weiß. Das wirkt auf dich alles bestimmt ziemlich seltsam ...«

Mein Kommentar dazu war ein sarkastisches Prusten.

»... aber ich mach's wieder gut, okay? Wir frühstücken zusammen und lernen uns kennen.«

»Nein.« Ich lehnte mich trotzig an die Hauswand, obwohl ich mir ehrlich nichts mehr wünschte, als ins Warme zu kommen. »Ich weiß alles über dich, was ich wissen muss. Du bist ein Lügner. Punkt.«

Er seufzte. »Klar, das hab ich verdient. Ein Versuch noch, einverstanden?« Er ließ eine kleine Pause entstehen, in der er seine Gedanken zu ordnen schien, bevor er weiterredete. »Vorschlag: Wir verbringen den Tag zusammen ...«

Es fing an zu regnen. Ich fluchte leise.

»... und lernen uns kennen. Unter einer Voraussetzung: keine Lügen.«

»Das dürfte für mich kein Problem sein. Aber was dich betrifft, seh ich da schwarz.«

Er ließ sich nicht beirren. »Egal, worüber wir reden: Wir sagen immer die Wahrheit.«

»Und was soll das bringen?«, fragte ich maulig, hatte den Finger aber bereits am Klingelknopf mit dem Namen *Sommer* daneben, weil ich fror und nass geregnet war.

Aber das wusste er natürlich nicht.

»Tja, wer weiß? Vielleicht findest du heraus, dass ich doch ganz okay bin. Ich finde dich nämlich mehr als okay. Und auf die Weise wissen wir schnell mehr ... Verdammt, das ist wirklich die beste Idee, die ich je hatte!«

»Wirklich? Na, hoffentlich hängt dein Leben nicht von guten Ideen ab.«

»Ich hab eine Grafikdesign-Agentur«, sagte er matt.

Ich klappte das Handy zu und klingelte. Die Tür summte. Zumindest schien Svoritz die Wahrheit so gut zu vertragen, wie er log.

Die beiden Fische zogen stumpf ihre Runden im Aquarium. Ich stand davor, lauschte dem blubbernden Geräusch der Pumpe und beobachtete die Tiere beim Langweiligsein. In der Küche klapperte Geschirr, und einen Moment später kam mein Gastgeber mit einem Tablett mit Frühstücksutensilien darauf durch die Tür.

Ich hatte beschlossen, bei »Svoritz« zu bleiben, da sich sowohl der Name »Sven« als auch der Name »Moritz« falsch anfühlte. Weder den einen noch den anderen konnte ich mit dem Mann in Verbindung bringen, in dessen Wohnung ich mich jetzt befand. Also dachte ich mir meinen eigenen aus.

»Im Wohnzimmer ist es gemütlicher als in der Küche«, sagte also Svoritz, stellte das Tablett auf dem schwarzen Couchtisch ab und fügte hinzu. »Ausnahmsweise.«

»Ausnahmsweise?« Ich drehte mich zu ihm um und hielt dabei unwillkürlich die Arme vorm Körper verschränkt.

Er sah mich an, als hätte ich ihn bei etwas ertappt. »Ich esse sonst nicht im Wohnzimmer.« Konzentriert verteilte er Tassen, Teller und Besteck auf dem Tisch. »Krümel, Flecken, du weißt schon.«

Allerdings.

Mir war sofort klar gewesen, dass ich es mit einem Mann mit Putzfimmel zu tun hatte, als ich das makellos weiße Sofa gesehen hatte. Entweder war es brandneu, oder Svoritz legte eine Plastikplane drüber, wenn er Besuch bekam. Das protzige Entertainmentsystem an der gegenüberliegenden Wand glänzte, als wäre es nie mit Staub in Kontakt gekommen. Auf dem Couchtisch lagen die Fernbedienungen im rechten Winkel zur Kante. In diesem Raum konnte man ohne weitere Vorbereitungen eine Operation am offenen Herzen durchführen. Mit dem Wohlfühlen war es da schon etwas schwieriger.

»Warum frühstücken wir dann hier?«, fragte ich ihn.

»Weil ich dachte, es würde dir gefallen.« Svoritz machte einen Schritt vom Tisch zurück und betrachtete sein Werk. »Fertig.«

»Aber das ist eine Lüge«, bemerkte ich.

Er sah mich irritiert an. »Eine Lüge?«

»Wenn wir hier essen und du das nur ausnahmsweise erlaubst, um mir zu gefallen.«

»Das ist keine Lüge, sondern Gastfreundschaft.« Er stellte das Tablett auf dem Boden neben dem Sofa ab, als wolle er demonstrieren, dass er auch ein wenig Unordnung ertragen konnte. »Wollen wir?«

Ich setzte mich neben ihn auf das Sofa und fragte mich, ob Höflichkeit nicht eigentlich auch bloß eine Form der Lüge war. Generell und jetzt gerade im Speziellen. Mir wurde plötzlich klar, dass es viel mehr Gelegenheiten gab zu lügen als nur dann, wenn man auf eine Frage eine unwahre Antwort gab oder eine erfundene Geschichte erzählte. Es war möglich, mit Gesten zu lügen. Oder mit einem einzigen Lächeln. Zu viele Aspekte, um sie alle zu kontrollieren, ohne dabei verrückt zu werden. Wo hörte die Wahrheit auf, und wo fing die Lüge an? Und was schloss dieser Deal mit ein?

Svoritz goss Kaffee in die Tassen und bemühte sich sichtlich, nichts auf den Tisch spritzen zu lassen. »Du hast Carl und Heinz schon kennengelernt?«

»Wen?«

»Die Fische.« Er nickte in Richtung des Aquariums neben der Tür.

»Ach so. Ja. Hab ich.« Ich nahm mir eines der Aufbackbrötchen aus dem Korb und begann, es unter Svoritz' angespannter Beobachtung aufzuschneiden. Die Krümel. Ich rückte vorsichtshalber näher an den Tisch und hielt das Brötchen direkt über den Teller. Zu Hause wäre es mir egal gewesen, ob etwas auf den Teppich fiel. Log ich? »Zumindest sofern man Fische kennenlernen kann.«

»Was soll das heißen, ›sofern‹?«

Ich sammelte ein paar Krumen vom Tisch auf und ließ sie auf den Teller fallen. »Na, es ist ja nicht so, dass Fische Tiere sind, mit denen man besonders gut in Kontakt treten kann. Mit einem eigenen Wesen, das man kennenlernen kann wie bei einer Katze oder einem Hund oder einem Leguan, meinetwegen ...«

»So ein Quatsch! Jeder Fisch hat sein eigenes Wesen.«

»Ach ja? Und woher willst du das wissen? Mit einer dicken Glasscheibe und dem ganzen Wasser dazwischen? Ich glaube, du hast die beiden nur, weil sie weniger Dreck machen als andere Haustiere.«

Vielleicht war das zu hart gewesen.

Svoritz hatte sich die ganze Zeit bemüht, übermäßig freundlich zu mir zu sein, doch jetzt schien die Fassade zu bröckeln. Er sah mich ernst an. »Ich hab die Fische, weil ich zu viel unterwegs bin, um mich, zum Beispiel, um einen Hund zu kümmern.«

»Kompromiss-Tiere.«

»Ja. Ist doch in Ordnung.«

Es wurde still im Wohnzimmer, nur das Aquarium blubberte.

Ich befahl mir, mich ein bisschen zusammenzureißen. Weniger feindselig zu sein. Da ich auf seine Einladung eingegangen war, musste ich ihm fairerweise auch eine Chance geben. Selbst wenn die sterile Wohnung, die Fische und die Nummer mit dem falschen Namen eigentlich bereits mehr als deutlich gemacht hatten, dass Svoritz und ich nicht zusammenpassten.

»Tut mir leid.«

Er bemühte sich um ein Lächeln. »Schon okay.« Sein Blick wanderte zu meiner Tasse. »Trinkst du deinen Kaffee nicht?«

»Ich mag keinen Kaffee.«

»Auch das noch.« Svoritz lehnte sich auf dem Sofa zurück, erschlagen und amüsiert zugleich. »Eine Katastrophe jagt die nächste.« Er grinste mich an.

Mir fiel wieder ein, wie attraktiv ich ihn am vorherigen Abend gefunden hatte. Wie sich meine Scham über das, was dann im Laufe der Nacht passiert war, und meine Wut über seinen Trick wie eine dunkle Wolke über diese Wahrnehmung gelegt hatten. Eine Wolke, die jetzt langsam weiterzog, trotz des Regens, der an die Fensterscheibe prasselte.

»Woran denkst du?«, fragte er mich.

Scheiße.

Unter anderen Umständen hätte ich gelogen. Hätte gesagt, dass ich an meinen Job dachte, daran, wie ich nach Hause kommen sollte, an nichts vielleicht, immer gut. Ich denk an nichts. Aber die Wahrheit war, ich dachte an ihn. Und das war der Deal. Es offen und ehrlich zu sagen. Ich merkte, dass ich rot wurde, und wusste, dass mir das nicht stand.

»Mir ist aufgefallen, wie gut du aussiehst.« Ich zuckte mit den Schultern und sah auf meine Füße. »Du kannst ruhig lachen.«

»Warum sollte ich? Ich freu mich doch.« Ich merkte, wie er sich auf dem Sofa vorbeugte. »Du siehst übrigens auch wirklich toll aus.«

Ich senkte den Kopf noch ein wenig mehr. »Das musst du jetzt sagen.«

»Nee, muss ich nicht. Das ist ja das Schöne.«

Unsere Köpfe waren jetzt sehr nah beieinander. Eine lachhafte Distanz zwischen uns.

Ich wartete auf einen Impuls. Aber in mir drin regte sich nichts.

»Willst du mich jetzt küssen?«, fragte ich Svoritz.

Er nickte bestimmt. »Ja.«

Und das war wohl die Wahrheit.

»Warum?«

In seinem Gesicht zuckte etwas. »Reines körperliches Verlangen, denke ich. Keine Hintergedanken. Nichts, was ich dir versprechen könnte.« Sein Blick ruhte auf meinen Lippen. »Und du? Willst du mich küssen?«

Ich wünschte, ich hätte auch reines körperliches Verlangen in mir gespürt. Irgendetwas gespürt, anstatt meinem Kopf zuzuhören, der mich mit Wenns und Abers und Zweifeln bombardierte. Wahrscheinlich war der nimmermüde Kopf einer Frau ein unbestechlicherer Berater als das körperliche Verlangen eines Mannes. Ziemlich sicher sogar. Aber er brachte einen eben auch um den einen oder anderen Kuss. Mich zum Beispiel, in diesem Moment. Mein Kopf sagte mir die Wahrheit.

Und die Wahrheit lautete: »Nein.«

Svoritz rückte leicht von mir ab und nickte. »Alles klar. Aber ich müsste lügen, wenn ich jetzt sagen würde, dass ich nicht enttäuscht bin.«

»Ich sag nicht Nein, weil ich noch immer glaube, dass du irre bist oder krank im Kopf oder so«, schob ich schnell hinterher.

Seine Augenbrauen wanderten nach oben. »Oh. Gut.«

»Ehrlich! Aber ich krieg das nicht aus meinem Kopf. Dass du mich angelogen hast.«

»Das ist nur eine blöde Masche. Damit ich meine Ruhe hab. Das hab ich doch schon erklärt«, sagte Svoritz, und es klang genervt.

Er ließ sich wieder in die Sofakissen zurückfallen und schaute an die Decke. Ich glaube, er sah keinen Grund mehr für übersteigerte Freundlichkeit. Vielleicht ließ er sich sogar erst jetzt wirklich auf den Deal ein.

Ich merkte, dass ich gleich weinen würde, und ich kämpfte dagegen an, mit aller Macht, denn die Tränen kamen nicht wegen Sven oder Moritz. Sie kamen wegen Chris.

»Ich hasse es, angelogen zu werden. Wenn man jemanden anlügt, dann hat man keinen Respekt vor dieser Person, dann ist es einem egal, wie sehr man diesen Menschen verletzt. Lügen machen alles kaputt. Jede Beziehung ...« Weiter kam ich nicht. Meine Unterlippe zitterte, und ich musste das sofort unterbinden. Sofort.

Svoritz sah mich entgeistert an. »Hanna, wir hatten Sex! Wir haben keine Beziehung!«

»Ja. Und das werden wir auch nie. Auf Lügen kann man keine Beziehung aufbauen.«

Ich vergrub meinen Kopf in den Händen, massierte mir mit den Fingern die Stirn, hinter der es anstrengend pochte. Die Stille machte sich wieder breit, die Wolken kamen zurück, ich fragte mich, was ich hier tat. Ich wollte einfach nur noch weg.

Fünf Minuten? Fünfzehn? Ich weiß nicht, wie viel später mein Handy klingelte und ich endlich Monas aufgekratzte Stimme hörte, die sich überschwänglich dafür entschuldigte, mich verloren zu haben, die mir versprach, alles wieder gutzumachen, und die mich abholen würde, egal wo, jetzt sofort.

»Chlodwigplatz, Hausnummer …«

»Drei«, murmelte Svoritz.

»Drei«, teilte ich Mona mit. »Ich warte draußen.«

Ich klappte das Handy zusammen, stand vom Sofa auf und zog meinen Mantel an, der noch immer etwas feucht war.

»Also dann.«

Ich winkte müde in Svoritz' Richtung und hatte schon fast den Raum verlassen, als er meinen Namen sagte. Er saß noch immer auf dem Sofa und sah aus dem Fenster, während er mit mir sprach.

»Falls es dich interessiert: Ich bleib in Zukunft bei Moritz. Das ist nur fair.«

»Gut.« Mehr fiel mir dazu nicht ein.

»Du hast ja recht. Auf Lügen kann man keine Beziehung aufbauen.« Er drehte sich zu mir um, und das Lächeln, das auf seinem Gesicht erschien, versuchte, versöhnlich zu sein. »Auf der Wahrheit aber anscheinend auch nicht.«

»Ich weiß nicht«, antwortete ich und legte den Kopf schief. »Ich denke, es liegt an uns. Wahrscheinlich wissen zwei Menschen erst dann, dass sie zusammengehören, wenn sie die Wahrheit des anderen aushalten können. Und die Lügen auch.« Ich hatte die Klinke in der Hand und war bereit zu gehen. »Tschüss, Svoritz«, sagte ich und zog die Tür hinter mir zu.

Nur ein kleiner Gefallen

~ Moritz ~

Hier spricht Markus Sommer, ich bin momentan so frei, Ihren Anruf zu ignorieren. Falls Sie es für nötig halten, mir eine Nachricht zu hinterlassen, stehen die Chancen zwar immer noch schlecht, dass ich mich melde, aber es ist nicht völlig unmöglich. Versuchen Sie Ihr Glück! BEEEEP!

»Mein Gott, Markus, du könntest deinen Studenten-Humor wirklich langsam mal überdenken. Geh mal ran ... Komm, du bist doch zu Hause? Dein Handy ist aus, du *musst* zu Hause sein! Dienstagnachmittag, siebzehn Uhr, ich wette, du liegst noch im Bett? Markus? Markus! Okay, ich versuch's später noch mal.«

~ ~

Hier spricht Markus Sommer, ich bin momentan so frei, Ihren Anruf zu ignorieren. Falls Sie es für nötig halten, mir eine Nachricht zu hinterlassen, stehen die Chancen zwar immer noch schlecht, dass ich mich melde, aber es ist nicht völlig unmöglich. Versuchen Sie Ihr Glück! BEEEEP!

»Hallo Markus, hier spricht dein Bruder. Geh an dieses verdammte Telefon. Es ist jetzt ... warte ... Punkt achtzehn Uhr siebenundzwanzig, und ich muss um acht bei ›Oma

Kleinmann‹ sein, bei einer verdammten Nubbelverbrennung. Das dauert länger und ist ein dienstlicher Termin, eine Eventagentur namens *ColorsCologne* hat zum karnevalistischen Ausklang geladen. Du weißt schon, diese Firma, für die wir jetzt doch diesen Flyer und das Programmheft machen sollen. Kann ich also nicht schwänzen. Aber dadurch habe ich ein kleines Problem. Ruf mich bitte an, dann erkläre ich dir die Einzelheiten! DANKE!«

~ ~

Hier spricht Markus Sommer, ich bin momentan so frei, Ihren Anruf zu ignorieren. Falls Sie es für nötig halten, mir eine Nachricht zu hinterlassen, stehen die Chancen zwar immer noch schlecht, dass ich mich melde, aber es ist nicht völlig unmöglich. Versuchen Sie Ihr Glück! BEEEEP!

»Verdammt, Markus! Kurz vor acht, ich bin jetzt schon bei ›Oma Kleinmann‹ auf der Zülpicher und warte auf diese Maren Bettermann von der Agentur, du weißt schon ... Also: Falls du gleich noch nach Hause kommen solltest ... Ich habe da eine Bitte ... ist echt dringend.

Ich habe da am Samstag im ›ABS‹ eine Frau kennengelernt. Hanna. Total süß, wirklich, tolle Frau, wir haben den Abend und den Teil nach dem Abend zusammen verbracht ... und dann ist irgendwas schiefgelaufen. Ich hab mich da wohl etwas unklar ausgedrückt, was meine Identität angeht, also du weißt schon, diese Sven-Nummer. Ja, ja, ja, ich will jetzt keine Vorträge hören, ich weiß, dass ich das nicht mehr abziehen wollte, aber beim Karneval sind so viele durchgeknallte Funkenmariechen unterwegs ... Dann gab es dieses Missverständnis ...

Egal. Ich erkläre es dir später in Ruhe. Jedenfalls will diese

Hanna jetzt nichts mehr mit mir zu tun haben, und ich versuche seit Sonntag, sie noch einmal zu treffen, um sie umzustimmen. Leider weiß ich ihren Nachnamen nicht, und bei ihrem Handy geht nur die Mailbox ran. Das heißt, dass ich seit Sonntag nahezu ununterbrochen im ›ABS‹ herumstehe, weil ich sie da am Samstag zum ersten Mal gesehen habe. Das ist der Laden auf dem Gottesweg in Klettenberg, kennst du doch!

Ich schätze, sie da drin zufällig wiederzusehen, ist gerade meine einzige Option. Leider war sie bis heute nicht wieder dort. Und das ist jetzt dein Einsatz: Ich sende dir eine Nachricht mit einem Bild von ihr, damit du sie erkennst, wenn sie auftaucht. Du gehst heute Abend für mich ins ›ABS‹, und wenn sie wirklich kommt, erklärst du ihr, dass ich sie wiedersehen möchte, und bittest sie, sich bei mir zu melden. Und ruf mich sofort an, wenn sie da ist! Bitte, Markus, das ist echt wichtig. Lass mich nicht hängen. Und schalte endlich dein verdammtes Mobiltelefon ein!«

~ ~

Hier spricht Markus Sommer, ich bin momentan so frei, Ihren Anruf zu ignorieren. Falls Sie es für nötig halten, mir eine Nachricht zu hinterlassen, stehen die Chancen zwar immer noch schlecht, dass ich mich melde, aber es ist nicht völlig unmöglich. Versuchen Sie Ihr Glück! BEEEEP!

»Bist du ssu Hause? Markus? Dein Handy ist immer noch aus. Wie kommssu da bloß durchs Leben ... Ach, auch egal. Ich bin jetzt schon so breit wie ein Reiheneckhaus, und dieser dämliche Nubbel wird erst um zwölf verbrannt. Noch sswei Stunden! Ich nehme an, du bist immer noch nicht zu Hause. Ist jetzt auch egal. Vergiss alles, was ich dir auf die Maschine gequatscht hab, brauchssu gar nicht abzuhören. Hat sich erledigt, vorbei, gegessen, scheißegal ... ob du Huhn bist oder ... na ja, jedenfalls, wir hören ...«

3. Nuss mit Kuss

~ Jana ~
von Michaela Thewes

Die meisten Heiratsanträge unterscheiden sich lediglich in einem kleinen, nicht ganz unwesentlichen Detail: den Beteiligten. Der Ablauf ist in der Regel jedoch mehr oder weniger identisch. Beflügelt vom Sekt oder Champagner fällt Mann vor der Frau seines Herzens auf die Knie und zaubert gewissermaßen im Sinkflug einen Strauß roter Rosen und einen Ring von irgendwoher hervor. Das alles findet an einem möglichst romantischen oder lauschigen Plätzchen statt. Und nicht zwischen Suppengrün und Damenbinden mitten im Supermarkt – wie in meinem Fall unlängst geschehen. Passend zur Location war auch der Rest des Antrags eher ungewöhnlich: Anstelle eines Rings oder anderer Klunker gab's für mich eine Tüte Nüsse. Welche Frau hätte da nicht feuchte Augen bekommen? Vor lauter Enttäuschung … Ich jedoch habe aus Rührung geweint. Um das verstehen zu können, muss man wissen, wie zwischen meinem Romeo und mir alles begonnen hat:

Es war an einem Mittwoch im April. Leise vor mich hin pfeifend schlenderte ich mit meinem Einkaufswägelchen durch die Gänge. Ich war nicht in Eile, denn ich hatte an diesem Tag frei, war bereits joggen gewesen und freute mich nun auf ein gemütliches zweites Frühstück. Danach wollte ich für meine Freundin Nadine, die am nächsten Tag Geburtstag hatte, einen Kuchen backen. Eine Pekannuss-Tarte mit Kaffee-Karamellcreme, meine Spezialität.

Kochen und Backen war meine große Leidenschaft. Obwohl ich Single war. Denn entgegen der weitverbreiteten Meinung, dass es keinen Spaß macht, für sich allein zu kochen, fand ich, dass das durchaus auch seine Vorteile hatte: Ging's daneben, brauchte man sich für das kulinarische Attentat vor niemandem zu rechtfertigen; war das Gericht gelungen, konnte man ohne Rücksicht auf hungrige Mitesser hemmungslos zuschlagen.

Prüfend studierte ich meinen Einkaufszettel. Den größten Teil meiner Liste hatte ich bereits zusammengetragen, nun fehlten außer ein paar unwichtigen Kleinigkeiten bloß noch die Pekannüsse für den Kuchen. Zielsicher steuerte ich das entsprechende Regal an. Den Blick immer noch auf meinen Einkaufszettel geheftet, angelte ich, ohne richtig hinzusehen, nach den Nüssen, erwischte einen Zipfel der Tüte und versuchte, sie herauszuziehen. Doch der Beutel leistete erbitterten Widerstand. Was war da los? Überrascht sah ich auf und blickte geradewegs in ein Paar schokoladenbraune Augen, die mich interessiert musterten. Der Besitzer dieser Augen musste gleichzeitig mit mir nach den Nüssen gegriffen haben und hielt nun das andere Ende des Beutels fest.

Er quittierte unser ungewöhnliches Tauziehen mit einem charmanten Lächeln. »Oh, sorry.«

»Nicht schlimm, kann passieren«, sagte ich freundlich und wartete darauf, dass mein Gegenüber die Tüte losließ.

Doch Fehlanzeige.

»Sieht so aus, als hätten wir ein Problem«, stellte er fest.

Ich schätzte den Kerl, der geradezu unverschämt gut aussah, auf Anfang dreißig; wir waren also ungefähr im gleichen Alter. Mit der freien Hand wies er auf die Stelle im Regal, wo bis eben noch der Beutel mit den Pekannüssen gestanden hatte und die nun leer war. »Offenbar ist die Nachfrage größer als das Angebot.«

Ich hätte wetten können, dass ihm dieser Zustand nur allzu vertraut war, denn er gehörte zu dem Typ Mann, der an jedem Finger zehn haben konnte. Neben seinem guten Aussehen war vor allem seine lässige Ausstrahlung schuld daran. Angefangen bei seiner entspannten Körperhaltung bis hin zu den leicht verstrubbelten braunen Haaren, die zu signalisieren schienen: »Hey, alles easy. Ich bin schon mit einer Gel-Frisur zur Welt gekommen ...« In der Vergangenheit hatte ich bereits einschlägige Erfahrungen mit dieser Gattung Mann gesammelt und war sogleich auf der Hut.

»Wohl noch nie was von ›Ladies first‹ gehört, was?«, fragte ich darum ein wenig schnippisch.

»Aber sicher doch. Sollte der Supermarkt von einem Eisberg gerammt werden und sinken, werde ich dir selbstverständlich den Vortritt lassen.«

»Zu gütig.« Wider Willen musste ich grinsen.

Der Möchtegern-Titanic-Held streckte mir seine rechte Hand entgegen, mit der linken hielt er weiter die Pekannüsse fest. »Ich heiße übrigens Moritz.«

»Ich bin die Jana.« Um ein Haar hätte ich die Nüsse losgelassen, konnte diesen Reflex aber in letzter Sekunde noch unterdrücken. Pfeif auf die gute Erziehung, auf diesen Trick fiel ich nicht rein! Und so tat ich einfach, als würde ich seine ausgestreckte Hand nicht bemerken, und nickte bloß.

»Nett, dich kennenzulernen, Diana.«

»Bloß Jana, ohne Di«, korrigierte ich.

»Ah, ach so. Also gut, Jana ohne Di – die Sache ist folgendermaßen: Ich habe für heute Abend Freunde zum Essen eingeladen, und ich brauche die Pekannüsse ganz dringend für den Vorspeisen-Salat.«

»Was du nicht sagst«, erwiderte ich gespielt gelangweilt. Insgeheim war ich schon ein bisschen beeindruckt. Ein Mann, der nicht nur kochen konnte, sondern seinen Gästen sogar gesundes Grünzeug servierte, war so selten wie eine Sonnenfinsternis.

»Eigentlich handelt es sich ja um ein Geheimrezept, das ich sonst niemandem verrate. Aber für dich mache ich heute mal eine Ausnahme.« Moritz senkte die Stimme und beugte sich zu mir herunter.

Ich wusste nicht, ob es am Duft seines markanten Aftershaves lag oder ob Moritz' geheimnisvolles Getue dafür verantwortlich war, dass mir ein kleiner Schauer den Rücken hinunterhuschte.

»Radicchio und halbierte Physalis«, flüsterte Moritz halblaut. »Das Dressing besteht zu gleichen Teilen aus Oliven- und Walnussöl, etwas Schnittlauch, Senf, Salz und Pfeffer, Weißweinessig und zerdrücktes Quittengelee hinzugeben. Fertig. Ach ja, und zum Schluss noch frischen Parmesan drüberhobeln. Absolut köstlich, sage ich dir.«

Moritz musterte mich abwartend. Es war ihm deutlich anzusehen, dass er für die Preisgabe seines Rezepts nun eine Gegenleistung erwartete. Und es war nicht schwer zu erraten, was er dabei im Sinn hatte. Für den Fall, dass ich etwas schwer von Begriff war, fasste Moritz es jedoch noch einmal in Worte: »Du würdest mir einen riesigen Gefallen tun, wenn du dich dazu durchringen könntest, mir den Beutel zu überlassen.« Seine braunen Augen dackelten um die Wette.

Aber dagegen war ich immun.

Gottlob hatte Moritz sich wieder zu seiner vollen Größe aufgerichtet, sodass mir sein Aftershave nicht länger die Sinne vernebelte.

»Du würdest *mir* einen riesigen Gefallen tun, wenn du *mir* die Nüsse überlassen würdest.«

»Verrätst du mir, was du mit den Pekannüssen vorhast?«, fragte Moritz, wohl um herauszufinden, wer von uns beiden die Nüsse dringender benötigte.

»Ich arbeite an einem Mittel gegen Alzheimer, und die Pekannüsse könnten den Durchbruch bringen.«

Moritz feixte. »Der Punkt geht an dich. Allerdings musst du dich von deiner anstrengenden Forschungsarbeit bestimmt auch mal ausruhen. Komm doch heute Abend einfach zum Essen vorbei. Ich habe reichlich eingekauft, eine Person mehr oder weniger spielt da keine Rolle. Auf die Weise hätten wir beide was von den Nüssen.« Offenbar war Moritz mein kurzes Zögern nicht entgangen. Er setzte noch einmal nach: »Glaub mir, du wirst es bestimmt nicht bereuen. Alle meine Freunde schwärmen von meinen Kochkünsten.«

»Danke, ich kann selbst kochen. Ach ja, und backen übrigens auch. Genau das habe ich mit den Nüssen nämlich vor. Eine Pekannuss-Tarte mit Kaffee-Karamellcreme. Bestimmt leuchtet dir ein, dass eine Pekannuss-Tarte ohne Pekannüsse nicht viel Sinn macht.«

»Ja, das leuchtet mir ein«, zeigte Moritz wider Erwarten Einsicht.

Na bitte, ging doch!

Nach einer kurzen Pause, die er offenbar zum Nachdenken genutzt hatte, fuhr er jedoch fort: »Warum bäckst du stattdessen nicht eine Walnuss-Tarte? Ein nicht ganz so sensibler Gaumen schmeckt den Unterschied überhaupt nicht.«

Der Typ hatte ja wohl echt nicht mehr alle Tassen im Schrank! Nicht genug, dass er mir die Pekannüsse abspenstig machen wollte, jetzt beleidigte er mich sogar noch! Schwer vorstellbar, dass es an diesem Kerl überhaupt eine sensible Stelle gab, und sei es nur der Gaumen.

»Für echte Feinschmecker wie dich gibt es vorne in der Obst- und Gemüseabteilung frische Pekannüsse«, erklärte ich ruppig und stemmte die freie Hand in die Hüfte. Mein Gesicht fühlte sich heiß an, und ich hätte wetten können, dass meine Sommersprossen, wie immer, wenn ich mich aufregte, deutlich hervortraten. Ich hasste das! Aber der helle Teint und die Sommersprossen waren eben der Preis für meine lange rote Lockenmähne, um die ich von vielen beneidet wurde.

Moritz zog ein Gesicht, als hätte ich ihm vorgeschlagen, barfuß den Mount Everest zu besteigen. Entsetzen pur. »Weißt du, wie viel Arbeit es macht, die Dinger zu knacken?!«

»Nein, weiß ich nicht. Aber als Spitzenkoch muss man eben Opfer bringen.«

Etwas ungeduldig trat Moritz von einem Fuß auf den anderen. »Es war wirklich nett, mit dir zu plaudern. Aber ich muss nun langsam wieder los. Wärst du wohl so freundlich, meine Nüsse loszulassen?«

»Deine Nüsse?«, ächzte ich empört. »Ich soll *deine* Nüsse loslassen? Dass ich nicht lache!«

»Nur zu, lach ruhig. Allerdings ist es schon ein bisschen unsensibel, sich über die Nüsse eines Mannes lustig zu machen.« Moritz zwinkerte mir zweideutig zu.

Seine Bemerkung wurde mit unterdrücktem Gelächter quittiert. Überrascht stellte ich fest, dass sich in der Zwischenzeit eine kleine Traube Schaulustiger um uns herum gebildet hatte, die mit unverhohlener Neugier unsere Auseinandersetzung verfolgten. Auch eine Angestellte des Supermarktes befand sich darunter, unschwer zu erkennen am feuerroten T-Shirt mit dem Logo des Marktes.

Moritz hatte sie auch entdeckt und wandte sich nun mit einem gewinnenden Lächeln an die junge Frau. »Wären Sie wohl so freundlich, mal nachzuschauen, ob sich noch irgendwo im Lager ein Beutelchen Pekannüsse versteckt?«

Meines Wissens wurden die angelieferten Waren immer gleich in die Regale eingeräumt. Aber vermutlich hätte die junge Frau sogar draußen auf dem Parkplatz oder auf der Kundentoilette gesucht, wenn Moritz sie darum gebeten hätte.

Brav zockelte sie von dannen. Kurze Zeit später war sie wieder da. Anstelle von Pekannüssen hatte sie uns allerdings ihren Vorgesetzten mitgebracht.

»Wie ich höre, gibt's hier ein Problem. Mein Name ist Philipp Lindbergh. Ich bin der Leiter dieser Filiale.«

Keine Ahnung, wie ich mir einen Supermarktleiter vorgestellt hatte, vielleicht klein und untersetzt oder groß und schlaksig, auf jeden Fall aber mit schütterem Haar und einem Kassengestell auf der Nase. Umso überraschter war ich, dass dieser Philipp ausgesprochen gut proportioniert war und über volle blonde Locken sowie schöne blaue Augen verfügte, die offenbar keine Brille nötig hatten. Nett schien er darüber hinaus auch noch zu sein. Zumindest hatte er ein äußerst sympathisches Lächeln.

»Kann ich helfen?«

Ich ließ den Beutel los, als hätte ich mich daran verbrannt. »Dem Kerl ist nicht zu helfen«, murmelte ich, warf Moritz einen ärgerlichen Blick zu und überließ es ihm, Filialleiter Philipp das Problem zu schildern. Allerdings erwähnte er dabei für meinen Geschmack ein bisschen zu oft seinen fantastischen Salat, nach dem seine Freunde sich angeblich schon seit Wochen verzehrten.

Mit leicht schräg gelegtem Kopf hörte Philipp Lindbergh sich Moritz' Ausführungen an. Entweder er hatte Übung im Umgang mit schwierigen Kunden, oder er war ein Poker-Ass. Er verzog keine Miene.

Mir war die ganze Situation hochnotpeinlich. Was musste der nette Supermarktchef bloß von mir denken?! Wahrscheinlich hielt er mich für völlig durchgeknallt, weil ich mich wie ein Kleinkind um einen Beutel Nüsse zankte. Aber zum Einlenken war es zu spät. Außerdem ging's mittlerweile längst nicht mehr nur um die Pekannüsse, sondern ums Prinzip.

Nachdem Moritz geendet hatte, wandte Philipp Lindbergh sich an mich. »Sie kaufen öfter bei uns ein, oder? Wenn mich nicht alles täuscht, habe ich Sie schon ein paar Mal hier gesehen.«

Ich nickte erfreut. Wer hört nicht gerne, dass er bleibenden Eindruck hinterlassen hat? Dann wog die unrühmliche Episode mit den Nüssen vielleicht nicht ganz so schwer. »Stimmt, Sie täuschen sich nicht. Ich komme regelmäßig her.«

»Das freut mich.« Der warme Klang seiner Stimme verriet, dass das nicht einfach nur so dahingesagt war.

»Ich bin auch Stammkunde«, unterbrach Moritz, der seine Felle offenbar davonschwimmen sah, unser Geplänkel. »Tut das was zur Sache?«

»Nein, natürlich nicht«, besann Philipp sich mit einem bedauernden Blick in meine Richtung nun wieder auf seine Rolle als neutraler Schlichter. »Bei uns werden alle Kunden gleich behandelt.«

»Nur die Kunden?«, fragte Moritz. »Oder auch die Kundinnen?«

Philipp lächelte zuvorkommend. »Selbstverständlich bemühen wir uns, alle Kundinnen und Kunden zufriedenzustellen. Allerdings muss ich zugeben, dass mir in diesem speziellen Fall so ad hoc keine Lösung einfällt.« Er legte nachdenklich die Stirn in Falten. Dann hellten sich seine Gesichtszüge auf. »Wie wär's mit teilen? Wir könnten die Tüte öffnen und den Inhalt auf der Gemüsewaage auswiegen und halbieren«, schlug Philipp vor.

Ein zustimmendes Murmeln ging durch die Zuschauermenge.

»Nein!«, riefen Moritz und ich wie aus einem Mund.

Endlich waren wir uns mal einig.

»Das kommt überhaupt nicht infrage«, bekräftigte Moritz,

der offenbar immer das letzte Wort haben musste, noch einmal stur.

»Okay, dann müssen wir wohl losen.« Der Filialleiter fischte ein Eurostück aus der Hosentasche. Nachdem wir uns darauf geeinigt hatten, dass Moritz Kopf und ich Zahl hatte, warf Philipp die Münze hoch, fing sie geschickt wieder auf und platzierte sie verdeckt auf seinem linken Handrücken. In die gespannte Stille hinein plärrte eine Stimme aus dem Lautsprecher, dass die Schweineschnitzel heute im Angebot seien. Endlich nahm Philipp seine Hand weg und gewährte uns freien Blick auf die Münze.

Zahl.

»Jaaa.« Ich reckte triumphierend die Faust in die Höhe.

Moritz reichte mir den Beutel mit den Pekannüssen. »Na dann: Guten Appetit.«

Immerhin war er ein guter Verlierer.

Er grinste. »Man sieht sich.«

Leider schneller, als mir lieb war. Denn kurze Zeit später trafen wir an der Kasse erneut aufeinander. Moritz stand hinter mir in der Schlange, und ich bemühte mich nach Kräften, ihn zu ignorieren.

»Siebenundvierzig fünfzig macht das«, sagte die etwas moppelige Kassiererin, deren rotes T-Shirt gefährlich über den Hüften spannte.

Ich tastete in meiner Handtasche nach meinem Portemonnaie, fand aber außer meinem Handy, einem Paket Taschentücher und meinem Schlüsselbund bloß ein halbes Dutzend Kugelschreiber, von denen im Fall der Fälle garantiert nicht ein einziger schrieb.

»Sammeln Sie unsere Treuepunkte?«, hörte ich die Kassiererin wie von fern fragen, während ich weiter in meiner Tasche herumkramte. Mir entfuhr ein tiefer Seufzer. »Oh nein, das fehlt gerade noch.«

»Ich frag ja bloß«, sagte die Kassiererin, die meine Bemerkung völlig falsch interpretiert hatte, verschnupft. »Es zwingt Sie ja niemand, an unserer Aktion teilzunehmen und die Punkte zu sammeln.«

»Mein Portemonnaie ist weg«, stammelte ich und bemühte mich, Moritz' triumphierenden Gesichtsausdruck zu übersehen. Einen Moment erwog ich es, Philipp herbeirufen zu lassen, denn mein Gefühl sagte mir, dass er mir bestimmt gerne aus der Patsche geholfen hätte. Aber vor ihm hatte ich mich heute nun wirklich schon genug blamiert.

»Siebenundvierzig fünfzig«, wiederholte das Moppelchen ungeduldig.

»Ich bin Stammkundin. Ich kann bei Ihnen wohl nicht zufällig was anschreiben lassen?«, scherzte ich matt.

»Zufällig nicht.«

Ich kam nicht umhin, mich zu fragen, ob die Antwort der Kassiererin weniger barsch ausgefallen wäre, wenn ich mich für die Treuepunkte entschieden hätte. Aber was spielte das schon für eine Rolle? Mir würde nichts anderes übrig bleiben, als meine Einkäufe an der Kasse zurückzulassen und nach Hause zu fahren, um Geld zu holen. Statt Vanilleeis gab's dann eben Vanillesoße ...

»Ich übernehme das für die Dame.« Wie ein Ritter in schimmernder Rüstung trat Moritz einen Schritt nach vorne und zückte anstelle eines Schwerts sein Portemonnaie.

»Spinnst du?«, fauchte ich ihn an. »Wieso solltest du meine Einkäufe bezahlen? Wir kennen uns doch überhaupt nicht.«

»Na ja, nachdem wir schon so locker über meine Nüsse geplaudert haben, sind wir uns wohl nicht mehr ganz fremd, würde ich sagen.«

Auch ohne einen Blick in den Spiegel wusste ich, dass sich die Farbe meines Gesichts nur geringfügig von der des Supermarkt-T-Shirts unterschied.

Die Schlange hinter uns wurde immer länger, und die Kunden wurden allmählich unruhig.

»Ich hab Hackfleisch gekauft«, brummte ein Mann ärgerlich, »das muss heute noch verarbeitet werden.«

»Nun nehmen Sie das Angebot des freundlichen Herrn doch einfach an, Kindchen«, ermunterte mich eine ältere Dame. »So viel Hilfsbereitschaft findet man heutzutage nur noch selten.«

Um die restlichen Kunden nicht auch noch gegen mich aufzubringen, ließ ich es widerstrebend zu, dass Moritz für mich bezahlte.

»Ich werde dir das Geld selbstverständlich zurückgeben«, sagte ich, nachdem Moritz seine eigenen Einkäufe in einem Beutel verstaut und bezahlt hatte.

»Das hoffe ich doch. Heute Abend um sieben. Und bring bitte nicht nur Geld, sondern auch Hunger mit.«

»Hmm«, grunzte ich vage.

»Hast du einen Stift?«

Sollte ich ihm vielleicht einen Schuldschein unterschreiben? Oder wollte er sich sicherheitshalber meine Telefonnummer notieren?

»Chlodwigplatz 3. Zweite Etage, Sommer.«

»Das werde ich mir gerade noch merken können.« Die Peinlichkeit, in Moritz' Beisein ein halbes Dutzend Kugelschreiber auszuprobieren, die alle nicht schrieben, wollte ich mir lieber ersparen. »So senil bin ich nun auch wieder nicht.«

»Wenn du meinst ...« Er sah bedeutungsvoll auf meine Handtasche.

Dass er auf mein vergessenes Portemonnaie anspielte, war echt unfair. So etwas passierte mir eigentlich nie. Oder zumindest nicht viel öfter als anderen Menschen ...

»Ach, da ist noch eine Kleinigkeit ...« Moritz grinste so

breit, dass eine Zahnbürste quer in seinen Mund gepasst hätte. »Jetzt, da ich die Nüsse ja nun schon bezahlt habe ...«

Dem hatte ich außer einem leisen Schnauben nichts entgegenzusetzen. Erneut wechselten die Pekannüsse ihren Besitzer.

Das Erste, was ich beim Betreten meiner Wohnung sah, war mein Portemonnaie. Prall gefüllt lag es auf dem Garderobenschränkchen und schien mich höhnisch anzugrinsen. Was meinen Ärger noch weiter anfachte. Ich musste unbedingt Dampf ablassen, sonst würde ich noch platzen.

Nachdem ich das Eis im Gefrierfach verstaut hatte, rief ich meine Freundin Nadine an und schilderte ihr nach einer knappen Begrüßung haarklein mein Supermarkterlebnis.

»Hast du ein Glück«, seufzte Nadine, nachdem ich geendet hatte.

Das war nun nicht gerade die Reaktion, die ich von meiner Freundin erwartet hatte.

»Glück? So etwas nennst du Glück?«, fragte ich entgeistert.

»Na hör mal, der Typ ist attraktiv, schlagfertig ...«

»... und superdreist«, ergänzte ich.

»Wirst du hingehen?«

»Natürlich nicht«, antwortete ich entrüstet. »Was denkst denn du von mir!«

»Dass du nicht so blöd bist, dir eine solche Chance entgehen zu lassen. Einen Mann, der kochen kann, findet man nicht an jeder Supermarktecke. Du hast doch nichts zu verlieren. Und wenn sich der Typ als Reinfall entpuppt, springt wenigstens ein leckeres Abendessen für dich dabei heraus.«

»Also ehrlich ... ich weiß nicht.«

»Außerdem seid ihr ja nicht allein. Was soll schon groß passieren, wenn seine Freunde dabei sind?«

Eben. Was sollte passieren?! Außerdem war es ja kein Date, ja irgendwie noch nicht einmal eine richtige Essenseinladung. Aber was war es dann?

Nachdem ich das Definitionsproblem gelöst hatte, wandte ich mich der nächsten Frage zu: Was sollte ich bloß zu dieser »Geldübergabe« anziehen? Nachdem ich fast den gesamten Inhalt meines Kleiderschranks durchprobiert hatte, entschied ich mich dafür, die gleiche Jeans und die gleiche Bluse anzuziehen, die ich bereits am Morgen im Supermarkt getragen hatte. Moritz sollte bloß nicht denken, dass ich mich seinetwegen besonders in Schale geschmissen hatte.

Als ich die Adresse, die Moritz mir gegeben hatte, erreichte, öffnete sich gerade die Haustür des Mietshauses, und eine Frau kam heraus. Schnell flutschte ich an ihr vorbei. Im dämmerigen Licht des Treppenhauses erkannte ich eine Reihe Briefkästen, von denen einer ein Schild mit der Aufschrift *Sommer* trug. Ich kramte in meiner Handtasche nach dem Umschlag mit dem Geld. Das war die ideale Gelegenheit, meine Schulden zu begleichen und mich unbemerkt wieder aus dem Staub zu machen. Andererseits – wenn ich sowieso schon mal hier war, konnte ich ebenso gut testen, ob Moritz wirklich ein so guter Koch war, wie er behauptet hatte.

Mit weichen Knien stieg ich die Treppe in den zweiten Stock hinauf und klingelte. Kurz darauf vernahm ich von drinnen Schritte, und die Tür wurde schwungvoll aufgerissen. »Schön, dass du gekommen bist, Jana ohne Di.«

»Ich hatte wohl kaum eine andere Wahl«, schwindelte ich, nicht ohne rot zu werden. »Schließlich muss ich meine Schulden bezahlen.« Ich überreichte Moritz den Umschlag mit dem Geld, den er achtlos zusammenfaltete und in der hinteren Hosentasche seiner Jeans verschwinden ließ. Genau wie ich trug Moritz noch die gleichen Anziehsachen wie am Vormittag. Er hatte sich ein Küchentuch über die Schulter geworfen. So lässig, wie das Handtuch dort drapiert war, hätte es mich nicht weiter gewundert, wenn ich am nächsten Tag eine große Auswahl karierter Tücher bei H&M im Regal entdeckt hätte.

»Komm doch rein.« Moritz wies einladend in die Wohnung.

Mit klopfendem Herzen trat ich über die Schwelle, folgte Moritz durch die Diele ins Wohnzimmer und sah mich neugierig um. Die Einrichtung passte zu Moritz. Modern, hier und da ein wenig stylisch. An einer Wand des Zimmers befand sich allerhand Technikschnickschnack, ein riesiger Fernsehbildschirm und eine Stereoanlage mit überdimensional großen Boxen. Auf der Suche nach einem möglichst unverfänglichen Gesprächsthema ließ ich meinen Blick weiter durch den Raum schweifen.

»Du hast Fische?«, fragte ich so überrascht, als würde er in seinem Wandschrank ein Rudel Löwen beherbergen.

»Barsche, um genau zu sein.« Wir traten gemeinsam vor das Aquarium. »Darf ich bekannt machen: Carl mit C. Und Jana ohne Di.« Moritz zeigte in die hintere Ecke des Aquariums. »Und der Bursche, der sich da hinten versteckt, ist Heinz.«

Heinz glotzte mich mit großen Glupschaugen forschend an. Genau wie ich selbst schien er sich zu fragen, was ich eigentlich hier verloren hatte.

Plötzlich fiel mir das Essen wieder ein. Es roch köstlich, und mein Magen begann zu knurren. Außer einem leichten Knoblauchgeruch lag jedoch noch irgendetwas anderes in der Luft ... eine eigenartige Spannung, die sich immer mehr zu verdichten schien. Nervös spielte ich an den Knöpfen meiner Bluse herum.

»Sagtest du nicht, du hast Freunde zum Abendessen eingeladen?«

»Ach ja, richtig. Meinen Bruder Markus, seine Freundin Britta und ein befreundetes Pärchen, Pascal und Isa.«

»Und wo sind sie?«

»Sie haben vorhin angerufen. Leider können sie nicht kommen. Sie haben sich wohl einen Virus eingefangen.«

»Einen Virus? Alle vier?«

»Tja, da geht wohl wieder was rum. Magen-Darm, na, du weißt schon.«

Und ob ich wusste! Ich wusste, dass Moritz mich reingelegt und unter Vortäuschung falscher Tatsachen hierher gelockt hatte!

Moritz schien zu ahnen, was in meinem Kopf vorging. Er schnappte sich das Telefon vom Tisch und hielt es mir unter die Nase. »Hier – ruf sie an. Sie werden dir sicher gerne bestätigen, dass ich die Wahrheit sage. Das heißt, sofern sie überhaupt ans Telefon gehen können und nicht gerade göbelnd über der Kloschüssel hängen.«

Mir verging schlagartig der Appetit. Zurück blieb ein nervöses Magengrummeln, das ich nicht genauer zu deuten wusste. Mit einem Virus hatte es aber garantiert nichts zu tun. So viel war sicher.

»Nun gib doch wenigstens zu, dass du mich angeschwindelt hast. Ziehst du diese Nummer häufiger ab? Eins muss man dir lassen, du warst ziemlich gut. Vor allem die Szene, in der du uns weismachen wolltest, dass deine Freunde sich seit Wochen auf deinen ach so perfekten Salat freuen, war wirklich oscarverdächtig.«

»Puh.« Moritz tat, als würde er sich den Schweiß von der Stirn wischen. »Ich dachte immer, es ist ein Klischee, dass Rothaarige besonders temperamentvoll und heißblütig sind, aber in deinem Fall scheint tatsächlich etwas dran zu sein.«

Er nahm das Küchenhandtuch von der Schulter und ließ es wie einen Ventilator durch die Luft kreisen.

Ich schnaubte wütend. »Womöglich hast du überhaupt keine Freunde. Wundern würde mich das nicht. Typen wie du ...«

»Dass die freundschaftlichen Gefühle auf Gegenseitigkeit beruhen, kann ich natürlich nicht beschwören. Das müsstest du Pascal und Isa schon selbst fragen«, unterbrach mich Moritz. »Dass ich einen Bruder habe, kann ich aber beweisen.« Er legte mir beschwichtigend die Hand auf den Arm.

Seine Berührung versetzte mich jedoch nur noch mehr in Aufruhr. Ich hatte das Gefühl, als würden sich Moritz' Finger in meinen Arm einbrennen. Himmel, was war bloß los mit mir? Jetzt hatte ich nicht nur den Verstand, sondern leider auch den Faden verloren. »Wo war ich noch gleich stehen geblieben?«

»Typen wie ich ...«, half Moritz mir weiter.

»Genau. Typen wie du meinen, sie seien ein Geschenk des lieben Gottes an die Menschheit.«

»So habe ich das noch überhaupt nicht gesehen. Aber jetzt, wo du's sagst ...«

»Ja genau. Bloß keine falsche Bescheidenheit«, höhnte ich aufgebracht und pustete mir eine widerspenstige Haarsträhne aus dem Gesicht. »Wie fühlt man sich so als Vorsitzender seines eigenen Fanclubs? Muss ein tolles Gefühl sein, wenn ...«

»Tut mir leid, wenn ich dir jetzt zu nahetreten sollte«, unterbrach mich Moritz, »aber ich hab keine Ahnung, wie ich dich sonst zum Schweigen bringen könnte.«

Ehe ich wusste, wie mir geschah, spürte ich Moritz' Lippen auf meinen. Ich leistete heftigen Widerstand: Wie ein Vogel bei seinem ersten Flugversuch hob ich die Arme und ließ sie dann hilflos wieder sinken. Damit hatte ich, wie ich fand, hinreichend zum Ausdruck gebracht, dass ich mit Moritz' Annäherungsversuch nicht einverstanden war. Danach konnte ich mich einfach in seine Arme sinken lassen und seinen Kuss erwidern. Unser Zungenspiel war genauso hitzig und explosiv wie unser Kennenlernen. Es dauerte keine drei Minuten, bis unsere Klamotten auf dem Boden und wir in Moritz' Bett lagen …

Diese stürmische Begegnung ist nun ein halbes Jahr her. Und ich muss oft an jenen Tag zurückdenken, an dem ich meiner großen Liebe zum ersten Mal begegnet bin. Ich verdanke Moritz viel, denn durch ihn habe ich Philipp kennengelernt. Bei meinem nächsten Besuch im Supermarkt hat mir der Filialleiter höchstpersönlich eine Tüte Pekannüsse geschenkt. Dabei haben wir stundenlang über Gott und die Welt gequatscht.

Von da an bin ich fast täglich einkaufen gegangen. Erst, als ich so viele Lebensmittelvorräte gehortet hatte, dass eine Großfamilie mehrere Monate davon hätte satt werden können, und die Toilettenpapierrollen sich fast bis zur Decke stapelten, hat Philipp mich endlich gefragt, ob ich mit ihm ausgehen wollte. Ein Date, dem noch viele weitere wundervolle Treffen folgten. Nach gerade mal vier Monaten sind wir zusammengezogen, und mittlerweile bin ich mir ganz sicher, dass er der Mann ist, mit dem ich den Rest meines Lebens Pekannüsse knabbern möchte. Nun werden wir also bald heiraten. Und es versteht sich von selbst, dass Moritz unser Trauzeuge wird …

Best Man

~ Moritz ~

Von: MoritzSomm<mailmotz@linientreu.com>
Betreff: **Best Man**
Datum: 2. Juni 2012 01:35 MESZ
An: JessyP.@gmx.au

Hey Jessy,

habe lange nichts von mir hören lassen, weiß ich. Habt ihr's nett da am anderen Ende der Welt? Manchmal denke ich, ich sollte auch mal wieder nach Sydney kommen. Geht natürlich nicht. Zu turbulent gerade alles. Und bevor Du fragst: Das mit der Frau fürs Leben läuft noch nicht so rund ... Markus hat gute Chancen, diese alberne Wette zu gewinnen. Und die Ironie an der Sache ist, dass ich momentan ständig mit Leuten zu tun habe, die heiraten wollen oder es schon getan haben. Neulich war ich sogar Trauzeuge bei Jana. Hatte ich dir ja gemailt, der One-Night-Stand, aus dem so eine Art Freundschaft entstand. Ich musste sogar eine Rede halten. Dabei fühlte ich mich wie King George VI. Allerdings nicht sonderlich reich oder majestätisch, sondern eher in der kleinmütigen »Version Colin Firth«, bevor man ihm in *The King's Speech* das Stottern ausgetrieben hatte ...

Das war eine schräge Erfahrung, das kann ich dir sagen:

Ich stand auf und klopfte mit dem Messer gegen mein leeres Weinglas, das daraufhin umfiel und mir den ersten Lacher einbrachte, bevor ich meine Rede überhaupt begonnen hatte. Ich erzählte von unserem ersten Treffen, wie mir Jana als wild frisierte Hexe im Supermarkt begegnet war, die Tüte Pekannüsse fest umklammert, ein wenig schnippisch und frech, aber ungemein attraktiv mit ihren wallenden roten Haaren.

»Sie kann darin einen Vogel von der Größe eines Papageis verstecken!«, behauptete ich – zweiter Lacher an der Hochzeitstafel.

Ich erwähnte, wie das Schicksal mir eine Chance einräumte, sie zu mir nach Hause zu locken (»Es war eher meine Schusseligkeit!«, rief Jana dazwischen.), und wie ich meinen Bruder und seine Freunde kurzfristig an diesem Abend ausgeladen hatte – für den Preis eines Sushi-Dinners auf meine Kosten.

»Das war der Beginn einer wunderbaren Freundschaft«, fuhr ich fort, und ich schaute Lady Di (ein Insider, nur ich darf sie so nennen) dabei tief in die Augen. Jana wich meinem Blick nicht aus. Ich sah ihr an, dass sie froh darüber war, dass ich in der Ausgestaltung unseres ersten Abends und der tatsächlichen Chronologie dieser wunderbaren Freundschaft nicht so sehr ins Detail ging.

An dieser Stelle verlor ich ein wenig den Faden. King George halt … Aber das hatte einen Grund: Während ich zur Festgemeinde sprach, dachte ich plötzlich zum ersten Mal ernsthaft darüber nach, was eigentlich schiefgelaufen war in dieser Nacht, in der Jana und ich miteinander geschlafen hatten. Warum hatten wir am nächsten Tag so getan, als seien wir uns bloß bei einem Kochkurs begegnet?

Es ist merkwürdig. Jana und ich mögen uns, aber wir streiten auch immer, wirklich jedes Mal, wenn wir uns treffen.

Sie zieht mich damit auf, ein sorgloser Charmeur mit einem Hang zur Arroganz zu sein. (Findest Du, das kommt hin?)

Ich glaube, sie ist einfach nur ein wenig unsicher und kratzbürstig. Markus behauptet, wir seien wie ein »odd couple«, das immer kurz davor ist, schmutzigen Sex auf dem Teppich zu haben, aber das ist Quatsch. Wir haben seitdem nie wieder miteinander geschlafen. Jana hat ja auch sehr schnell ihren Einzelhandelstraum getroffen, diese Pekannuss auf Samtpfoten. Jetzt hat sie ihn tatsächlich geheiratet. Verrückt. Und ich habe als sein »Best Man« eine Rede auf das Brautpaar gehalten und gleichzeitig daran gedacht, wie Jana und ich es miteinander getrieben hatten. Absurd.

Ich weiß, es ist albern, aber manchmal kriege ich diesen Gedanken nicht aus dem Kopf: Könnte es sein, dass ich doch eher Janas »Best Man« bin?

Jessy, ich weiß, ich müll Dich hier mit Geschichten voll, und Du kennst die Frau nicht einmal. Sorry. Wär trotzdem toll, wenn Du Dich mal wieder aus Sydney meldest, meine schönste, beste alte Schulfreundin.

Best, Moritz

PS. Wie ist gerade der Swell am Bondi Beach? ;-)))

4. Knapp vorbei ist auch daneben

~ Marie ~

von Britta Sabbag

Gerade, als ich den Blumenkohl in mundgerechte Portionen zerteilen wollte, begann er zu klingeln. Erschrocken sprang ich einen Meter zurück und stieß mit dem Ellenbogen gegen den Küchenvorratsschrank.

»Autsch!«

Der Blumenkohl klingelte wieder, diesmal lauter und länger, irgendwie auch schriller, und das Geräusch kam mir seltsam bekannt vor.

»Was zum Teufel ...?«

Ich kniepte mit den Augen.

Oder ist es gar nicht der Blumenkohl, der da klingelt, sondern mein Kopfkissen? Aber wie kommt das in die Küche?

Diese Tatsache erschien mir auch nicht weniger irritierend als der klingelnde Blumenkohl.

Wieder, immer noch laut und grell, dieses lang gezogene Klingeln. Ich hielt mir die Ohren zu. Sie fühlten sich an wie zwei mittelgroße Blumenkohlröschen. Sie waren es also, die klingelten!

Hilfe!

Ich riss die Augen auf.

Meine Güte, Marie! In was für einem Albtraum bist du da schon wieder gelandet?

Ich setzte mich in meinem Bett auf und streckte verschlafen beide Arme in die Luft. Die Sonne schien, und ihrem

Stand – mitten über meinem Schlafzimmerfenster – nach zu urteilen, war es sicher kurz vor Mittag.

Ein abgefahrener Traum! Was der wohl zu bedeuten hat? Sigmund – du hättest deine wahre Freude an mir gehabt!

Das Klingeln hatte ich wenigstens nicht geträumt – es ertönte immer noch. Allerdings war es weder ein Blumenkohl noch ein Kopfkissen, und es waren auch nicht meine Ohren, sondern schlichtweg die Türklingel.

Mit einem gequälten »Ja doch, jahaaaaaa!« befreite ich mich aus meinen verschiedenen Decken und schlurfte in meinem *Ich-studiere-im-Schlaf*-T-Shirt, das mein Ex bei mir zurückgelassen hatte, zur Tür. Als ich sie gähnend öffnete, stand eine mir völlig unbekannte Frau vor mir.

»Mahlzeit.« Sie musterte mich abschätzig von oben bis unten und blieb an meinen Schlafsocken, die wie Handschuhe einzelne Zehen hatten, hängen. »Sie sind Marie Gruber, nehme ich an?«

Kampfeslustig wegen des Dauerklingelns der komplett in lachsrosa Leinen gekleideten Frau Ende vierzig, die aussah, als habe sie länger nichts zu lachen gehabt, antwortete ich: »Und wer will das wissen?«

Sie streckte mir die Hand entgegen. »Klotzek. Das Finanzamt Hamburg-Mitte schickt mich.« Ihre Mundwinkel verzogen sich nach unten, und ich überlegte, ob es so etwas wie ein Lächeln darstellen sollte.

Das Finanzamt? Was wollen die denn bitte in aller Herrgottsfrühe hier? Und seit wann schicken sie extra Mitarbeiter raus? Sonst haben Mahnungen in Briefform doch auch immer gereicht ... Ach herrje – die Mahnungen!

Die letzten hatte ich – aufgrund des zu erwartenden Inhalts und weil ich mir meine ohnehin miese Laune nicht noch mehr verderben wollte – gar nicht mehr geöffnet!

»Es geht um eine Steuernachzahlung«, sagte Frau Klotzek und sah mich auffordernd an. »Mehrere, um genau zu sein.«

Jetzt klingelten meine Ohren tatsächlich.

»Darf ich reinkommen?«

Reflexartig zuckte meine Hand, am liebsten hätte ich die Tür auf der Stelle wieder zugemacht.

Ach du Scheiße!, schoss es mir durch den Kopf. *Das klingt irgendwie ernster als gedruckt!*

»Äh ... ja.«

Ich machte Frau Klotzek den Weg frei, und sie steuerte zielstrebig den Küchentisch in der Mitte des Raumes an. Sie stellte ihren Aktenkoffer ab, kramte einige Sekunden darin herum und zog einen Stapel sorgfältig geordneter und mit bunten Pagemarkern beklebter Papiere heraus.

»Dann wollen wir mal sehen ... Also, da wären Mahnungen von 2011, November, Dezember, von 2012, Januar, zweimal Februar, März, April ...«

»Ich weiß«, unterbrach ich sie zerknirscht, »aber das ist alles mehr so eine Art ... Missverständnis!«

»Ach ja?«, fragte Frau Klotzek und zog die linke Augenbraue hoch. »Was ist denn zum Beispiel daran, dass man Mehrwertsteuer, die man einnimmt, wieder abführen muss, missverständlich?«

Ich überlegte kurz zu sagen: »Äh, so ziemlich alles?«, verwarf den Gedanken dann aber wieder und sagte stattdessen: »Nichts, natürlich.«

»Sehen Sie.«

»Käffchen?«, krächzte ich und versuchte mich an einem Scherz: »*Jetzt* kann ich ihn mir noch leisten.«

Frau Klotzek hob nun die rechte Augenbraue. »Das Scherzen wird Ihnen noch vergehen. Sie haben exakt vierzehn Tage Zeit, die offenen Rechnungen zu begleichen. Ansonsten wird gepfändet.«

»Gepfändet?« Ein kalter Angstschauer lief mir bei dem Wort über den Rücken.

Mein Blick schweifte durch mein kleines Apartment. Ich lebte immer noch wie damals zu Studentenzeiten: Die meisten Sachen waren uralt oder gebraucht auf dem Flohmarkt gekauft, überall lagen Klamotten und Papiere herum, und wirklich Wertvolles hatte ich auch nicht zu bieten. Selbst der Fernseher war über zehn Jahre alt und hatte ungefähr die Bildschirmdiagonale einer Doppelbriefmarke.

»Bitte verstehen Sie das nicht falsch«, begann ich zögernd, »aber wie Sie sehen, sehen Sie ... äh ... nichts?! Also nichts zum Pfänden, meine ich. Ich glaube nicht, dass ...«

Aber Frau Klotzek unterbrach mich, nachdem sie meinem Blick durch die Wohnung stumm gefolgt war. »Keine Sorge. Zur Not pfänden wir einfach Ihr Konto.«

Mein Konto!!!??? Oh nein!

Das hieße, sämtliche Einnahmen – von denen noch nicht einmal welche in Aussicht waren, denn die Kneipe, in der ich bis letzte Woche gejobbt hatte, musste wegen mehrmaliger Sichtung von Kakerlaken seitens des Gesundheitsamtes schließen – würden direkt und ohne Umwege auf das Konto des Finanzamtes gehen! Sonst hatte ich auch nur Gelegenheitsjobs auf freiberuflicher Basis, machte Promotion, verteilte Flyer, verkaufte Eis im Eiswagen. Meine finanzielle Situation war ein Desaster. Deswegen war ich auch mit der Miete im Rückstand, und zu allem Überfluss würde ich übernächste Woche dreißig werden.

Die Zahl!

Und ich saß hier mit einer Pfänderin namens Klotzek, abgebrannt, in einem XL-Sprüche-T-Shirt – auf dem Weg steil nach unten! Das konnte doch nur ein Albtraum sein!

Ich überprüfte durch schnelles Wackeln an meinen Ohren, ob ich nicht doch noch im Traum feststeckte.

Nein, leider war es die Realität.

»Bitte unterschreiben Sie hier.« Frau Klotzek hielt mir einen Kugelschreiber entgegen und tippte mit dem Zeigefinger der anderen Hand auf eine Leerzeile, an der ein rotes X aufgemalt war.

Noch bevor ich weitere Fragen stellen konnte, klopfte sie mit dem Zeigefinger mehrmals nervös auf das Kreuzchen. »Dass ich hier war. Und Sie unterrichtet worden sind.«

Das war ich allerdings. Wenn das so weiterging, würde ich meinen dreißigsten Geburtstag im Obdachlosenheim feiern!

Als ich die Tür hinter Frau Klotzek geschlossen hatte, bemerkte ich, dass sie nicht nur einen Haufen Papiere dagelassen hatte, sondern auch einen dicken Kloß in meinem Hals. Eine Lösung musste her, und zwar schnellstens! Ich brauchte dringend einen Bis-30-Plan! Ich musste mein Leben wieder in Ordnung bringen, und Frau Klotzek war mein Weckruf gewesen – so viel stand fest!

Der Plan war sogar schneller gefasst als gedacht, denn keine fünf Minuten später hatte ich meine Gedanken sortiert: Bis zu meinem Geburtstag wollte ich schuldenfrei sein, mindestens drei Kilo weniger wiegen und den Mann fürs Leben gefunden haben.

Nur – wie stelle ich das alles an?

Telefonklingeln.

Verdammt! Beinahe hätte ich bestimmt eine gute Idee gehabt!

»Jaaa?«, ächzte ich genervt in den Hörer.

»Marie! Ich bin's, Tamara!«

Tamara? Tamara wer?

Der euphorischen Tonlage der Begrüßung nach zu urteilen kannte sie mich gut. Ich hatte schon immer ein schlimmes

Siebhirn, ich konnte mir nie irgendwelche Namen merken.

»Äh ... ja. Hallo ... Wie schön ... Wie geht es dir?«, fragte ich also so unbekümmert wie möglich.

Es würde sich im Gespräch schon noch herausstellen, woher ich Tamara kannte.

»Ach, frag besser nicht.«

»Okay.«

Tamara machte es mir schwer.

»Oder doch. Denn das ist ja überhaupt der Grund, weswegen ich anrufe!«

Irgendwie überkam mich das Gefühl, dass das Gespräch spontan eine nicht wirklich glückliche Wendung nahm.

»Was ist denn los?«, fragte ich vorsichtig nach.

»Nach unserem Yoga-Vidya-Abschluss damals habe ich erst mal hier und da gejobbt. Und jetzt habe ich endlich eine feste Anstellung in einem Studio bekommen, alles läuft richtig gut ...«

Ah! DIE Tamara!

Wir hatten vor einiger Zeit zusammen die Yogalehrer-Ausbildung gemacht; ich eher aus reiner Orientierungslosigkeit, Tamara als vegane Vollzeit-Tofu-irgendwas-Aktivistin aus Überzeugung. Wir verstanden uns gut, und ich hatte mich sogar mal einen Abend zu einem Weizengras-Cocktail überreden lassen. Seit dem Ende der Ausbildung hatte ich allerdings nichts mehr von Tamara gehört.

»Und gerade jetzt«, erzählte Tamara weiter, »kurz vor Ende der Probezeit, da kommt mir die Beerdigung von Opa Paul aus Ostfriesland dazwischen!«

»Das tut mir leid«, sagte ich, und das tat es tatsächlich.

Ich wusste, wie schwer es war, mit einem abgebrochenen Studium einen vernünftigen Job zu finden. Schließlich probierte ich das seit Jahren. Bei mir waren es fünf Semester

Kunst, bei Tamara – wenn ich mich recht erinnerte – einige Semester Ökotrophologie.

»Nicht so schlimm«, tat Tamara mein Beileid ab, »immerhin ist er stolze sechsundneunzig Jahre alt geworden. Am Ende dachte er tatsächlich, er sei der junge Elvis. Das war irgendwie strange … Na ja, wie auch immer, auf jeden Fall brauche ich ganz dringend einen Ersatz. Nur für eine knappe Woche!«

»Und?«, fragte ich, denn ich konnte mir beim besten Willen nicht vorstellen, was ich mit alldem zu tun hatte.

»Hast du Zeit? Glaub mir, Marie, ich würde nicht anrufen, wenn ich nicht alle Möglichkeiten durchgegangen wäre!«

Sie meinte doch wohl nicht, ich könnte …?!

Seit unserer Ausbildung hatte ich keinen Finger mehr gekrümmt, zumindest nicht yogatechnisch. Ich hatte dann doch ziemlich schnell herausgefunden, dass auch dies nicht der optimale Beruf für mich war, obwohl ich damals drei Fliegen mit einer Klatsche schlagen wollte: endlich sportlicher werden als Jabba the Hutt, abnehmen und vor allem Geld verdienen.

»Du musst es machen, Marie, bitte!«, flehte Tamara durch die Leitung. »Ich habe alle Ersatzlehrer angerufen, sämtliche Yogi-Bekannte abgeklappert, keiner kann, alle sind verplant, krank oder im Urlaub. Nur du bleibst noch!«

Ich verstand Tamaras Verzweiflung nicht. »Wieso sagt ihr den Kurs dann nicht einfach ab?«, hakte ich nach.

»Das Studio hat gerade eben erst aufgemacht und muss sich noch gegen viele andere in Köln behaupten. Wenn wir alle meine Kurse absagen, können wir direkt dichtmachen, und ich verlier meinen Job!«

Ich überlegte. Natürlich würde ich Tamara gerne helfen, aber extra für eine Woche nach Köln, zuzüglich Reisekosten und Übernachtung – da würde ich sicher draufzahlen.

Als ob Tamara meine Gedanken erraten hätte, sagte sie jetzt: »Ich geb dir das Doppelte! Das wären tausend Euro für eine Woche. Und du könntest bei mir schlafen. Was sagst du?«

Tausend Euro? Das ist fast die Summe, die das Finanzamt von mir will!

»Abgemacht!«

Nennt man das jetzt eine Übersprunghandlung?

Tamara erklärte mir im Schnelldurchlauf die Details – irgendwas mit Bikram Yoga –, gab mir die nötigen Kontaktdaten und informierte mich vor allem über den wohl wichtigsten Punkt an der Sache: Das Ganze sollte schon übermorgen losgehen.

Von meinen allerletzten Kröten buchte ich mir sofort mein Bahnticket für den morgigen Tag und packte meine Tasche. Wer weiß – vielleicht hatte ich somit sogar direkt zwei Punkte auf meiner Bis-30-Liste abgehakt: Schulden begleichen und abnehmen. Sicherlich würde sich eine Woche Intensiv-Yoga auch figurtechnisch bemerkbar machen.

Als ich am nächsten Tag mit dem Zug in den Kölner Hauptbahnhof einrollte, war ich mir allerdings nicht mehr ganz so sicher, ob das alles so eine gute Idee gewesen war. Ich kannte keine einzige Yoga-Übung mehr – es war alles viel zu lange her. Den Vorsatz, mich intensiv einzulesen, musste ich wegen meines Talents für antizyklische Terminplanung und einem beinahe verpassten Zug auf Köln verschieben, und da ich kein Yoga-Lehrbuch mehr zu Hause hatte, hatte ich mir fest vorgenommen, mir noch eines zu besorgen, sobald ich Tamaras Schlüssel geholt hätte.

Tamara hatte mir den Weg vom Hauptbahnhof zu ihrer Stammkneipe erklärt, bei der sie ihren Schlüssel an der Theke für mich hinterlegt hatte.

Es war noch früh am Abend, als ich dort ankam, aber die ersten After-Worker hatten bereits Platz genommen. Die Theke der »Haifischbar« sah einladend aus, und trotz meiner kleinen Antipathie für Kölsch setzte ich mich hin. Ein Bier konnte ich gebrauchen, schließlich hatte ich mir da wirklich was aufgehalst, und das wurde mir jetzt erst bewusst.

»Besser noch eins«, sagte ich dem Barkeeper, der sich als Kalle vorgestellt und mir Tamaras Schlüssel ausgehändigt hatte, nachdem ich das erste Bier fast geext hatte.

»Ist hier noch frei?«, fragte mich eine tiefe Stimme von rechts.

Ich sah über die Schulter – und was ich sah, haute mich echt von den Socken. Mein Alter, gute Figur, Dreitagebart, sexy Lächeln. Das war definitiv ein Kandidat für meine Bis-30-Liste!

»Klar!«, antwortete ich.

»Sven. Aus Hamburg«, sagte er und setzte sich auf den Stuhl neben mir.

Uops!!!

»Freut mich, ich bin Tamara. Hier aus ... Köln.«

Vielleicht war es besser, erst einmal vorsichtig zu sein. Wer wusste, ob sich hinter dieser schönen Fassade nicht ein irrer Stalker oder so was in der Art versteckte.

Sven bestellte sich auch ein Bier und erzählte mir, dass er einen Freund hier in der Stadt besuche.

»Und was machst du so?«, fragte er mich.

»Ich arbeite in einem Yoga-Studio. Morgen geht ein neuer Kurs los, Bikram Yoga, ganz tolle Sache.«

»Bi... äh ... was?« Er grinste mich an. Sven hatte wirklich ein ziemlich gutes Lächeln und gerade weiße Zähne.

To do, to do, to do ...

»Bikram Yoga. Echt gut für ... den Körper. Ausgeglichenheit und so.«

Sven sah mich ungläubig an, vertiefte das Thema glücklicherweise nicht mehr.

Im Laufe des Abends floss dann doch mehr Kölsch, als mir lieb war, und irgendwann schmeckte es mir sogar.

Sven und ich unterhielten uns über Gott und die Welt. Genau wie ich reiste er gerne. Erst vor Kurzem war er an meinem Traumziel Lissabon gewesen.

»Es macht Spaß, sich durch die Straßen treiben zu lassen, sich die Gassen mit den wunderbar südlich-dekadenten Häusern anzusehen oder eine *bica* in einem Café zu trinken.«

»Ach, das hört sich toll an! Da möchte man direkt seinen Koffer packen«, sagte ich begeistert.

»Na, den hast du doch schon dabei ...« Sven sah auf meinen Reisekoffer, der neben mir auf dem Boden stand.

»Ja ... äh ... Ich habe gerade eine Freundin in ... äh ... Detmold besucht«, flunkerte ich.

»Detmold. Aha. Soll ja auch ganz schön sein.«

»Hmm«, murmelte ich und starrte in mein Bierglas.

Plötzlich sagte Sven: »Ich mache übrigens auch Yoga.«

Skeptisch sah ich ihn an. »Echt?«

»Klar. Schon lange. Habe es in letzter Zeit nur etwas schleifen lassen.«

Dass ein Typ wie Sven Yoga machte, kam mir seltsam vor, denn er war vielmehr der stylisch-lässige Typ.

»Kann ich morgen in deinen Kurs kommen?«

»Äh ...«

Ich war mir nicht sicher, ob das eine gute Idee war. Immerhin würde ich mich nicht von meiner besten Seite präsentieren können, wenn ich im Schweiße meines Angesichts den sterbenden Schwan oder den bellenden Hund oder wie die Positionen alle hießen machte.

»Na ja, ich weiß nicht, ob das so spannend ist«, bemerkte ich, so salopp wie möglich, »ich meine, das ist doch eher so ein Frauenkram.«

»Doch, sicher. Wann und wo?«

»Äh ...«

»Also ja. Ich freu mich, und darauf stoßen wir gleich noch mal an!«

Sven bestellte noch zwei Bier.

Na super, da habe ich mir was eingebrockt.

Aber zugeben musste ich, dass Sven außerordentlich süß war, obwohl meine Wahrnehmung sich langsam trübte, wie der Inhalt des x-ten Bierglases. Irgendwie hatte ich völlig die Zeit vergessen, aber was ich mit Sicherheit sagen konnte, war, dass die Läden nun geschlossen hatten. Ein Yoga-Lehrbuch würde ich jetzt nirgendwo mehr herbekommen. Sven rutschte auch immer näher an mich heran, und plötzlich war er mit seinem Gesicht so nah vor mir, dass ich seinen Atem spüren konnte. Ich konnte nicht behaupten, dass ich mich in dieser Situation unkomfortabel fühlte – im Gegenteil. Ich hatte das gute Gefühl, mehr Punkte auf meiner Bis-30-Liste hier in Köln abhaken zu können, als ich erwartet hatte.

Irgendjemand fragte irgendwann: »Gehen wir zu dir oder zu mir?«, und ich konnte nicht mit absoluter Gewissheit ausschließen, dass ich es war.

»Zu dir.«

Während ich den Schlüssel im Schloss von Tamaras Wohnungstür umdrehte und Sven mich dabei von hinten umarmte und meinen Hals küsste, war ich allerdings nicht mehr so ganz sicher, ob dies

a) eine gute Idee

b) ein Schritt zur Problemlösung meiner akuten Katastrophensituation war und/oder

c) sich vielleicht zu einem weiteren Problem auf meiner Liste entwickelte.

Heute Nacht war ich allerdings Tamara, ich war in einer fremden Stadt und hatte einen wirklich süßen Kerl an der Angel.

Warum also verzichten?

Sven sah es anscheinend genauso.

Wir kamen noch nicht einmal mehr dazu, das Licht anzuknipsen.

Als ich am nächsten Morgen erst mich und dann auch noch Tamaras Wohnung in voller Pracht im Hellen sah, war ich ziemlich schnell sicher, dass a) bis c) und d) *Ach du Scheiße!* zutrafen. Mein Kopf, der sich so schwer anfühlte wie mindestens siebzehn Bowlingkugeln für Fortgeschrittene, tat sein Übriges.

Tamaras Wohnung sah aus wie ein indischer Ashram – und superöko! Überall lagen grellbunte Kissen herum, und ich kam mir augenblicklich vor wie in einem dieser Bollywood-Filme, nur dass – Gott sei Dank! – niemand tanzte. Kleine Buddha-Statuen schmückten fast jede Ablagemöglichkeit, und ein riesiges Plakat mit dem regenbogenbunten Schriftzug *Have you hugged a vegetarian today?* hing mitten im Raum. Es roch nach Räucherstäbchen, was sicherlich daran lag, dass überall in der Wohnung diverse Teller mit Sand und halb abgebrannten Stäbchen verteilt waren. Das war mir gestern Nacht bei der ganzen Aufregung gar nicht aufgefallen.

Wir hatten nicht mal die Wohnungstür richtig zugemacht, wie ich jetzt mit Schrecken feststellte. Meine sonst so zerstreute Libido hatte anscheinend doch schneller wieder zu sich gefunden, als ich gedacht hatte. Sven hatte da wohl ähnliche Gedanken gehabt, denn er hatte mich heute Nacht zweimal gefragt, wie lange genau ich denn keinen Sex mehr gehabt hatte. Ich wertete es mal als Kompliment à la »Du bist so wild und unersättlich« – Männer hatten es ja nicht immer so mit Sprache und guten Komplimenten.

»Äh ... ja ... das ist also ... die ... also ... meine Wohnung.«

Sven saß aufrecht auf dem Kissenlager, in das wir diese Nacht praktischerweise direkt gefallen waren und das sich nun tatsächlich als Tamaras Bett genau in der Mitte des Apartments entpuppte. Er wirkte nach einem kurzen Blick durch die Wohnung ebenso leicht irritiert und lächelte ähnlich verunsichert wie ich. Ich hätte es sogar verstanden, wenn er augenblicklich die Wohnung verlassen hätte. Er aber tat nichts dergleichen.

»Kaffee?«, fragte ich – das tat man doch so? –, und Sven antwortete nickend: »Gern.«

Ich ging zu der winzigen Küchenzeile, die augenscheinlich aus ein paar unbehandelten Holzbrettern zusammengezimmert war, und öffnete den Hängeschrank direkt darüber. Was ich sah, ließ mir einen kalten Schauer über den Rücken laufen: Yogi-Tee, Leinsamen, überhaupt alles Mögliche an befremdlichem Saatgut, allerlei trübe Gläser mit undefinierbarem Inhalt – aber weit und breit kein Kaffeepulver.

Mist!!! So ein Volltreffertyp, und ich vergraule ihn am Ende mit der maximal unerotischen Yogi-Öko-Nummer! Aber für die Wahrheit ist es jetzt definitiv zu spät.

»Kaffee ist irgendwie aus, wie wäre es mit einem Tee?«, schlug ich vor.

Cola, dachte ich, *ich brauche eine eiskalte Cola!*

»Was gibt es denn?«, fragte Sven nach.

»Yogi und Grünen«, antwortete ich und hob die Schultern. »Ich weiß, sicher nichts für dich, aber der Körper dankt es einem.«

Was rede ich da? Kaum bin ich in Köln, habe ich den Verstand verloren, oder wie?

»Ach, weißt du … Ich trinke sehr gerne Tee, wirklich, eigentlich viel lieber als Kaffee. Das ganze Koffein braucht ja kein Mensch. Ich nehme den Yogi. Passend zum Thema des Tages.«

Bitte?! Ich habe wohl nicht richtig gehört. ICH brauche Koffein! Und zwar SO-FORT!!! Der Typ macht mir ehrlich Angst!

Noch schlimmer als der Tee war allerdings der Blick auf das Holz-Schild *Alkohol zerstört Leben!* über der Arbeitsplatte. Ich warf schnell ein Küchentuch drüber, um es vor Svens Blicken zu schützen, gerade im Hinblick auf den gestrigen Abend.

Inzwischen war es kurz vor neun, um zwölf sollte der Kurs beginnen.

Jetzt ein schönes Wurstbrot!

Aber ich befürchtete, dass mich nichts dergleichen in Tamaras Kühlschrank erwartete, obwohl sie extra für mich eingekauft hatte, wie sie mich hatte wissen lassen. Ich hatte regelrecht Angst, den Kühlschrank auf der Suche nach etwas Essbarem zu öffnen. Als ich ihn dann mit Schwung aufriss, wurden meine schlimmsten Befürchtungen bestätigt. Es sprang mir nur eine einzige Farbe ins Auge: *GRÜN. Alles* war grün. Selleriestangen, Kohlrabi, Brokkoli, Radieschen – okay, die waren wenigstens halb rot –, aber sonst nur Gurken, Salat, Kräuter …

Was um Himmels willen soll ich mit dem ganzen Grünkram anfangen?

Sven hatte sich in der Zwischenzeit frisch gemacht und kam mit einem Leinentuch in Batik-Optik, auf dem in einer

Art Kartoffeldruck kleine, etwas verkrüppelte Schmetterlinge zu sehen waren, aus dem Badezimmer zurück.

»Ich hoffe, es ist okay, dass ich das genommen habe?«, fragte er und deutete auf das Handtuch.

Ich nickte. »Natürlich.«

»Machst du die Zahnpasta und dein Duschgel auch selber?«

»Äh ... bitte?«

»Na ja, das Zeug da im Bad, in den Bechern. Ich hab's mal ausprobiert. Die Zahnpasta mit den Minzblättern sieht zwar fies braunstichig aus und erinnert von der Konsistenz an Kleister, aber letztendlich schmeckt sie ja wirklich ... interessant!«

Tamara macht ihre Zahnpasta selbst?! Ich glaube es nicht ...

»Die selbst gemachte Seife war aber wirklich klasse. Die schäumt so schön. Wie machst du die?«

Ich sah Sven mit großen Augen an. »Mit ... äh ... also ...« Mein Blick schweifte verzweifelt in der Kochecke umher. Am Kühlschrank hing ein Zettel: *Kaltrührverfahren leicht gemacht.* »Mit dem Kaltrührverfahren, natürlich.«

»Super.«

Sven nahm den ersten Schluck des Yogi-Tees noch vor mir, und sein bemühter Gesichtsausdruck befeuerte nicht gerade meine ohnehin gezügelte Lust, das Zeug zu probieren. Ich war Burger & Co., ich war Cola zum Frühstück, ich war ein Convenience-Girl – ich war alles andere als *das* hier!

»Hm. Lecker!«

Außerdem nüchterte ich gerade nicht nur aus, sondern wurde auch langsam nervös. Es waren nur noch drei Stunden, bis der Yogakurs begann, ich musste mich dringend einlesen.

»Ich will dich nicht rauswerfen, aber ich muss mich noch vorbereiten ...«

»Kein Thema«, antwortete Sven, und mich überkam der leise Verdacht, dass er ganz froh darüber war, den Tee nicht austrinken zu müssen.

»Wir sehen uns ja gleich wieder.« Er lächelte mich an.

Meine Güte, das ist immer noch gut!

Am nächsten Morgen, direkt nach einem One-Night-Stand, waren längst nicht alle Männer so zugeneigt wie er. Ich hatte richtig Lust, ihn wiederzusehen. Ich konnte mich jedoch dafür ohrfeigen, gestern so blöde gewesen zu sein, ihm von dem Yogakurs zu erzählen. Das konnte ja nur eine peinliche Vorstellung werden! Von der Superöko-Kölnerin-Nummer ganz zu schweigen!

»Dann bis später«, verabschiedete sich Sven von mir, als ich ihn zur Tür brachte.

Im Flur hingen allerlei Traumfänger, und sogar die Türklingel war eine indisch anmutende Kuhglocke. Sexy ging irgendwie anders.

»Ja, bis gleich!«

Sven gab mir einen wirklich, wirklich guten Abschiedskuss, und ich schloss die Tür hinter ihm.

Jetzt musste ich mich beeilen, wenn ich mich nicht vollends zum Totalhorst machen wollte. Ich nahm mir ein Lehrbuch aus Tamaras Buchregal aus Bananenkisten und schmiss mich auf das Kissenlager.

Der Sonnengruß – auf geht's!

»Marrrie, Tams Vertretung?« Ein sehr dünner, sehr glatt rasierter, sehr junger Mann mit zurückgegelten, schwarzen, mittellangen Haaren begrüßte mich im Yogastudio »Hottie's«. Er sprach »Tam« wie »Tähm« aus und hielt seinen rechten Ellenbogen in die linke Handfläche gestützt.

Nachtigall, ick hör dir trapsen!

»Ja, genau.«

»Isch bin derrr Rrramon.«

Ramon war anscheinend ein spanischer Kölner, sprach das »ch« wie »sch« aus und rollte das »r« so, dass ich kurz davor war, reflexartig nach den Kastagnetten in seinen Händen zu suchen. Durch seinen stylischen Look ganz in Beige passte er wirklich gut zu dem sterilen und minimalistischen Look des fast ganz in Weiß eingerichteten Studios.

»Freut mich.«

»Superrrduppi, dass du fürrr Tam einsprrringst. Du bist unserrre Rrrettung. Isch hab mirrr eine Sehne angerrrissen, sonst hätte isch es gemacht. Komm doch gleisch mit.«

Ich folgte ihm zu der Tür an der rechten Seite des Eingangsbereiches. Als er sie öffnete, schlug mir heiße, feuchte Luft entgegen. Der große helle Raum war bereits mit Yogamatten ausgelegt.

»Puh! Länger nicht gelüftet!«, entfleuchte es mir.

»Gelüftet? Na, das wärrre dem Bikram Yoga hierrr wohl sehrrr abtrrräglisch!«

»Bitte?«

Es waren mindestens vierzig Grad hier. Sofort floss mir der Schweiß aus allen Poren.

»Sollten wir nicht vielleicht doch lüften?«, versuchte ich es erneut. »Es sind ja mindestens vierzig Grad hier!«

»Exakt neununddrrreißig sogarrr. Hot Yoga eben. Du hast das doch schon mal gemacht, Tams Freundin, hm?«

Hot Yoga? Neununddreißig Grad??? Ich dachte, Bikram Yoga ... Gut, was auch immer sich hinter dieser Yoga-Art verbarg, ich hatte es ja nachlesen wollen, aber ...

»Ja, klar«, antwortete ich, »sicher.«

»Superrrduppi. Du kannst disch hierrr umziehen.« Ramon öffnete eine Tür zu einem Nebenraum, der eine Umkleide war.

Mittlerweile stand mir der Schweiß in dicken Tropfen auf der Stirn. Ich versuchte, ein wenig Luft aus der Umkleide zu erhaschen.

»Aber ich bin schon fertig umgezogen«, antwortete ich und deutete auf meine Schlabberhosen-T-Shirt-Kombi. Die hatte ich während des Kurses mit »Tähm« auch getragen.

»Aberrr das ist doch nischt dein Errrnst, Liebschen, hm?«, fragte Ramon nun leicht erschrocken nach und schürzte seine vollen Lippen. »Wirrr machen es hier natürrrlich in Hot Pants und Top. Hot Yoga bei neununddrrreißig Grad – das ist anderrrs doch garrr nischt auszuhalten, hm?«

Bitte???? Habe ich da gerade »Hot Pants« gehört?

Ich starrte Ramon mit offenem Mund an.

»Unterrrwäsche geht auch.«

Sven würde seine helle Freude an diesem Kurs haben, das stand fest.

»Hallo erst mal ... äh ... ich meine natürlich ... Namaste!«, begrüßte ich die Anfängertruppe samt Sven, der mich aus der ersten Reihe anstrahlte.

Auch ihn hatte die Kleiderordnung augenscheinlich unvorbereitet getroffen. Allerdings wirkte er in seiner Hugo-Boss-Boxershorts weitaus souveräner als ich in meiner Ringelslip-Blümchen-BH-Kombi.

Sven grinste und zwinkerte mir zu.

Super Eindruck, den ich da gerade mache!

»Namaste!«, antwortete die Gruppe.

Es waren mit Sven zusammen zwölf Teilnehmer, die mich alle neugierig ansahen. Es waren alle Altersgruppen vertreten; allerdings wirkte wirklich jeder der Teilnehmer sportlicher und durchtrainierter als ich.

An die Raumtemperatur hatte ich mich auch noch nicht

gewöhnt. Es war einfach nur bullenheiß, und ich hatte mehr Lust auf eine kalte Dusche als auf neunzig Minuten abschauenden Hund, schiefe Ebene und diagonales Boot bei neununddreißig Grad!

»Dann beginnen wir also mit …« Ich überlegte angestrengt, was die beste Aufwärmübung war. »Wir beginnen mit der Pra…na…yama-Atmung.«

Das klang gut, und ich war sicher, dass das ein guter Anfang war.

Nur – wie zur Hölle geht die noch mal?

»Ihr atmet einfach tief ein – und dann wieder aus«, schlug ich also so professionell wie möglich vor.

Die Gruppe, inklusive Sven, atmete.

Mist, ich weiß wirklich gar nichts mehr!

Das Wenige, was ich mir heute Morgen in kurzer Zeit versucht hatte, in den Kopf zu hämmern, war schlagartig weg. Svens Augen wirkten wie eine Delete-Taste in meinem Kopf. Außerdem schwitzte ich wie verrückt, mir lief der Schweiß jetzt schon über das ganze Gesicht.

Wie unsexy kann man bitte am Morgen danach noch wirken?

»Und nun machen wir eine Standübung.«

Gab es nicht mal etwas mit einem Stock? Oder war das im Sitzen? Oder im Liegen? Nur die Ruhe – vor mir stehen nur Anfänger, ich kann also sonst was erzählen, keiner wird es merken!

»Wir machen also den … Stock!«, erklärte ich und stellte mich stocksteif vor den anderen auf, die es mir sofort nachmachten.

Na, geht doch!

Von den Balanceübungen ließ ich schnell die Finger, nachdem ich beim ersten Versuch der Erweiterungsübung des balancierenden Stocks in meine eigene Schweißpfütze gefallen war.

Wie ich die neunzig Minuten letztlich überstanden hatte, wusste ich danach selbst nicht mehr. Fast alle meine Übungen waren selbst ausgedacht (Teekessel, Lakritzschnecke, Brezel und Kringelwurst), aber durch die Bank gut angekommen. Die Teilnehmer hatten zwar ab und an etwas irritiert ausgesehen, aber das konnte natürlich auch an meinem Ringel-Blümchen-Look gelegen haben. Es war also richtig gut gelaufen!

Als Sven nach dem Kurs zu mir kam und mir einen Kuss auf meine schweißtropfende Nase geben wollte, war meine persönliche Schmerzgrenze dann aber doch erreicht.

»Ich geh besser erst mal duschen«, schlug ich schnell vor.

»Sehen wir uns heute Abend?«, fragte er mich.

»Klar.«

»Ich mach uns ein schönes Yogi-Essen!«

So, wie er strahlte, schien er es ernst zu meinen. Dabei hatte ich wirklich Angst vor Tofu & Co., weil es immer grausam schmeckte, egal, wie viele Gewürze dies überdecken sollten.

»Oh, super! Ich freu mich!«, log ich, mehr schlecht als recht.

Ich würde auf dem Hinweg eine Portion Pommes essen gehen, so viel stand fest.

Sven empfing mich in der Wohnung des Freundes, bei dem er übernachtete. Die schicken zwei Zimmer lagen direkt am Chlodwigplatz.

»Moritz' Wohnung ist ein wenig ... ähm ... steriler als deine«, empfing er mich in einem fast entschuldigenden Ton. »Ich persönlich mag ja diese schwarzen Lackmöbel auch nicht.«

Ich sah mich um. Die Wohnung war todschick: ein großes weißes Sofa, weiße Regale und stilsichere schwarze Akzente, ein schwarzer Couchtisch mit Glasplatte.

So würde ich mich einrichten, wenn ich Geld für neue Möbel hätte!, schoss es mir durch den Kopf.

Mein Blick fiel direkt auf ein Aquarium mitten im Raum.

»Das sind Moritz' Barsche. Carl und Heinz, ich füttere sie für ihn.«

»Hübsch, die beiden. Und gute Namen«, antwortete ich.

Ich liebe Fische!

»Findest du?«

»Absolut.«

Ich ging auf das große weiße Bücherregal zu, um den Inhalt in Augenschein zu nehmen. Mein Blick fiel auf die Steve-Jobs-Biografie, die ich erst letzte Woche zu Ende gelesen hatte. Und eine ganze Reihe Bücher von Stephen King befand sich vor meinen Augen!

Herrlich!

»Moritz ist eher so der oberflächliche Typ«, erklärte Sven und schob einen Bildband mit dem Titel *Unsere Erde* vor die grandiose Stephen-King-Sammlung.

»Aber wieso denn?«, fragte ich nach, brach dann aber ab.

Was sollte es bringen, Sven zu erzählen, dass ich Stephen King vergötterte? Es war ja nun mal nicht seine Wohnung.

»Komm doch kurz mit in die Küche«, bot Sven an. »Wir können ja, solange wir auf den Tofu-Auflauf warten, einen Saft trinken. Ich habe tollen Biosaft da.«

Ich hörte nur *Tofu-Auflauf* und *Biosaft* – und mir wurde schlagartig anders.

Was um Himmels willen habe ich mir dabei gedacht?

Als wir die aufgeräumte schicke Küche betraten, die ähnlich wie der Rest der Wohnung mit schwarzer Lackverblendung ausgestattet war, begann ich, den Mann, der hier wirklich wohnte, zu vermissen. Spätestens, als Sven den Kühlschrank öffnete und mich Wurstverpackungen, Schokoriegel und allerlei Convenience-Produkte inklusive meiner geliebten Cola anlachten, war ich spontan und leider unbekannterweise in den nicht anwesenden Moritz verliebt.

Mist, warum bin ich gerade an seinen zwar gut aussehenden, aber völlig ökofanatischen Freund geraten?

Sven hielt mir das Weinglas entgegen und prostete mir zu. »Auf unsere tolle Bekanntschaft.«

Beim ersten Schluck musste ich die Augen zusammenkneifen, so sauer war der trübe Saft.

Bio!Saft!Wuah! Aus!Wein!Gläsern!

Und gleich stand auch noch der Tofu-Auflauf an.

Ein gutes Steak, ein Bier, ein guter Horror-Klassiker im Fernsehen dazu – das wär's jetzt gewesen.

Höflich lächelnd nahm ich am Esstisch Platz.

»Voilà!«, kommentierte Sven die dampfende Auflaufform, die er nun mit den übergestülpten Brathandschuhen auf den Tischuntersetzer in der Mitte des Tisches platzierte. »Einmal Tofu für die Dame.«

»Danke«, sagte ich und bemühte mich weiterzulächeln.

Ich könnte ja die Augen schließen und mir ein tolles Steak vorstellen, vielleicht klappt es ja?

Irgendwas roch zudem auch noch penetrant.

»Ich habe extra neue Räucherstäbchen besorgt«, erklärte Sven mit stolzgeschwellter Brust. »*Sri Sai Baba Nag Champa.* Gefällt dir die Sorte? Die Verkäuferin meinte, die sei momentan der Renner.«

Ich hasste die Sorte. Ich hasste den Geruch. Ich hasste Räucherstäbchen insgesamt.

»Ich finde sie toll. Ganz toll, wirklich.«

Sven servierte mir mein Essen, und ich entdeckte ein paar Vollkornnudeln in meiner viel zu großen Portion Auflauf. Ich hasste Vollkornnudeln mindestens genauso sehr wie Tofu und Räucherstäbchen.

»Wie lange lebst du schon vegan?«, fragte Sven kauend, nachdem auch er sich eine ordentliche Portion auf den Teller gescheffelt hatte.

Seit ich bescheuert bin. Genau genommen, seit ich so bescheuert war, mich als Tamara auszugeben.

»Ach, eigentlich schon immer«, sagte ich.

»Toll. Ich auch.«

Super. Ich bin begeistert.

Der erste Bissen des Auflaufs war genauso, wie ich ihn mir vorgestellt hatte, vielleicht sogar ein bisschen schlimmer.

Ob es nach zwei oder drei Bissen vielleicht besser werden wird?

Diese naive Hoffnung wurde schnell zerstört, und ich war doppelt froh, dass ich mir vorhin in weiser Voraussicht noch eine Pommes rot-weiß gegönnt hatte. Dass Sven sich allerdings wirklich für dieses geschmacklose Etwas begeistern konnte – das war mir ein Rätsel!

Nachdem ich mir aus reiner Höflichkeit und weil Sven sich so viel Mühe gegeben hatte, etwa ein Drittel meiner Portion hineingezwängt hatte, gab ich auf.

»Ich bin wirklich, wirklich satt«, sagte ich und legte meine Hände demonstrativ auf den Bauch. »Wärst du sauer, wenn ich nicht weiter ...?«

»Ach was, das war aber auch eine große Portion«, warf Sven abwinkend ein.

Fast schien er ebenfalls erleichtert zu sein, selbst nicht aufessen zu müssen.

Es war aber auch zu grausig gewesen, dieser Tofu.

Nein, das Theater konnte ich nicht noch den ganzen Rest der Woche mitmachen, da war ich sicher. Aber auflösen wollte ich meine Lüge nun auch nicht mehr, das war zu peinlich.

Außerdem – wofür auch? Sven und ich passten in keinerlei Hinsicht zusammen. Das hatte sich ja nun doch leider ziemlich schnell herausgestellt. Tamara wäre vielleicht etwas für ihn; die wäre glatt aus dem Häuschen gewesen, eine solche Essenseinladung zu bekommen. Ich dagegen bedauerte, dass dieser augenscheinlich tolle Moritz im Urlaub war, ein Kerl wie er könnte genau der Richtige für mich sein: Nur saß ich hier leider nicht mit dem Mieter dieser Wohnung, sondern mit dessen Freund. Und auf einen fleischlosen, ja sogar veganen und esoterisch angehauchten Weichei-Typen stand ich einfach nicht. Dabei hatte Sven im ersten Moment an der Bar einen wirklich passablen Eindruck bei mir hinterlassen. Oder war ich vielleicht zu hart und sollte ihm noch eine klitzekleine Chance geben?

Ich gab sie ihm, die klitzekleine Chance.

Und Sven ließ im Laufe der Woche nichts unversucht, um mich mit veganen Kochkünsten, einer Hardcore-Esoterik-Palette sowie dem Extended-Yogi-Programm zu beeindrucken.

Ich quälte mich durch Lebensmittel ohne Farb- und Konservierungsstoffe und leider auch ohne Geschmack. Einmal schlich ich mich sogar vor lauter Hunger aus Svens beziehungsweise Moritz' Bett, um mir eine BiFi aus Moritz' Kühlschrankvorrat zu klauen.

Insgeheim konnte ich den Wunsch, vielleicht doch noch auf Moritz zu treffen, nicht ganz von der Hand weisen. Die Wohnung sagt doch viel über Leute aus, und das, was ich hier sah, zeigte einen stylischen, tierlieben und vor allem unökohaften Typen, der auf die gleichen Bücher, die gleichen Filme und vor allem die gleichen Lebensmittel stand wie ich. Warum konnte er nicht anstelle von Sven hier sein?

Es half nichts, die Suppe hatte ich mir selbst eingebrockt.

Wenigstens absolvierte ich die Yoga-Stunden tapfer und wurde am Ende der Woche sogar von den Teilnehmern gelobt.

»Kreativ und mal was anderes«, sagte Rita von Dannenberg.

Und Golo, Striptease-Tänzer aus der Bar nebenan, war begeistert von der Lakritzschnecke. »Ich überlege, ob ich sie in mein Programm einbauen soll. Außerdem kann man die sicher auch privat ganz gut einsetzen«, sagte er und zwinkerte mir zu.

Am Ende der Woche war ich so fertig von all dem Verzicht, dem Entzug, der Entsagung und dem ganzen Sport, dass die Verabschiedung von Sven ähnlich umfangreich und intensiv wie sein Fleischkonsum ausfiel.

»Vielleicht sehen wir uns mal?«, fragte Sven, während ich ihn kurz umarmte.

Ich riss mich ein letztes Mal zusammen und antwortete: »Gerne, wenn sich etwas in Hamburg ergibt. Vielleicht mal in der ›Alsterperle‹?«

»Wo?«, fragte er unsicher.

»In der ›Alsterperle‹. Kennt doch jeder.«

»Stimmt. Genau. Ja, das wäre toll.«

Ich wollte Sven nicht unbedingt wiedersehen, das wusste ich.

Aber wenn ich ihm durch Zufall in Hamburg auf der Straße begegnen würde – dann würde ich mich vielleicht zu einem Yogi-Tee überreden lassen.

Ja, warum auch nicht? In Erinnerung an die wohl gesündeste Woche meines Lebens.

Nachdem ich Tamaras Schlüssel wieder in der »Haifischbar« abgegeben und ihr eine Nachricht hinterlassen hatte, machte ich mich auf den Heimweg.

Irgendwie hatte mich die vergangene Woche auch gelassener gemacht. Übermorgen würde ich dreißig werden, und ich freute mich schon fast darauf. Schließlich hatte ich zwei Drittel meiner Vorsätze erreicht: Ich hatte durch das Hot Yoga und das schreckliche Essen fast vier Kilogramm verloren, und die Schulden bei Frau Klotzek würden morgen ausgeglichen sein.

Nur eine Sache fehlte: der Mann fürs Leben.

Aber der würde sicherlich auch eines Tages noch auftauchen.

Bevor ich Köln – die Stadt meiner finanziellen Rettung und der Erhöhung meines Vitamin-A-bis-Z-Gehalts in meinem Körper – endgültig verließ, legte ich allerdings noch einen Halt im Burgertempel um die Ecke ein. Das hatte ich mir so was von verdient, und ich leistete mir ein Maxi-Menü mit Pommes rot-weiß und Cola plus Milchshake plus Apfeltasche.

Als ich mich gerade mit der fetten Beute an meinem Tisch niedergelassen hatte, streifte mein Blick durch den Raum und blieb an einem jungen Mann hängen, der den Laden verließ. Er sah Sven von hinten zum Verwechseln ähnlich: Klamotten, Größe, Frisur, sogar der Gang war gleich.

Aber er konnte es nicht gewesen sein. Sven als überzeugter Veganer würde so einen Laden nie und nimmer betreten!

Notiz an mich selbst

~ Moritz ~

Notiz an mich selbst!!!

(An der Tür meiner Wohnung aufzuhängen, damit ich sie auf jeden Fall IMMER lese, bevor ich das Haus verlasse!!!)

1. Versuche NIE NIE NIE wieder, ein Sven Hansen aus Hamburg zu sein, nicht mal, wenn eine schwach begabte Blondine mit dir ausgehen oder eine Zeugin Jehovas dir auf der Straße ein *Wachturm*-Abo aufschwatzen will!

2. Yoga ist nichts für dich. Spiel Fußball, geh laufen, mach Tennis. Aber versuch auf keinen Fall noch einmal, in einer finnischen Sauna Stellungen wie »Stock« oder »Kringelwurst« nachzuturnen. Denk dran: Das ist unwürdig! Du machst dich zum Horst!

3. Du bist kein Veganer. Du bist nicht mal ein Vegetarier. Das ist scheiße für dein Karmakonto, aber das musst du halt auf anderen Gebieten ausgleichen. (Frauen nicht mit einem falschen Namen abzuspeisen wäre schon mal ein Anfang!) Aber eines ist klar: Fleisch ist dein Gemüse!

4. Sprich mit niemandem über deine letzte Woche. Nicht mal mit deinen Eltern. Nicht mal mit deinem Bruder. Mit niemandem. Hörst du: Mit NIEMANDEM!

5. Auch wenn du jetzt seit zwei Tagen darüber nachdenkst, Tamara in ihrer patschuli-geschwängerten Öko-Höhle zu besuchen, so ganz spontan ... TU ES NICHT. Bleib einfach weg. Ihr passt nicht zusammen, da kann sie noch so nett, so bezaubernd, so attraktiv sein: Willst du dein Leben wirklich mit einer Frau verbringen, die sich ernährt wie ein Kaninchen, Schwitzen als olympische Disziplin einführen möchte und wohnt, als sei ihr eine *Schöner Wohnen*-Ausgabe aus Downtown-Beirut in die Hände gefallen? TU ES NICHT!!!

5. Schenk Dein Glück an andre weiter

~ Kerstin ~
von Stefanie Heinen

Ich hätte es wissen müssen. ICH. HÄTTE. ES. VERDAMMT. NOCH. MAL. WISSEN. MÜSSEN.

Von wegen: »Wird schon nicht schiefgehen«. Dass ich nicht lache! Jetzt sitze ich wieder allein in meiner Wohnung und fühle mich noch schlechter als direkt nach meiner Trennung von meiner großen Liebe Lukas. Wieder Taschentücher überall um mich herum, wieder rote Nase, wieder dicker Kopf. Dabei war ich so sicher, endlich den Richtigen gefunden zu haben. Jetzt weiß ich nicht, wie ich ihm jemals in die Augen schauen soll. Geschweige denn, meinem eigenen Spiegelbild. Wieder einmal habe ich alles verloren. Und auch noch durch eine unverzeihliche Dummheit.

An diesem ganzen Elend ist allein Friederike schuld. Meine – noch – beste Freundin seit immer und – nie mehr! – Ratgeberin in Liebesdingen. Wie konnte ich nur auf sie hören?

Alles fing damit an, dass sie auf dem Junggesellinnenabschied ihrer Schwester Julia meinte, es werde Zeit, dass ich endlich einmal wieder einen Mann in mein Leben ließe. Immerhin sei die Trennung von Lukas jetzt schon mehr als ein Jahr her.

»Das ist leichter gesagt als getan«, sagte ich. Es war ja nicht so, dass ich noch nicht versucht hätte, jemanden kennenzulernen. Doch wenn man Buchhändlerin ist und fast nur mit

Frauen zusammenarbeitet, scheidet der Arbeitsplatz als möglicher Kennenlernort schon einmal aus. Und Männer verirren sich auch als Kunden nur selten in meine Kinderbuchecke – höchstens, wenn sie für ihre Tochter/Patentochter/Nichte ein passendes Geschenk suchen.

»Ist es nicht!«, widersprach Friederike. »Ich habe dir doch von dieser Partnerbörse erzählt, bei der ich mich vor einem halben Jahr angemeldet habe.«

Das hatte sie. Mehr als einmal.

»Du weißt ganz genau, dass das nichts für mich ist«, sagte ich. »Der Liebe seines Lebens muss man im wahren Leben begegnen. Beim Sport. In der Straßenbahn. Meinetwegen auch im Supermarkt.«

»Das ist doch Quatsch!« Friederike schüttelte heftig den Kopf, um ihre Worte zu unterstreichen. »Wahre Liebe gibt es auch im Internet. Ich habe es doch selbst erlebt! Außerdem machst du keinen Sport, fährst mit dem Fahrrad in den Laden und erkennst im Supermarkt nicht einmal mich, auch wenn ich direkt vor dir stehe. So wird das nie was.«

Sie zog noch einmal an dem Strohhalm in ihrem Cocktail – Sex on the beach, was sonst?! – und drehte einen Augenblick verträumt ein kleines Papierschirmchen zwischen ihren Fingern, das von einem früheren Cocktail übrig geblieben war.

Sie hatte gut reden. Immerhin schwebte sie seit einigen Wochen einmal wieder auf Wolke sieben. Mit ihrem ach so einfühlsamen Klavierlehrer, den sie über eLove kennengelernt hatte. Auch er würde sich allerdings über kurz oder lang als das enttarnen, was er war: ein Langeweiler, der im wahren Leben nie eine Frau abbekommen hätte.

»Und im Internet soll das besser sein?« Ich schaute mich um, um zu sehen, wo Friederikes Schwester und die anderen feierwütigen Mädels geblieben waren. Junggesellenabschiede waren noch nie etwas für mich gewesen, und Julia stand mir auch nicht so nahe, dass ich mich unter normalen Umständen überwunden hätte mitzukommen. Doch Friederike hatte mich so lange bearbeitet, bis ich nachgegeben hatte. »Diese Datingseiten kosten doch nur ein Heidengeld, und am Ende ist man auch nicht schlauer als zuvor. Das sind doch alles Irre und schwer Vermittelbare.«

»Na besten Dank!« Friederike schien einen Moment lang beleidigt zu sein. Dann aber leuchteten ihre Augen, wie sie immer leuchten, wenn sie eine ihrer unschlagbaren Ideen hat. Und tatsächlich. »Ich sag dir was: Ich schenke dir meinen Restvertrag. eLove hat da gerade so eine Sonderaktion – *Schenk Dein Glück an andre weiter* oder so ähnlich. Wer seinen Account selbst nicht mehr braucht, weil er die Liebe gefunden hat, kann ihn in den nächsten zwei Wochen auf eine Freundin oder einen Freund umschreiben lassen.«

»Aber ...«

»Kein Aber!«, sagte sie entschieden. »Damit hast du oller Geizkragen nun wirklich keine Ausrede mehr. Was hast du denn groß zu verlieren?«

»Ich ...«

»Keine Diskussion! Morgen Nachmittag – oder wann immer wir wieder nüchtern sind – komme ich bei dir vorbei, und dann erstellen wir dein Profil. Wäre doch gelacht, wenn wir nicht bald einen Märchenprinzen für dich gefunden hätten.«

Wir machten es, wie Friederike beschlossen hatte.

Keine zwölf Stunden nach unserem letzten Absackercocktail klingelte sie an meiner Tür. »So, Liebelein, deine Tage als Single sind gezählt«, begrüßte sie mich mit einem breiten Grinsen und stürmte an mir vorbei. »Mach schon mal den

Computer an, ich koche uns in der Zwischenzeit noch einen kleinen Kaffee.«

»Du weißt ja, wo alles steht«, grummelte ich schicksalsergeben, ging ins Wohnzimmer und klappte meinen Laptop auf. »Dass du überhaupt schon wieder klar denken kannst …«

Wenig später stand sie wieder vor mir. »Warum nicht?«, fragte sie augenzwinkernd. »War doch im Wesentlichen Saft und Obst. Und das bisschen Alkohol sollte nicht einmal dich aus der Bahn werfen.« Sie reichte mir einen Espresso und nahm selbst einen Schluck aus ihrer Tasse. »So, jetzt aber los!«

Keine fünf Minuten später war ich eLove-Neukundin. Allerdings keine besonders glückliche.

»So, als Erstes musst du dir einen Benutzernamen aussuchen«, erklärte mir meine selbst ernannte Internetliebesbeauftragte. »So etwas wie ›Traumfrau 2012‹. Ach nee, geht nicht, ist schon vergeben.« Verärgert kniff sie die Augen zusammen und drehte das Mausrädchen rauf und runter. »Zu schade.«

»Das wäre eh ein wenig arg platt. Meinst du nicht? Wie wäre es denn mit so etwas wie … Bücherfee?«

Friederike tippte schneller, als es meine müden Augen wahrnehmen konnten. »Gibt es auch schon.«

Einige Fehlversuche später war ich Bücherfee83.

Friederike spottete zwar, das höre sich an wie eine alte Dame mit Dutt, gab aber auf, mich von ihrer Meinung nach hipperen Alternativen überzeugen zu wollen. »Dann nehmen wir aber wenigstens ein schönes Ganzkörperfoto von dir. Mit deinen langen Beinen und den langen roten Haaren hast du bestimmt innerhalb einer halben Stunde mehr Verehrer, als du in deinem ganzen Leben treffen kannst. So, jetzt füllen wir noch deine Selbstbeschreibung aus. Neunundzwanzig, eins siebzig, achtundfünfzig Kilo. Oder soll ich schreiben fünfundfünfzig?«

»Ich …«, begann ich und seufzte. »Sag mal: Ist das alles wirklich so wichtig? Ich möchte schließlich einen, der mich will, weil ich eine tolle Frau bin – nicht, weil ihm meine Beine gefallen.«

»Das ist doch Quatsch! Erstens denken Männer eh mit den Augen – und das ist noch nett ausgedrückt –, und zweitens schaust selbst du dir lieber einen frischen Blumenstrauß als einen verwelkten Kaktus an. Wie soll dein Traummann denn aussehen?«

»Ist mir eigentlich egal«, sagte ich. »Nett halt. Ordentlich. Wichtiger ist, dass er Humor hat, Bücher liebt und gut kochen kann. Ich möchte einen, mit dem ich mich auch unterhalten kann.«

»Dann versuch's doch mal mit dem netten Herrn Schmitz aus der Stadtbücherei«, entgegnete Friederike und verdrehte die Augen. »Der ist immer sehr freundlich, wenn ich meine Bücher zurückgebe, und er kämmt seine letzten Haare immer sehr ordentlich über seine kahlen Stellen. Humor hat er übrigens auch. Letztens hat er doch tatsächlich eine alte Schreckschraube gefragt, ob sie *Falten weg in 30 Tagen* nicht doch noch eine Weile behalten wolle.«

»Du weißt schon, was ich meine.« Ich seufzte erneut. »Dann schreib halt, was du willst. Aber lesen können muss er auf jeden Fall.«

Ich lehnte mich zurück und beschloss, mich zu entspannen. Ohnehin hatte ich mir vorgenommen, das Ganze als ein Spiel zu betrachten und mich nach Ende der kostenfreien Zeit so schnell wie möglich wieder abzumelden. Meine Überzeugung hatte sich auch in den letzten Stunden nicht geändert: Wer es nötig hatte, über das Internet den Mann – oder die Frau – fürs Leben zu finden, musste schon ganz schön verzweifelt sein. Und so weit war ich nun wirklich noch nicht.

Es trieben sich tatsächlich eine ganze Menge verzweifelter Gestalten auf eLove herum. Noch mehr, als ich angenommen hatte. Als ich mich am nächsten Abend zum ersten Mal allein in mein Profil einloggte, hatte ich sagenhafte einhundertachtunddreißig Kontaktanfragen.

Von Uwe54, der sich auf seinem Profilfoto lasziv mit Badehose und Plauze auf der Motorhaube eines gelben Ferraris räkelte und schrieb: »Hey Süße, melde dich, wenn du deine langen Beine mal in meinen Schlitten stecken willst.«

Von StadtcasanovaDD, der zwar deutlich besser aussah als Uwe, aber einen Wortschatz hatte wie ein vierzehnjähriger Teenager und obendrein offensichtlich ausgerechnet aus Düsseldorf kam. »Echt krass, dein Body«, kommentierte er. »Mälde dich, wenn du lust auf Meer hast. Können ja mal zusammen die Kö runterlaufen und anschließend zu mir.«

Von Karsten–allein–zu–Haus, der neben einem gelbstichigen Kinderfoto die Hoffnung äußerte, dass ich die Frau sei, die sein »Kinderherz nach großer Enttäuschung noch einmal zum Hüpfen« bringe, und im Anschluss seine Leidensgeschichte in gefühlten 200 000 Zeichen ausführlichst schilderte.

Natürlich rief ich direkt Friederike an. »Du glaubst es nicht!«, sagte ich, kaum dass sie sich gemeldet hatte. »Du hattest recht: einhundertachtunddreißig Interessenten. Allerdings weit und breit nichts Brauchbares dabei. Hör mal!«

Als ich ihr die besten Stellen vorlas, konnte ich mich vor Lachen kaum halten. »Hier ist zum Beispiel Jimmi1998, der behauptet, für sein Alter schon ganz schön reif zu sein und auch mir noch etwas beibringen zu können. Und dann hätten wir da noch mein allerliebstes Schätzchen: einen Italiener namens Don-Camillo, der eine Frau für gelegentliche Seitensprünge sucht. Hier, hör mal: ›Meine südeländische Temperament reicht für due!‹ Nee, danke. Ich glaube, mir reicht es schon jetzt. Das ist ja noch erbärmlicher, als ich dachte. Für die gilt doch wirklich: letzte Hoffnung Internet.«

»Thomas und ich sind deiner Meinung nach also auch zwei erbärmliche Gestalten, die im richtigen Leben keinen abkriegen würden«, antwortete Friederike spitz. »Ich will dir mal was sagen: Ich bin froh und dankbar, dass ich Thomas auf diesem Weg gefunden habe. Der wäre mir nämlich sonst tatsächlich nie über den Weg gelaufen. Wer geht denn schon da hinten in Kalk auf Männerschau? Du weißt gar nicht zu schätzen, dass ich mich so für dich einsetze – und dass du mit deinem Aussehen nur mit dem Finger schnippen müsstest, um manche Männer zu bekommen. Aber nein. Es muss ja der Märchenprinz sein. Romantisch. Belesen. Am besten mit einer roten Rose im Revers. Komm auf die Erde, Kerstin! Den gibt es nicht. Und wenn du dein ganzes Leben darauf wartest, dass er dich an der Käsetheke im Rewe findet, wartest du mit ziemlich großer Sicherheit vergeblich. Denk mal darüber nach.«

Dann legte sie auf.

Was war das denn? Völlig verdutzt betrachtete ich das Telefon. Es war nicht unüblich, dass Friederike und ich ein wenig aneinandergerieten. Normalerweise dauerte es aber keine fünf Minuten, und wir hatten einander wieder lieb. So verschnupft wie an diesem Tag hatte ich sie seit der achten Klasse nicht mehr erlebt. Damals hatte ich auf einer Mittelstufenparty mit Philipp angebandelt – und erst später gemerkt, dass Friederike ebenfalls ein Auge auf ihn geworfen hatte.

Nachdenklich klickte ich durch meinen Posteingang.

Vielleicht hatte sie doch nicht ganz unrecht. Vielleicht war es tatsächlich möglich, im Internet seine Liebe zu finden – selbst wenn sie und ihr Klavierlehrer nur eine rühmliche Ausnahme von der Regel sein sollten. Aber auf Typen wie Don-Camillo und den Düsseldorfer Stadtcasanova konnte ich wirklich verzichten. Das war es einfach nicht.

Und wenn ich einfach ...? Ja, das war es. Mit einigen Klicks löschte ich das Ganzkörperfoto, das Friederike aus meiner Sammlung von Sommerfotos ausgewählt hatte, und lud ein Bild meines Bücherregals hoch. Dann löschte ich alles, was sich in meinem Postfach bisher angesammelt hatte. Neues Spiel, neues Glück. Wer sich davon nicht abschrecken ließ, mochte zumindest Bücher.

In den folgenden Tagen hatte ich wenig Zeit für mein Liebesleben und noch weniger für eLove. Da die Sommerferien unmittelbar bevorstanden, strömten mehr Kunden als sonst in unsere Buchhandlung – auf der Suche nach einer kleinen Belohnung für gute Noten, den Schulbüchern für das neue Jahr oder aber nach der perfekten Urlaubslektüre für sich selbst, Kind oder Ehemann.

Mehrfach rief ich Friederike an, um mich dafür zu entschuldigen, dass ich ihr Liebesglück angezweifelt hatte. Sie ging nie ans Telefon.

Als ich mich am Abend des fünften Tags nach meiner Anmeldung völlig erledigt auf mein Sofa sinken ließ und endlich einmal wieder in mein eLove-Fach schaute, blinkten gerade einmal acht neue Mails auf.

Sieben meiner Verehrer schrieben wahrscheinlich jeder Frau, die sich nicht schnell genug abgemeldet hatte. Ihre Botschaften klangen schon im Betreff entsprechend verzweifelt – oder ließen mich verzweifeln.

Ich löschte sie, ohne sie eines weiteren Blickes zu würdigen. Liebeskummer hatte ich lange genug selbst gehabt, und auch mit Spinnern und Weltschmerz hatte ich mittlerweile ausreichend eigene Erfahrungen.

Nummer acht – Fox33, passenderweise mit einem kleinen Fuchs statt einem eigenen Profilbild – hatte mir bereits am Sonntagabend geschrieben.

Lese gerade *Sturz der Titanen*, und Du?

Ohne nachzudenken, bestätigte ich die Kontaktanfrage und drückte auf »Antworten«.

Ehrlich gesagt, einen Liebesroman. Muss ab und zu auch einmal sein. Kennst Du wahrscheinlich nicht: *Eindeutig Liebe* von Jessica Thompson, einer jungen Autorin aus England.

Sturz der Titanen kenne ich aber auch. Tolles Buch. Scheinst ja ein Mann mit Ausdauer zu sein. ☺

Mein Gehirn schaltete sich erst wieder ein, nachdem ich die Mail versendet hatte.

Was hatte ich da geschrieben? *Einen Liebesroman. Muss ab und zu auch einmal sein.* Argh! *Scheinst ja ein Mann mit Ausdauer zu sein.* Noch schlimmer. Und dann ein Smiley. Ein SMILEY! Mein Gott, wie peinlich. Das war auch nicht besser als die Anmache eines meiner dubiosen Verehrer.

Ich klickte auf sein mageres Profil. Eins neunzig, achtzig Kilo. Angeblich humorvoll, Vorlieben für Kino, mediterranes Essen und Bücher – »nicht notwendigerweise hohe Literatur, gerne aber auch einmal ebensolche«.

Das klang gar nicht schlecht. Wenn es denn stimmte. Aber nach meiner Mailantwort würde ich von Fox33 sicherlich ebenso wenig noch einmal etwas hören wie Don-Camillo und StadtcasanovaDD von mir. Eigentlich schade.

Einen Augenblick später blinkte an der rechten Seite des Bildschirms ein Herz auf. »Du hast eine neue Mail!«

Das konnte doch nicht ... Doch, das konnte! Fox hatte sich nicht von meiner peinlichen Mail abschrecken lassen und noch einmal geschrieben.

> Lese ehrlich gesagt eher selten Liebesromane, kann da also nicht mitreden. Mir reicht es normalerweise, wenn mich meine Schwester nötigt, so etwas mit ihr zusammen im Kino anzusehen. Verstehe nicht ganz, was ihr Frauen immer daran findet. Das Leben ist doch ganz anders.

»Das weiß ich auch«, sagte ich ein wenig genervt zu mir selbst, tippte aber schon eine Antwort.

> Ja, das ist es, in der Tat. Weniger romantisch. Kein Happy End. Stattdessen fragwürdige Kontaktanfragen von legasthenischen Düsseldorfern und verzweifelten großen Jungen, die ihre Frau Mama im Stich gelassen hat. Lebte ich in einem Liebesroman, säße ich jetzt mit dem Mann meiner Träume in einem romantischen Bistro, statt über dieses Portal Mails an einen Unbekannten zu schreiben.

Mal sehen, ob Fox tatsächlich so ausdauernd war, wie es sein Büchergeschmack annehmen ließ.

Er war es.

»Das ist aber schade, meine kleine Bücherfee«, schrieb er einen Moment später:

> Aber vergiss nicht, dass selbst die Heldinnen in Liebesromanen nie mit dem Ersten glücklich werden, sondern mit dem Besten. Vielleicht sitzen ja am Ende wir im Bistro Deiner Träume, und dies ist nur der notwendige Umweg dorthin. Das Leben schreibt manchmal die spannendsten Geschichten ...
>
> PS: Verstehe sehr gut, dass Du keinen Düsseldorfer willst. Ich hoffe allerdings, diese Abneigung gilt nicht für das gesamte Rheinland. Bei uns in Köln zum Beispiel soll es doch ganz schöne Ecken geben.

Ich lächelte. Köln ist eine tolle Stadt – vielleicht nicht unbedingt schön, aber liebenswert. Und wie. Freiwillig würde ich die Stadt nie verlassen. Und so nett wie mit Fox hatte ich mich schon lange nicht mehr mit einem Mann unterhalten. Gemailt vielleicht noch nie. Lukas war nie ein Mann der großen Worte gewesen, und die wenigen Worte, über die er verfügte, hatte er schon vor unserer Trennung für eine andere aufgespart.

Denk nicht immer bei allem und jedem sofort an deinen Ex, hörte ich Friederikes mahnende Stimme in meinem inneren Ohr. *Wenn du einen neuen Mann kennenlernst, musst du ihm auch eine Chance geben.*

Ein weiser Rat.

Zwei Stunden und viele Mails später musste ich eingestehen, dass Friederike auch mit eLove recht gehabt hatte. Offenbar waren doch nicht alle Idioten. Fox jedenfalls gefiel mir mit jeder Mail besser.

»Gute Nacht, Fox«, verabschiedete ich mich schließlich von ihm. »Die Bücherfee muss jetzt schlafen. Hoffe aber, ich höre einmal wieder von Dir.«

Glücklich, wie lange nicht mehr, ging ich ins Bett.

»Ich glaube, ich habe mich ein wenig verliebt.« Vorsichtig streckte ich Friederike einen kleinen Blumenstrauß entgegen. Mein Versöhnungsgeschenk. Nachdem sie tagelang nicht ans Telefon gegangen war, hatte ich beschlossen, bei ihr vorbeizuschauen. Nicht ans Telefon zu gehen war das eine, die Tür vor der Nase zuschlagen würde sie mir aber sicherlich nicht. Das hatte sie noch nie getan.

Sie tat es auch heute nicht. Stattdessen schloss meine Freundin mich mit einem breiten Lächeln in die Arme. »Ich habe mich schon gefragt, wann du endlich kommst«, sagte sie, ließ mich los und schob mich sogleich in ihre Küche. »Erzähl: Wo hast du den Märchenprinzen gefunden? An der Käsetheke oder doch vielleicht bei eLove?«

»Ob er ein Märchenprinz ist, weiß ich noch nicht. Aber es war tatsächlich bei eLove«, gab ich kleinlaut zu. »Ich wollte mich bei dir entschuldigen. Und bei Thomas. Aber ich hätte wirklich nicht gedacht ...«

Erst ein wenig zögerlich, dann aber immer schneller erzählte ich ihr von Fox, mit dem ich mir nun bereits seit mehr als einer Woche jeden Tag mindestens fünfzehn Mails schrieb. »Ich schlafe kaum noch, würde aber um keinen Preis eine seiner Mails unbeantwortet lassen«, schloss ich ein wenig außer Atem. »Eigentlich würde ich ihn gerne treffen. Aber was ist, wenn ich es damit kaputt mache? Wenn er mich sieht und Reißaus nimmt?«

»Wie ja alle Männer Reißaus nehmen, wenn sie dich sehen«, brummte Friederike. »Nein, im Ernst: Was soll denn groß passieren? Hast du ihn schon mal gefragt, was er davon hält?«

»Habe ich mich noch nicht getraut.«

»Na, dann wird es höchste Zeit!«

»Und wenn er sich doch als einer von diesen Irren herausstellt? Wie werde ich den denn dann wieder los?«

»Ach Kerstin!« Friederike seufzte. »Du triffst dich ohnehin am besten erst einmal in einer Kneipe oder Bar mit ihm. Vielleicht bei Jupp in der ›R(h)einkultur‹. Wenn dir dein Fox nicht gefällt, brauchst du ihn ja nicht wiederzusehen. Und wenn er dir zu nahe kommt, rufst du mich an. Das dürfte nun echt das kleinste Problem sein. Fass dir dein Hasenherz, und verabrede dich mit ihm. Wird schon nicht schiefgehen.«

»Und wenn doch?«

»Dann verbringst du wenigstens einmal wieder einen Abend in männlicher Gesellschaft. Und vielleicht reicht es ja zumindest für einen netten One-Night-Stand.« Friederike schaute mich unverdrossen an. »Ist ja auch nicht das Schlechteste. Wir sind schließlich alle alt genug.«

Ich war entsetzt. »Du weißt genau, dass ich nicht so eine bin. Mit einem Mann ins Bett zu gehen, den ich vorher noch nie im Leben gesehen habe – das würde ich nie und nimmer tun. Nie und nimmer! Das wäre, als würde ich alles verraten, was mich ausmacht.«

»Mein Gott!«, antwortete sie leicht genervt. »Ist ja schon gut. Aber zum einen solltest du nicht alles so dramatisieren, zum anderen zwingt dich ja auch keiner zu irgendwas. Und außerdem kennst du deinen Fox schon ein bisschen.«

Eine weitere Woche später packte ich die Gelegenheit endlich beim Schopfe.

»Hätte nie gedacht, dass sich auf eLove auch interessante

Frauen rumtreiben«, hatte Fox mir da gerade schriftlich gestanden.

Ich muss zugeben, mein Kumpel hat mich mehr oder weniger dazu gezwungen, mich hier anzumelden. Du hast vielleicht von dieser bekloppten Aktion gelesen: *Schenk Dein Glück an andre weiter.* Eigentlich hatte ich ja immer gehofft, die Frau meines Lebens im normalen Leben kennenzulernen. So, wie es sich gehört. Aber so ist auch nicht schlecht.

Ach! Wäre ich nicht ohnehin längst hin und weg gewesen – damit hätte Fox mein Herz auf jeden Fall gewonnen. *Eigentlich hatte ich ja immer gehofft, die Frau meines Lebens im normalen Leben kennenzulernen.*

»Da geht es mir ganz genau wie dir«, tippte ich rasch.

Ich wurde von meiner besten Freundin gezwungen, mich anzumelden. Die gleiche Aktion. Aber warum sollen wir uns nicht endlich mal in echt kennenlernen? Ist zwar nicht das Gleiche wie ein zufälliges Treffen, aber dass wir uns hier »getroffen« haben, können wir ja kaum rückgängig machen.

Ich klickte auf »Senden« und hielt den Atem an. Hoffentlich war das jetzt nicht zu forsch.

Hasenfuß!, spottete Friederikes Stimme in meinem Ohr. *Hasenfuß!*

Ich hatte mich einmal wieder umsonst gesorgt. Schon blinkte Fox' Antwort.

Würde mich sehr freuen, Dich auch im wahren Leben zu treffen, meine Bücherfee. Wir können ja einfach so tun, als gäbe es dieses unsägliche Online-Dating nicht und als hätten wir zuvor noch nie voneinander gehört. Wie sieht es denn mit Samstag aus?

Samstag schon! Mir blieben also gut achtundvierzig Stunden.

Was soll's! Entweder er ist es, oder er ist es nicht!, entschied ich. Dann schrieb ich zurück:

Gut, dann sehen wir uns am Samstag um 21 Uhr in der »R(h)einkultur« in Klettenberg. Du erkennst mich an meinem Lieblingsbuch.

Mit ebendiesem Lieblingsbuch unter dem Arm machte ich mich zwei Tage später und mit klopfendem Herzen auf den Weg in Jupps Kneipe und – wie ich hoffte – zugleich auf den Weg in mein Glück. Wie Fox wohl aussah? Wie seine Stimme wohl klang?

Wir hatten noch immer nicht einmal miteinander telefoniert und uns ausschließlich über eLove geschrieben.

»Mein Gott, lass ihn kein Spinner sein!«, schickte ich ein kurzes Stoßgebet in den verregneten Sommerhimmel.

Dann atmete ich noch einmal tief durch und ging hinein. Neugierig ließ ich den Blick schweifen. Noch war nicht besonders viel los. Falls Fox schon da war, müsste er mich schon gesehen haben.

Erst einmal kam mir allerdings nur Jupp entgegen.

»Guten Abend, schöne Frau!«, begrüßte er mich. »An die Theke oder lieber an einen Tisch? Soll ich dir die Karte bringen?«

»Später vielleicht«, antwortete ich. »Erst einmal hätte ich gerne ein Kölsch. Ich warte noch auf einen Bekannten.«

Während Jupp mit einem kurzen Nicken wieder hinter der Theke verschwand, setzte ich mich an einen Tisch, von dem aus ich den Eingang gut im Blick hatte. Ungeduldig schob ich mein Buch hin und her. Ich saß nicht gern allein in einer Kneipe. Langsam konnte Fox wirklich auftauchen. Statt Fox kam jedoch erst einmal mein Kölsch, und in Viertelstundenabständen folgten Kölsch zwei und Kölsch drei.

»Lässt dich aber ganz schön warten, deine Verabredung«, sagte Jupp, als er mir das vierte Kölsch auf den Tisch stellte. Mit mitleidigem Blick wandte er sich zum Nebentisch. »So, die Damen, habt ihr etwas Schönes gefunden? Was darf es denn heute Abend sein? Salätchen – oder was Anständiges?«

Ich schaute auf die Uhr. Viertel vor zehn. Es sah ganz so aus, als hätte Fox sich entschieden, den Abend doch lieber in seinem Bau statt mit mir zu verbringen. »Wäre ja auch zu schön gewesen«, seufzte ich und hielt nach Jupp Ausschau, um ihm Bescheid zu geben, dass ich zahlen wollte. Wenn ich mich ein wenig beeilte, könnte ich wenigstens noch die Glasgow-Doku auf Arte anschauen.

Ich sah die Doku nicht mehr, denn es geschah, was normalerweise nur in Liebesfilmen geschieht: Ein gut aussehender Mann kam herein, schaute sich in der mittlerweile doch ganz gut besetzten »R(h)einkultur« um und schlenderte dann auf meinen Tisch zu.

»Ist hier noch frei?«, fragte er. Dann fiel sein Blick auf das Buch, und er grinste. »Du hast dir etwas zum Lesen mitgebracht. Keine schlechte Idee, wenn das Date einmal wieder zu spät kommt. Dein Lieblingsbuch?«

»Ja.« Mehr brachte ich nicht über die Lippen.

Das also war Fox. Wie schön seine Augen waren! Wahnsinn!

»Moritz!« Er reichte mir die Hand.

Ich nahm sie und hätte sie am liebsten nicht mehr losgelassen. Tolle Hände! Männlich.

»Bü... Kerstin«, stammelte ich. Dann riss ich mich zusammen. »Setz dich doch einfach. Schön, dich kennenzulernen.«

»Ebenso.« Er lächelte noch einmal. »Du bist doch nicht etwa allein hier, oder?«

Ich lächelte zurück. »Jetzt nicht mehr.«

So schnell wir über eLove Mails gewechselt hatten, so schnell kamen wir ins Gespräch. Es war unglaublich. Moritz war genauso humorvoll, charmant und schlagfertig, wie ich es angenommen hatte. Und ein unglaublich guter Schauspieler noch dazu. Während ich immer wieder kurz davor war, mich zu verplappern und auf eine unserer Mails Bezug zu nehmen, hielt er unser Spiel eisern durch. Nicht ein Mal ließ er erkennen, dass wir uns schon seit mehr als zwei Wochen kannten, dass wir uns schon über hundert Mails geschrieben und uns über Gott und die Welt ausgetauscht hatten.

Der Abend verging wie im Flug. Wir bestellten noch eine Kleinigkeit zu essen, tranken das ein oder andere Kölsch und schauten uns tief in die Augen. Irgendwann stieg ich auf Wasser um. Dieser Abend war beileibe zu schade, um sich abzuschießen. Ich genoss jede Minute und wäre am liebsten nie aufgestanden. Schließlich wurde es dann aber doch Zeit.

»Wenn du magst, bringe ich dich noch nach Hause«, schlug Moritz vor. »Wohnst du hier irgendwo?«

»Ist nicht weit, keine zehn Minuten zu Fuß«, antwortete ich.

»Dann lass uns gehen«, sagte er und bot mir galant seinen Arm an.

Um es kurz zu machen: Wie im schlichtesten Liebesfilm fragte ich Moritz vor meiner Haustür, ob er noch auf einen

Kaffee mit hochkommen wolle. Wie im schlichtesten Liebesfilm lehnte er erst ab, kam nach einem nicht enden wollenden Abschiedskuss dann aber doch mit, und wir küssten uns lange weiter. Er streichelte meinen Rücken, ich klammerte mich an seinem fest. Ein Kleidungsstück nach dem anderen landete auf dem Boden und wir im Bett.

So also fühlte es sich an, mit einem Mann zusammen zu sein. Seit der Trennung von Lukas hatte ich es fast vergessen und nie vermisst. Jetzt konnte ich nicht genug von Moritz bekommen, von seinen schönen Händen, seiner weichen Haut, seinen sanften Berührungen.

Schläfrig zupfte ich an seinem Ohrläppchen. »Schlaf gut, kleiner Fuchs«, murmelte ich und kuschelte mich an ihn. »Ich hätte nie gedacht, dass ich so etwas einmal tun würde, aber es ist schön, dass du da bist.«

Er lächelte und legte den Arm um mich, rieb seinen rauen Dreitagebart an meine Wange. »Ich muss morgen früh raus. Familienessen bei meinen Eltern«, sagte er leise. »Nicht böse sein, wenn ich mich nachher einfach rausschleiche. Ich ...«

Den Rest hörte ich nicht mehr. Ich merkte auch nicht, wie er aufstand, seine Kleidung zusammensuchte und die Wohnung verließ. Ich schlief tief und fest und wachte erst auf, als mir Stunden später die Sonne ins Gesicht schien. Und selbst wenn sich der Regen des Vorabends nicht verzogen hätte: Ich war glücklich, schwebte buchstäblich auf Wolke sieben.

Wohlig drehte ich mich um. Mein Kopfkissen roch noch ein bisschen nach Moritz.

Schade, dass er so früh hatte gehen müssen.

Familienessen bei meinen Eltern. Ich kicherte. Wer hätte gedacht, dass der charmante Fox ein Muttersöhnchen war! In seinen Mails hatte er seine Eltern nie erwähnt, nur seine Schwester. Na ja. Ich kicherte erneut. Sein kleines Piranha-Tattoo hatte er ja auch verschwiegen. War ihm auch ganz schön peinlich gewesen, dass ich es gesehen hatte. Bestimmt eine Jugendsünde. Trotzdem irgendwie süß.

Ich setzte mich auf. Ich würde ihm gleich schreiben – ihn anrufen konnte ich nicht, denn wir hatten es auch diese Nacht nicht geschafft, endlich unsere Telefonnummern auszutauschen. Es wurde Zeit, dass sich das änderte.

Eilig hüpfte ich aus dem Bett und holte meinen Laptop.

Da, eine neue Mail.

»Er vermisst mich schon. Er vermisst mich schon«, trällerte ich vor mich hin. »Eine neue Liebe ist wie ein neues Leben ...«

Nanu? Ich kniff die Augen zu und schaute noch einmal genau hin. Fox hatte die Mail schon drei Stunden vor unserem Date abgeschickt. Da musste ich gerade in der Badewanne gelegen haben, um mich für ihn und unseren Abend schön zu machen. Was hatte er da bloß gewollt?

Neugierig klickte ich auf »Öffnen«.

Meine liebe Bücherfee. Es tut mir so unglaublich leid, dass ich unser Treffen heute Abend absagen muss. Ich muss in einer Stunde den Flieger nach München bekommen, um dort bei einem Kongress einen Kollegen zu vertreten, der vor zwei Stunden Vater geworden ist (drei Wochen zu früh!). Bitte halte das nicht für eine Ausrede oder einen Rückzieher! Wir holen unser Treffen nach, versprochen. Du bist mir viel zu wichtig, als dass ich diese Chance leichtfertig verschenken würde.

Sende Dir einen Funkkuss,
Dein Fox

PS: Hoffe, Du hast diese Mail noch rechtzeitig gesehen und nicht vergeblich auf mich gewartet. Wir sollten wirklich endlich ins analoge Leben überwechseln und wenigstens einmal telefonieren.

Ich lächelte. *Sende Dir einen Funkkuss.* Wer begnügte sich mit einem Funkkuss, wenn er echte Küsse haben konnte?

Dann erstarrte ich.

Tut mir unheimlich leid? Hoffe, Du hast diese Mail noch rechtzeitig gesehen?

Ich las seine Mail noch einmal.

Dann endlich begriff ich, was ich getan hatte.

Ich hatte mit dem falschen Mann geschlafen.

Total locker

~ Moritz ~

Moritz
Total locker
vor 12 Minuten

Markus **19:45 Uhr**
Ssssie hier?

Moritz **19:45 Uhr**
Überraschung :-))

Markus **19:46 Uhr**
Wo warst Du gestern Abend? Wir dachten, Du kämst noch auf einen Tee bei unseren Eltern vorbei?

Moritz **19:46 Uhr**
Wollte ich auch, aber auf dem Weg wollte ich noch kurz in der »R(h)einkultur« vorbei ... und das wurde dann etwas länger ...

Markus **19:47 Uhr**
Absturz?

Moritz **19:48 Uhr**
Eher Gleitflug ...

Markus **19:48 Uhr**

Alter, das glaub ich nicht. Du hast doch neulich erst im »ABS« Dein Unwesen getrieben, im gleichen Veedel!
Jetzt ist auch die Pädagogenhochburg Klettenberg nicht mehr vor Dir sicher. Wie war sie, wie hieß sie, wirst Du sie wiedersehen?

Moritz **19:49 Uhr**

Gut, Kerstin, wahrscheinlich nicht. Ich korrigiere Teil eins: Sie war nicht nur gut, sie war: erste Liga!

Markus **19:50 Uhr**

Das heißt nichts, der FC Köln ist auch meistens erste Liga und kann trotzdem nix. Wo ist der Haken bei dieser Kerstin?

Moritz **19:51 Uhr**

Kein Haken. War ein total relaxter Abend. Ich hatte das Gefühl, dass wir uns schon ewig kennen, die Frau war so ... locker ... so smart ... und dabei irgendwie geheimnisvoll. Das hat mich total angefixt.

Markus **19:52 Uhr**

Und warum seht ihr euch nicht wieder?

Moritz **19:53 Uhr**

Schwer zu erklären. Ich glaube, darauf legt die gar keinen Wert. Die hat nicht nach meiner Nummer gefragt, nicht wissen wollen, wo ich herkomme und was ich mache – das war ein so absichtsloses, entspanntes Treffen. Die ist bestimmt verheiratet. Die wirkte wie Clooneys Gespielin in *Up in the Air*, total easy und dann wieder völlig cool. Ich würde mich nicht wundern, wenn die zwei Wohnungen hat – und in der, die ich nicht kenne, warten zwei Kinder und ein netter Mann. Die wollte einfach nur einen netten Abend!

Markus	**19:53 Uhr**
Klingt super unkompliziert. Gar nicht so, als ob eine Frau darin verwickelt wäre. Bist Du sicher, dass die nicht geschlechtsumgewandelt war?	
Moritz	**19:54 Uhr**
Blödmann! Nee, Kerstin war schwer in Ordnung. Aber wer weiß schon, ob sie überhaupt Kerstin heißt. Das beschäftigt mich echt. Hast du eine Ahnung, was mit ihr los sein könnte?	
Markus	**19:55 Uhr**
Nein. Aber das macht nichts, ICH bin ja quasi schon verlobt, ich muss die Frauen nicht verstehen. :-))	
Moritz	**19:57 Uhr**
Offline. Deine Nachrichten werden an Markus' Handy gesendet. Du Bauer, Du könntest Dich wenigstens verabschieden wie ein normaler Mensch.	

6. Wenn der kleine Hunger kommt

~ Nina ~
von Gabriele von Braun

Das ohrenbetäubende Geräusch klang wie das Knurren eines aggressiven Wolfsrudels in der kanadischen Wildnis. Ich erschrak dermaßen, dass ich mit einer unkontrollierten Handbewegung gegen meinen Unterleib schlug und beinah zu Boden ging. Kein wildes Tier hatte da soeben die Stille durchbrochen, sondern mein einunddreißigjähriger Magen. Es war Viertel vor elf, und ich hatte Hunger, was an sich kein Problem darstellte. Dumm war nur, dass ein junger Mann Zeuge dieser Szene geworden war. Er lehnte lässig im Türrahmen meines Büros, blickte in mein sicherlich signalrotes Gesicht und kommentierte anerkennend: »Alle Achtung.«

Ich tat so, als sei ich total locker. »Danke. Dafür habe ich lange geübt. Wie kann ich Ihnen helfen?«

»Moritz Sommer. Ich habe gleich einen Termin mit Herrn Arnold.«

»Ja, dann schön, dass Sie schon da sind. Herr Arnold ist noch in einer anderen Besprechung, aber Sie müssen sicherlich nicht lange warten«, antwortete ich.

Moritz Sommer! Genau! Wir kannten uns schon vom Telefon, denn ich selbst hatte in meiner Funktion als Assistentin des Marketingchefs von *Sweetskin* den Termin mit ihm vereinbart. Arnold hatte Sommers Designbüro mit der Gestaltung des Layouts für die neue Gesichtspflegeserie beauftragt. Nun stand der Präsentationstermin an.

Ich war dennoch überrascht. So attraktiv hatte ich mir unseren Geschäftspartner gar nicht vorgestellt. Meist liegen zwischen dem Bild, das man sich zu einer Stimme macht, und dem Antlitz in der Realität Welten. Nicht zuletzt deswegen machen verhältnismäßig wenige Radiomoderatoren als Top-Model Karriere. Bei Moritz Sommer aber war es anders. Seine angenehme Stimme und der Schalk, der darin mitschwang, harmonierten perfekt mit den wärmsten braunen Augen, die mich je angesehen haben, seiner sportlichen Figur und der beachtlichen Körpergröße. Kurz: Er sah einfach unverschämt gut aus. Dazu war er höchstens zwei Jahre älter als ich. Was für ein Mann!

»Dieses Elend ist ja nicht zu ertragen! Entschuldigen Sie mich bitte.« Ohne weitere Erklärung stürmte Moritz Sommer aus dem Empfangsbereich und zur Tür hinaus.

»Ja, aber ... Herr Sommer!« Ich war völlig perplex und ziemlich entsetzt. So schnell hatte ich noch nie jemanden in die Flucht geschlagen. Was sollte jetzt aus dem Termin werden? Und wie um Himmels willen sollte ich meinem Chef erklären, dass der Mann, auf dessen Kreativität er so viel setzte, zwar da gewesen, dann aber wieder verschwunden war?

Ich machte mir unnötig Sorgen, denn nach ein paar Minuten kam Moritz Sommer zurück – mit einem Milchreis im Plastikbecher in der Hand und einem Löffel. »So weit kommt es noch, dass eine junge engagierte Frau in ihrem Büro qualvoll verhungern muss«, sagte er ein wenig außer Atem.

»Danke. Normalerweise werde ich hier nicht mal mit trockenem Brot verwöhnt.« Ich schmunzelte verlegen, als Moritz mir die milde Gabe auf den Schreibtisch stellte.

»Das sind ja unhaltbare Arbeitsbedingungen. Ein Freund von mir arbeitet beim Europäischen Gerichtshof für Menschenrechte, vielleicht kann der was machen. Aber jetzt lassen Sie es sich erst mal schmecken.« Moritz schaute auf die Uhr und ließ sich dann auf den hässlichen Hello-Kitty-Hüpfball sinken, den ich von Kollegen zum Geburtstag geschenkt bekommen hatte. »Hübsch. Es geht doch nichts über ergonomische Büroaccessoires.« Er sah mich erwartungsvoll an. »Mögen Sie etwa keinen Milchreis?«

»Doch, doch, aber ...« Ich schluckte. Der Ball war mir peinlich, aber auch davon abgesehen hätte ich in der Anwesenheit eines so interessanten Mannes nicht einen Bissen herunterbekommen. »So unhöflich, dass ich Ihnen jetzt etwas voresse, bin ich nicht.«

»Kein Problem. Dann gönne ich mir auch noch einen kleinen Snack.« Moritz Sommer holte ein Snickers aus seiner braunen Laptoptasche.

Doch aus unserem ersten gemeinsamen Essen wurde nichts. Mein Chef hatte seinen Vorgängertermin offensichtlich pünktlich beendet und holte seinen Besucher viel zu früh ab. »Herr Sommer, schön, dass Sie schon da sind. Dann lassen Sie uns loslegen. Ich bin gespannt, was Sie mir zeigen können!«

Erst eine gute Stunde später öffnete sich die Tür des Konferenzzimmers wieder. »Ich melde mich in den nächsten Tagen mit den Details. Vielen Dank schon einmal und eine gute Heimfahrt«, verabschiedete sich mein Chef von seinem Gast. Der ging sichtlich vergnügt und mit nach oben gestreckten Daumen an mir vorbei. Offenbar hatte er es eilig.

Zu schade, denn gerne hätte ich unser Gespräch noch ein wenig weitergeführt!

Meiner guten Laune tat das dennoch keinen Abbruch. Ich summte vor mich hin und aß den Milchreis in kleinen Häppchen über den Arbeitstag verteilt. War es nicht unglaublich, wie sehr die Chemie zwischen Moritz und mir stimmte? Wann hatte mein Herz zuletzt in einem solchen Takt geschlagen? Ob er mich anrufen würde?

Ich schüttelte über mich selbst den Kopf. Es hatte nur eines einzigen Augenblicks bedurft, damit dieser Moritz mein inzwischen vierzehn Monate währendes Singleleben gehörig aufwirbelte. Leider erst einmal nur in Gedanken. Und dabei blieb es zunächst. Weder schickte er mir weitere Lebensmittel, noch meldete er sich auf einem anderen Weg. Ich googelte ihn, fand es aber zu plump, ihn über soziale Netzwerke an mich zu erinnern. Schließlich hielt ich es nicht mehr aus und rief aus lauter Verzweiflung unter einem Vorwand in seinem Büro an. Er war »zu Tisch«, und ich war so aufgeregt, dass ich vergaß, um Rückruf zu bitten.

Warum meldete er sich nur nicht? Hatte er mir den Milchreis doch nur aus reinem Mitleid geschenkt? Hatte ich auf ihn so abschreckend gewirkt? Meine Laune wurde zunehmend schlechter, und auch auf unser Sommerfest – normalerweise eines meiner Highlights – hatte ich in diesem Jahr wenig Lust.

Es war der heißeste Tag des Jahres. Tagsüber hatten wir noch bei 38 Grad Celsius in den Büros geschwitzt, und auch abends kühlte es nur wenig ab. Dafür passte die Location: ein Beachclub direkt am Rhein und mit Blick auf den Dom. Viele Gäste stapften barfuß durch den feinen Sand und schienen für einen Moment zu vergessen, dass sie in Köln waren. Chillout-Klänge fluteten die Ohren, und an den Getränkeständen herrschte dichtes Gedränge. Ich stand mit meinem Chef und zwei Kollegen aus dem Controlling an einem Stehtisch und nippte an einer Rhabarberschorle mit Eiswürfeln. Missmutig ließ ich meinen Blick schweifen.

Plötzlich jagte ein Stromstoß durch meinen Körper. Das war doch ... Moritz Sommer! Ich verschluckte mich und fing fürchterlich an zu husten. Tatsächlich! Moritz Sommer schlenderte mit einem ebenfalls sehr hochgewachsenen Mann über das Gelände.

»Nina, alles klar bei dir? Diese Hitze kann einem aber auch ganz schön zusetzen.« Mein Chef schlug mir auf den Rücken, als sei ich ein alter Gaul.

»Ja, ja ... alles klar. Ich weiß auch nicht ... « Mühsam blinzelte ich meine Tränen weg und bemühte mich, Moritz nicht aus den Augen zu verlieren. Er und sein Begleiter hatten sich inzwischen am Caipirinha-Stand bedienen lassen und unterhielten sich angeregt. Bis jetzt hatte er mich noch nicht gesehen.

»Ich hole mir noch etwas zu trinken.« Ich ließ meine Kollegen zurück und schlenderte in Moritz' Richtung. Innerlich war ich so nervös, dass ich mich an meinem Schorle-Glas festkrallte wie an einem Rettungsboot. Wieder einmal wurde mir bewusst, wie gestraft ich bin, weil ich keinen Alkohol vertrage. Wie viele Asiaten kann ich Alkohol nicht verstoffwechseln. Dadurch habe ich nicht die geringste Chance, mich »lockerzutrinken«, wie meine Freundinnen sagen würden. Im Gegenteil: Wenn ich auch nur einen Tropfen anrühre, dann leide ich anschließend tagelang an extremen Muskel- und Gliederschmerzen.

Ich lief mit etwas Abstand an Moritz' Rücken vorbei, gab mein Glas am Getränkestand vor ihm ab und orderte zur Abwechslung eine Holunder-Limonade. Als ich mich umdrehte, stand ich direkt vor ihm.

Ein Lächeln glitt über sein Gesicht. Gott sei Dank! Er erkannte mich!

»Hallo Frau Ehlers. Schön, Sie hier zu sehen. Haben Sie heute schon etwas zu essen gekriegt?«

Ich lachte zittrig auf. »Herr Sommer, Sie Samariter. Ehrlich gesagt bin ich wieder einmal am Verhungern.«

»Na, was für ein Glück, dass ich Sie noch rechtzeitig gefunden habe. Womöglich hätte ich es sonst aus der Zeitung erfahren: ›Schöne Angestellte auf Sommerfest qualvoll verhungert.‹« Er grinste breit.

»Moritz, magst du uns vielleicht vorstellen?« Moritz' Begleiter sah uns fragend an, ergriff dann aber selbst die Initiative. »Ich bin Markus, Moritz' Bruder. Er hat mir noch gar nichts von dir erzählt.«

»Nina Ehlers. Ich ... äh ... Ich bin Marketingassistentin bei *Sweetskin*. Ihr Bruder und ich kennen uns aus der Firma, und ...«

»Ach, so ist das?« Markus sah seinen Bruder vielsagend an. »Nun ja. Ihr habt sicherlich einiges zu besprechen. Wir sehen uns.«

Einen Augenblick später war er verschwunden – und ich plötzlich allein mit Moritz. Der wirkte weitaus weniger irritiert als ich und hatte sich offensichtlich entschieden, dass es nun Zeit war, zum Du überzugehen. »Na dann, Nina, ab zur Fütterung«, sagte er und grinste erneut.

Ich lief wie auf Wolken und ließ mich von ihm zum Büfett führen. In den folgenden Stunden aßen wir uns durch das reichhaltige Angebot, das von Antipasti bis Zabaione reichte, redeten über Gott und die Welt, alberten herum und sahen die Sonne untergehen. Wahrscheinlich hätte ich es nicht einmal bemerkt, wenn sämtliche Gäste um uns herum von Außerirdischen entführt worden wären, denn ich hatte nur Augen für Moritz. Alles war so aufregend. Wie sehr ich dieses überwältigende Gefühl von Vertrautheit – ja, es war, als würden wir uns schon ewig kennen – und dieses magische Prickeln genoss! Nur in einem Moment wurde die Leichtigkeit zwischen uns jäh unterbrochen. Das war, als ich Moritz erklären musste, weshalb ich keinen Alkohol trinke.

Er sah mich zweifelnd an. Vielleicht glaubte er mir nicht und dachte, ich sei trockene Alkoholikerin, Mormonin, schwanger oder etwas noch Schlimmeres. Es ist ja nicht so, dass ich nicht gewohnt bin, mit Vorurteilen zu kämpfen. Ich gab mir alle Mühe, Moritz davon zu überzeugen, dass ansonsten mit mir alles in Ordnung sei.

Irgendwann gingen die soften Klänge in kräftigen Clubsound und in mein Blut über. Moritz sträubte sich zuerst, mit mir zu tanzen, dann aber groovten wir dennoch wild, feurig und sogar im Takt in die Nacht. Wäre ich Moritz zu diesem Zeitpunkt noch nicht restlos verfallen gewesen, so hätte ich mich spätestens jetzt in ihn verliebt, denn sobald ich sehe, dass ein Mann tanzen kann, hat er schon gewonnen, und Moritz knackte mit seinem Rhythmusgefühl den Jackpot. Oder war mein Blick vor lauter Verliebtheit schon gänzlich vernebelt, und ich hätte das auch so empfunden, wenn er Herbert Grönemeyer gewesen wäre? Ich weiß es nicht.

Ich spürte seinen heißen Atem, der nach Limette und Alkohol roch, und die Hitze seines Körpers. Als Moritz mir schließlich ins Ohr flüsterte, ob wir nicht besser woanders hingehen sollten, konnte ich nur »Ja« quieken.

Wir liefen einfach drauflos und besetzten die erstbeste Bank, wo wir uns so leidenschaftlich küssten wie Ryan Gosling und Rachel McAdams in *Wie ein einziger Tag*, einem meiner Lieblingsfilme.

»Heh, ihr zwei! Macht, dass ihr wegkommt!« Plötzlich stand ein angetrunkener Mann mit allerlei Gepäck neben uns. »Das is' meine Bank.«

Wir nahmen es leicht, zogen Hand in Hand weiter und summten uns unsere Lieblingssongs vor. Schnell merkten wir, dass unser Musikgeschmack recht weit auseinanderdriftete. Moritz grölte *Come as you are* von Nirvana und gab mit Luftgitarre den Kurt Cobain. Ich lachte mich beinah kaputt und hielt mit Patti Smith und *Because the Night* dagegen. Im Vergleich zu Moritz' Performance kam das sicher etwas schwülstig und pathetisch daher und war noch dazu ganz sicher kein Genuss für ihn, denn er unterbrach mich abrupt: »Ich glaube, es gibt gewisse Dinge, die du besser kannst.«

Ehe ich mich versah, spürte ich seine Lippen, mit denen er jeden Quadratzentimeter meines Gesichts und Halses zu erkunden schien. Wohliger Schauer erfüllte mich, und trunken vor Glück schaute ich in den klaren Sternenhimmel. Wie oft im Leben man so etwas wohl erlebte?

»Eindeutig zu selten!«, schien mir der halb volle Mond zuzurufen, und ich ahnte, dass er recht hatte.

»Hey, wie großartig! Ein kinderloser Spielplatz!«, rief Moritz da begeistert aus. »Los, komm, der gehört jetzt uns!«

Kichernd ließ ich mich von ihm auf das dunkle Areal ziehen. »Juhu, ich war seit mindestens zwanzig Jahren auf keinem mehr!«

»Dann wird es aber höchste Zeit. Heutzutage haben wir ja ganz andere Spielmöglichkeiten als früher.«

Keine Minute später konnte ich mich davon überzeugen. Wir enterten ein mindestens sieben Meter langes und drei Meter breites Piratenschiff aus Holz, mit üppigem Schiffsbauch und einer Leiter, die an Deck führte.

»Komm!« Moritz drängte mich ins Schiffsinnere und zog mich sofort auf den Boden. Wieder küsste er mich leidenschaftlich, und auf einmal schienen seine Hände überall zu sein.

Ich schloss die Augen und versuchte, mich trotz des harten Bodens ganz fallen zu lassen.

»Komm! Komm!« Moritz setzte sich auf und zog mich auf seinen Schoß. Mit bebenden Händen schob er mein Kleid in die Höhe, dann zerriss er im Eifer des Gefechts meinen Slip. »Komm!«

Im Gegensatz zu Moritz brachte ich nicht den einfachsten

Einwortsatz heraus, so atemlos und euphorisiert, wie ich war. Er hatte alles in der Hand, inklusive eines Kondoms.

War Moritz immer so gut vorbereitet? Ich stutzte einen Augenblick, kam jedoch nicht dazu, weiter darüber nachzudenken.

»Jetzt werde ich meiner Seemannsbraut mal zeigen, was ein echter Freibeuter ist«, stöhnte er.

»Hauptsache, wir kommen nicht vom Kurs ab«, keuchte ich.

Schon spürte ich ihn so kraftvoll in mir, dass ich aufschrie. Mein Gott, das war besser als alles, was ich je zuvor erlebt hatte! Hatte ich bisher immer die falschen Männer gehabt?

Später lagen wir nebeneinander auf dem nun gar nicht mehr harten Schiffsboden und umarmten uns fest. Nur langsam fand ich wieder zurück in die reale Welt. Ich weiß nicht mehr, was mich geritten hat, als ich mich irgendwann von Moritz losriss, um übermütig, wie ich war, vom Schiff zu fliehen und auf einen Holzbalken zuzustürmen.

»Fang mich, wenn du kannst!«, rief ich. Dann kletterte ich hinauf und drehte mich kichernd zu Moritz um. Im nächsten Moment verlor ich das Gleichgewicht und stürzte in die Tiefe.

Zugegeben, es war nur ein knapper Meter. Alles ging rasend schnell und wäre nicht der Rede wert gewesen, wenn ich nicht mit meinem linken Arm in einer Glasscherbe gelandet wäre. Ich schrie auf.

»Hey, ich mag zwar Splatter-Filme, aber in natura kann ich kein Blut sehen.« Sofort war Moritz an meiner Seite und half mir wieder auf die Beine.

Panisch sah ich an mir hinab. Blut?

Ja, tatsächlich sprudelte jede Menge Blut aus der knapp über dem Ellenbogengelenk gelegenen Wunde. »Frag mich mal«, stieß ich kläglich hervor. Ich hätte gern einen Scherz gemacht, um irgendwie über die suboptimale Situation hinwegzuspielen, aber es ging nicht. Auch ich kann nämlich überhaupt kein Blut sehen, mir wird schon ganz anders, wenn ich mir nur einen Pickel ausdrücke. Und jetzt war überall dieses Blut.

Mir wurde schwindlig, die Nacht um mich herum wurde tiefschwarz, und dann sackten mir die Beine weg.

Als ich wieder zu mir kam, saß ich neben Moritz auf der Rückbank eines Taxis. Einen Augenblick lang war ich orientierungslos, dann aber fiel mir ein, dass ich keinen Slip mehr trug und inzwischen so aussehen dürfte wie Jeanny. Das fehlte noch! Panisch zerrte ich am Saum meines Kleides.

»Ganz ruhig.« Moritz hatte beschützend seinen Arm um mich gelegt. »Ich war mir nicht sicher, ob ich einen Rettungswagen rufen soll oder ob ein Taxi reicht. Schön, dass du wieder da bist.« Er klang wirklich erleichtert.

Ich schmiegte mich eng an ihn. Erst jetzt bemerkte ich Moritz' nackten Oberkörper. Offenbar hatte er mir mit seinem Hemd die Wunde verbunden.

»Geht's denn wieder?«

Ich nickte nur. »Danke, dass du dir heldenhaft das Hemd vom Leib gerissen und mir das Leben gerettet hast.« Am liebsten wäre ich im Boden versunken. Ich hatte die Nacht versaut, war nicht nur am Arm mit Blut besudelt, sondern überall. So fand Moritz mich ganz sicher nicht mehr begehrenswert.

»Nicht der Rede wert. Ich hatte wirklich Panik. Aber jetzt sind wir gleich da.«

»Wo? In der Reinigung?«

Moritz starrte mich verdutzt an. Dann lächelte er. »Nein, im Krankenhaus. Bisher haben sie mich noch nie wegen unterlassener Hilfeleistung drangekriegt, und daran soll sich auch nichts ändern.«

»Du bist der ehrenwerteste Mensch, den ich je getroffen habe«, sagte ich leise.

Moritz streichelte zärtlich meine Schulter. »Nina, Nina, mit dir haben sie mir aber auch eine geschickt.«

Ich schaute ihn an und fühlte mich schon viel besser.

In der Notaufnahme platzierte mich Moritz sanft auf einem Wartestuhl, kümmerte sich um die Formalitäten und setzte sich neben mich. »Ich hätte besser auf dich aufpassen müssen.« Er nahm meine Hand, strich mir über die Finger und hauchte mir einen Kuss auf die Schläfe. »Wahrscheinlich bin ich schon zu lange Single, das macht egoistisch.«

»Ach was. Ich hätte dir einfach nicht vormachen dürfen, dass ich balancieren kann«, widersprach ich. »Äh, wie lange bist du denn schon allein?«

Moritz sah mir tiefseetief in die Augen. »Schon eine ganze Weile. Bisher war die Richtige noch nicht dabei. Aber so was kann sich ja ganz schnell ändern.«

Ich schaffte es kaum, seinem Blick standzuhalten, so aufgeregt war ich und glückselig, beinah unerträglich. Doch bevor ich etwas erwidern konnte, wurde ich aufgerufen.

Als ich kurz darauf mit meiner frisch genähten Platzwunde und einem schicken Pflaster aus dem Behandlungszimmer kam, breitete Moritz seine Arme aus und schloss mich fest darin ein. Seit meiner Zeit als Säugling an Mamas Brust dürfte ich mich nicht mehr so geborgen gefühlt haben. Es war mir fast unheimlich, wie sehr meine Gefühle überliefen.

»Das gibt eine Narbe«, versuchte ich abzulenken.

»Sag einfach, dass es ein Hai war. Das macht dich interessant.« Mit einem bedauernden Blick warf Moritz sein eingesautes Hemd in den Müll.

»Ja, es war eine Attacke beim Schwimmen vor der australischen Küste«, stimmte ich zu. »Was bin ich froh, dass nicht alles umsonst war.«

»Nina, ich kann dich heute Nacht auf keinen Fall aus den Augen lassen. Ich schlage vor, dass wir zu mir gehen. Was meinst du?«, fragte er, als wir das Krankenhaus verließen.

Nur mühsam unterdrückte ich einen Freudenschrei.

Es war kurz vor halb vier, als wir Moritz' Wohnung erreichten.

»Weißt du, dass das heute für mich eine Premiere ist? Ich war nach einer Party noch nie mit einer Frau hier, die genau null Komma null Promille hatte. Herzlichen Glückwunsch.« Moritz ging geradewegs in die Küche. »Was willst du trinken?«

»Ich habe keine ansteckende Krankheit, nicht mal Ausschlag oder so. Ich vertrage nur keinen Alkohol.« Leicht verstimmt dackelte ich hinter ihm her.

»Ja, schon gut. Du bist nur der erste Mensch, den ich kenne, der unter so etwas leidet. Also gut, ich kann dir frisch gezapftes Leitungswasser pur anbieten oder angereichert mit einer schmackhaften Magnesium-Brausetablette mit Orangengeschmack. Oder Milch.«

Er reichte mir das Glas Leitungswasser, für das ich mich entschieden hatte, und griff sich ein Bier, bevor er mich ins Wohnzimmer führte.

Neugierig schaute ich mich um. Der riesige Flachbildschirm, der an einer in violettes Licht getauchte Wand befestigt war, und die gewaltigen Lautsprecherboxen machten den Raum nicht besonders gemütlich. »Schön zweckmäßig hast du es hier.«

Ich ließ mich neben Moritz auf der weißen Couch nieder. Gedanklich begann ich bereits, das Zimmer anders einzurichten und ihm mehr Wärme und eine persönliche Note zu verleihen. Überall sah es aus wie geleckt, es herrschte eine

Ordnung, die ich beinah als erschreckend empfand. Und mittendrin saß ich: eine Frau, deren Slip vom Mieter dieser Wohnung, mit dem sie sich noch dazu im Dreck gewälzt hatte, zerrissen worden war.

Ich biss mir auf die Unterlippe. Noch immer ließ mich Moritz' nackter Oberkörper nur an das eine denken. Dabei war zwischen uns doch so viel mehr als das rein Körperliche! Ich wollte Moritz so vieles fragen, aber auf einmal herrschte eine betretene Stille zwischen uns.

Moritz trank sein Bier und fixierte das Cover von Jack Kerouacs *On the Road*, das einzige Buch, das akkurat auf dem Couchtisch lag.

Auf einmal spürte ich eine beklemmende Angst in mir aufsteigen, dass zwischen uns alles so schnell wieder zerrinnen könnte, wie es begonnen hatte. Das musste ich um jeden Preis verhindern. Meine Augen wanderten unruhig umher, dann stand ich auf und schaute mir das Aquarium an, das neben der kalten Technikwand für wenigstens ein bisschen Lebendigkeit sorgte.

»Das sind Carl und Heinz, die ruhigsten Mitbewohner, die ich je hatte.« Moritz kam auf mich zu. »Mit denen kann ich über alles reden.«

»Wenn ich mich hier so umschaue, dann scheinen sie noch dazu recht ordentliche und reinliche Jungs zu sein. Da kannst du wirklich froh sein«, sagte ich und beobachtete die Fische, die starr im Wasser verharrten. Ob Fische nachts schliefen? Bis jetzt hatte ich mir noch nie Gedanken darüber gemacht.

Moritz umfasste mich von hinten. »Ein bisschen Wasser würde uns jetzt auch guttun. Gehen wir duschen?«

Natürlich war ich einverstanden, so mistig, blutverkrustet und verschwitzt, wie ich war. »Wir müssen aber so tun, als hätte ich nur einen Arm, okay? Ich will nichts riskieren.«

»Ich auch nicht. Warte einen Moment. Ich bin sofort wieder da.«

Moritz holte Paketband und eine Plastiktüte, um die Wunde an meinem theoretisch nicht mehr vorhandenen Arm wasserdicht zu machen. Dann trug er mich ins Bad und befreite mich vorsichtig von meinem Kleid, während ich ihn aus seiner Hose schälte. Ich konnte mich nicht sattsehen an Moritz' wohldefiniertem Körper. Doch nachdem ich ihn auch seiner Unterhose entledigt hatte und er splitternackt vor mir stand, konnte ich es mir beim besten Willen nicht verkneifen, laut aufzulachen. An seiner rechten Hüfte prangte ein zähnefletschender Fisch. Eintätowiert.

»Ist das der Ausdruck deiner Liebe zu deinen beiden Mitbewohnern, oder hast du eine Wette verloren?«, prustete ich.

»Das ist jetzt nicht dein Ernst, oder?«

Oh nein! Das war knapp und sicher nicht sein Lieblingsthema. Schon wieder hätte ich beinahe alles kaputt gemacht.

Umso erleichterter war ich darüber, dass mein Aussetzer seiner Erregung keinen Abbruch tat. Wir standen unter dem lauwarmen Strahl der Dusche, schäumten uns gegenseitig ein und drängten unsere Körper aneinander. Als wir es nicht mehr aushielten, hob Moritz mich aus der Dusche und trug mich weiter ins Schlafzimmer.

The Kooks rissen mich mit *Junk of the Heart* viel zu laut aus dem Schlaf. Es war kurz nach neun, und offensichtlich hatte Moritz es so eilig, dass er keine Rücksicht auf mich nahm. Erneut frisch geduscht stürmte er ins Schlafzimmer. »Sorry, aber ich bin um zehn mit meinen Eltern verabredet. Zieh nachher einfach die Tür hinter dir zu.«

»Aber ...« Mir fehlten die Worte. Was war mit dem liebevollen, zärtlichen Moritz passiert, der mich so zum Vibrieren gebracht hatte? Jetzt war vom Zauber der letzten Nacht nichts mehr übrig, und ich fühlte mich deplatzierter als eine Vegetarierin an der Fleischtheke. »Äh, ja. Und … und wann sehen wir uns wieder?« Ich stotterte wie eine Sechzehnjährige.

Moritz nahm ein blaues Polo-Shirt und eine Jeans aus seinem aufgeräumten Kleiderschrank, zog sich an und warf mir einen Blick zu, aus dem ich nichts lesen konnte. Gar nichts.

»Mal sehen.«

Ich stand unter Schock. Tränen stiegen mir in die Augen. Um nichts in der Welt aber hätte ich ihnen freien Lauf gelassen. So rieb ich mir nur müde über das Gesicht. »Oh, ich bin ganz schön kaputt.«

»Dann erhol dich. Ich ruf dich an.«

Schon war er weg und ich allein in seiner Wohnung.

Die nächsten Tage verbrachte ich mit Warten. Ich wartete auf einen Anruf, auf *den* Anruf, aber Moritz meldete sich nicht. Offensichtlicher kann man sein Desinteresse nicht ausdrücken. Aber das wollte ich nicht wahrhaben. Obwohl ich bereits in jener Nacht an seinem Kondomvorrat – nicht nur auf dem Spielplatz, nein, auch in seinem Schlafzimmer war er bestens ausgestattet gewesen! – hätte sehen können und müssen, dass ich nicht die einzige Frau in seinem Leben war, sondern eine von vielen.

Ich wollte es auch jetzt nicht wahrhaben. Stattdessen schickte ich ihm eine E-Mail, in der ich ihn fragte, ob ich ihn und seinen Hüftfisch zu einem Freibadbesuch einladen dürfe. Ich entschuldigte mich sogar dafür, dass ich ihn ausgelacht hatte, und erhielt dennoch keine Antwort.

Als sich unsere Wege noch einmal beruflich kreuzten, tat Moritz so, als sei nie etwas zwischen uns gewesen. Um meinen Job und meine Würde nicht aufs Spiel zu setzen, täuschte ich vor, dass ich mit der Situation umgehen könne.

Mir ist klar, dass es nur eine einzige Nacht war, und doch litt ich lange, weil ich so überzeugt gewesen war, dass das mit uns etwas ganz Besonderes wäre. Aber das sieht er wohl anders. Das Einzige, was mir von Moritz bleibt, ist daher eine seiner Unterhosen, die er mir in jener Nacht als Ersatz für meine zerrissene gegeben hatte.

Ich habe sie behalten und reinige damit ausschließlich den Sanitärbereich, um mich regelmäßig daran zu erinnern, was für einen grandiosen Griff ins Klo ich mit ihm gelandet habe – und dass der erste Eindruck leider nicht immer der richtige ist.

Fluch der Karibik

~ Moritz ~

Markus: Spreche ich mit Captain Jack Sparrow?

Moritz: Hallo Markus, du Komiker! Was willst du? Ich hab zu tun.

Markus: Etwa bei der Hautcremefirma mit den süßen Mitarbeiterinnen?

Moritz: Keineswegs. Ich bin auf dem Weg zu einem Termin im Rheinauhafen. Diese Kultur-Sache, für den Flyer.

Markus: Bei denen bist du aber in letzter Zeit häufiger, mein Freund …

Moritz: Da gibt es auch viel Klärungsbedarf, so einen großen Auftrag hatten wir lange nicht.

Markus: Und so eine hübsche Kontakterin auch nicht, was?

Moritz: Markus, ich hab's dir schon drei- bis fünfmal erklärt. Wenn du möchtest, mal ich es dir auch noch auf: Mit dieser Maren Bettermann läuft ü-b-e-r-h-a-u-p-t nichts, ich bin froh, dass die überhaupt noch mit mir spricht, nach dieser »Sven aus Hamburg«-Nummer damals.

Markus: Wenn ich richtig mitgezählt habe, warst du jetzt in den letzten vierzehn Tagen viermal bei denen am Hafen. VIER Mal. Entweder ihr könnt euren Job nicht, oder die Frau hat dich lieber um sich als ihre Mutter …

MORITZ: Markus, darf ich so nebenbei erfahren, was der Anlass deines geschätzten Anrufs ist? Ich habe, wie ich schon sagte, ein wenig zu tun. Du wirst ja auch früher oder später die Bekanntschaft mit der Berufstätigkeit machen, ich freu mich schon drauf.

MARKUS: Ach, das kann warten. Ich wollte nur mal hören, ob ich mir Sorgen machen muss.

MORITZ: Sorgen? Inwiefern?

MARKUS: Na, die Geschichte mit der Sekretärin bei dem Hautcreme-Fritzen. Du hörtest dich latent verliebt an ...

MORITZ: Erstens ist Nina keine Sekretärin, sondern Projektleiterin. Und zweitens habe ich mich auch sicherlich nicht *verliebt* angehört. Ich habe Nina nach unserer gemeinsamen Nacht nicht mal zurückgerufen!

MARKUS: Das sagt gar nichts! Du hast bloß wieder Angst, dass sie dir zu nah kommt. War wohl zu perfekt, das Ganze ...

MORITZ: Ach was, perfekt! Die hat sich über mein Tattoo lustig gemacht und fand meine Wohnung zu aufgeräumt. Sie trinkt keinen Alkohol – nie! –, und geschnarcht hat sie auch!

MARKUS: Die Frau, bei der du auf dem Kinderspielplatz-Schiff den Anker geworfen hast, hat geschnarcht? *Never ever!*

MORITZ: Doch, hat sie. Ein bisschen.

MARKUS: Moritz, warum rufst du sie nicht an? Mal ehrlich.

MORITZ: Ich weiß nicht. Ich habe das Gefühl, dieser Tag mit ihr war so perfekt, der Sex, unsere Gespräche, der Humor, einfach alles. Mehr ging nicht.

MARKUS: Und du meinst, mehr *geht* jetzt auch nicht mehr?

MORITZ: Irgendwie schon. Ja, könnte sein. Weißt du, ein Freund von mir, Sven …

MARKUS: Der aus Hamburg?

MORITZ: Schnauze!

Beide lachen.

MORITZ: Nein, der aus Rondorf … Na, jedenfalls, *Sven* hat einmal gesagt: »Spiel nie das ganze Lied in der ersten Nacht! Das ist nicht gut.« Jetzt weiß ich, was er damit meinte.

MARKUS: Moritz?

MORITZ: Markus?

MARKUS: Du bist ein sehr kranker Typ!

Lachen am anderen Ende der Leitung.

MORITZ: Ach, halt die Backen! Außerdem dürfte dir das doch gut in den Kram passen. Sieht ja momentan nicht danach aus, als ob ich meine Wette noch gewinne.

MARKUS: Gib nicht auf, großer Bruder. Kommt Zeit, kommt Frau.

MORITZ: Fünf Öre ins Schweinderl. Ich schmeiß dich jetzt aus der Leitung, geh wem anders auf die Nerven!

MARKUS: Moritz. Ruf! Sie! An!

Lachen.

7. Ein Wölkchen am Horizont

~ Bianca ~
von Sabine Werz

Halt den Mund, befehle ich mir.
Hör nicht auf das, was der Arzt sagt.
Und vor allem: SCHAU NICHT HIN!
Moritz Sommer tastet hilflos nach meiner rechten Hand, mit der ich den Stahlrahmen der Behandlungsliege umklammere. *Sommer*, von wegen! Der Name jagt mir ein Frösteln über den schweißnassen Rücken. Ich schüttle seine Hand ab und versuche, meinen Blick von dem flimmernden Monitor neben mir zu lösen.
Ich kneife die Augen kurz zu und schicke meine panischen Gedanken auf der Suche nach Ablenkung und Trost auf Reisen. Ich lande – wo sonst! – auf Gut Katz in Liechendonck. Bei Torsten. Gestern um diese Zeit bin ich noch neben ihm aufgewacht. Neben der Liebe meines Lebens.
Vielleicht zum letzten Mal.

Es gibt Sommermorgen, an denen das Leben perfekt ist. Erst recht auf Rittergut Katz in Liechendonck am Niederrhein. Die ersten Sonnenstrahlen entziehen Bachauen und Moorwäldchen weiche Dunstschleier und überhauchen die Backsteine des uralten Gehöfts mit rosigem Schimmer. Auf den Obstwiesen glänzt Tau, silbern flirren die Pappelalleen.
Für die mitunter strengen Gerüche von Ziegen, Geflügel-

mist und reichlich Arbeit entschädigen die Geräusche ländlichen Friedens. Schwalben umzwitschern restaurierte Fachwerkscheunen, Tauben gurren im Zinnenkranz eines Wehrturms, der über trocken gefallenen Wassergräben in Würde ergraut. Er beherbergt Torstens Schlafzimmer, das seit anderthalb Jahren auch meines ist.

Wenn wir Glück haben, gönnt uns an Morgen wie diesen sogar Gerlinde, Torstens Lieblingsgans, die unter Schlachtverbot steht und das Wörtchen »Freilauf« sehr großzügig interpretiert, ein Erwachen ohne Zischen und Geschrei am Fuß des Turms. Tage, die so idyllisch beginnen, versöhnen mich restlos mit meinem verhassten Spitznamen aus Schul- und Teenietagen: »Bianca, das Landei«, oder, um ganz genau zu sein: »das dicke Landei«. Ein Ei Größe XXL.

Tage wie diese haben einen Schönheitspreis verdient.

Auch der gestrige Morgen hätte dazugehört. Hätte. Doch trotz Schwalbengezwitscher und Seidendämmerung tat er es nicht. Zwar hielt Gerlinde den Schnabel, dafür entlud sich im Turm ein heftiges, wenn auch nicht unerwartetes Donnerwetter meines Verlobten.

»Du willst *wohin?*« Torsten zog seine lustvoll forschende Hand aus meinem gewollt züchtig gewählten Baumwollslip zurück. Er schoss in die Höhe und setzte sich im Bett auf. Sein Gesicht versteinerte zu einem wütenden Fragezeichen. Dennoch kämpfte ich insgeheim einen Stoßseufzer der Erleichterung nieder. Ein empörter Torsten war mir deutlich lieber als ein erregter.

»Ich fliege nach London. Morgen früh. Zu Roswitha«, piepte ich im Telegrammstil und klang dabei wie ein aus dem Nest gefallenes Vogelküken. Die Erklärung für meine spontanen Reisepläne war noch dünner als meine Stimme.

Lügen sind nicht meine Stärke, und Roswitha – laut Geburtsurkunde meine Mutter – ein Thema, bei dem normalerweise ich unter die Decke gehe oder meine Gefühle auf den Gefrierpunkt herunterregele. Für Roswitha war ich nie mehr als ein bedauerlicher Verhütungsunfall. Unmittelbar nach meiner Geburt vor dreiunddreißig Jahren hatte sie mich zugunsten spiritueller Selbstfindungstrips rund um den Globus aus dem Nest gestoßen und zur Aufzucht bei meinen Großeltern in einem Dorf bei Köln abgesetzt. Das ewige Landei war geboren. Das XXL kam bald hinzu, denn ich gedieh bei Oma Miez' rheinischer Hausmannskost prächtig und fraß mir mit Schokoriegeln zusätzlichen Kummerspeck an. Ein unerwünschtes und verstoßenes Kind braucht allen Trost, den es bekommen kann, fand Oma Miez. Ich fand das auch.

Unwillkürlich legte ich die Hand auf meinen Unterleib. Geschichte wiederholt sich nicht, findet aber mitunter neue, grausamere Varianten.

Torsten schaute mich unverwandt und mit zornschwellenden Nackenmuskeln an. Selbst seine widerspenstigen Locken schienen sich vor Empörung zu einem blonden Afrolook zu kräuseln. Als bulliger Kraftkerl zählt er gewöhnlich zur Gattung der sanftmütigen Löwen, die sich im Bewusstsein ihrer Überlegenheit allenfalls zu einem Zähnefletschen hinreißen lässt, wenn man sie ärgert. Meine Reisepläne und Roswitha aber weckten die brüllende Bestie in ihm: »Was willst du auf einmal bei deiner – ich darf dich zitieren – *völlig durchgeknallten Mutter?*«

»Ich möchte sie überreden, doch zu unserer Hochzeit zu kommen«, behauptete ich kühner, als mir zumute war. Etwas lahmer setzte ich hinzu: »Schließlich ist sie meine einzige Verwandte.« Das zumindest stimmt, sieht man von einem mir unbekannten italienischen Erzeuger ab, der mir seine schwarzen Haare, dunklen Augen und den klangvollen Nachnamen Maiale vererbt hat – was zu Deutsch und in Kombination mit dem Vornamen Bianca leider »Weißes Schweinefleisch« heißt.

Danke auch, *Mutter!*

Torstens Blut zog sich aus seinen erogenen Zonen in die Halsschlagadern zurück, wo es heftig pulsierte. »Du hast sie bereits vor Monaten eingeladen, und sie hat, wie nicht anders zu erwarten war, abgesagt. Was dich, ich zitiere nochmals, *unendlich erleichtert* hat.«

Das hatte es in der Tat, zumal Roswitha als Begründung die sie beengenden energetischen Schwingungen am Niederrhein angegeben hatte. Vielleicht hatte auch ihr Krafttier interveniert, oder die Sterne standen für Flugreisen im August ungünstig. Wer weiß. Esoschwurbel und der fröhliche Missbrauch religiöser Weisheitslehren sind nach wie vor Roswithas Fachgebiet. Sie hasst ganz im Gegensatz zu mir ihre Herkunft vom platten Land und alles, was auch nur entfernt nach Bodenständigkeit, Ackerbau und Viehzucht riecht.

»Herrje Bianca!«, zürnte Torsten daher ganz und gar zu recht. »Ich musste dich geradezu drängen, ihr überhaupt eine Einladung zu schicken. Was willst du auf einmal von Madam Gaga?«

Nichts, um ehrlich zu sein, aber das sagte ich nicht. »Gagan«, berichtigte ich Torsten stattdessen, froh darüber, seine Wut von mir ganz auf meine Mutter umlenken zu können. »Roswitha nennt sich derzeit Gagan Kaur und erwägt, vom Buddhismus zu den Sikhs zu konvertieren. ›Kaur‹ heißt Prinzessin, und ›Gagan‹ steht, soviel ich weiß, für himmlische ...«

»Knalltüte«, unterbrach mich Torsten unwirsch. »Bianca, es ist August. Mein Vater und ich sind mitten in der Ernte, dein geliebter Hofladen brummt, es gibt jede Menge Ferienveranstaltungen, und falls du es vergessen haben solltest: Wir *heiraten* in einer Woche.«

»Nein, am Samstag in neun Tagen«, korrigierte ich reflexartig. Ich neige zu übertriebener Genauigkeit. Laut meiner

Mutter, weil ich im Zeichen der Jungfrau (ha ha!) geboren wurde. In den letzten Wochen war das Nachhalten von Kalendertagen und -wochen jedoch zu einer qualvollen Obsession geworden, die nichts mit unserem Termin vor dem Traualtar zu tun hatten.

»Acht oder neun Tage, das ist doch scheißegal«, knurrte der ahnungslose Torsten unwirsch.

Mitnichten, dachte ich erschöpft. In Fragen wie diesen zählt jeder einzige verdammte Tag, den Gott werden lässt. Ich musste morgen in London sein, keinen Tag früher und keinen später. Ich musste mir schließlich Gewissheit über die Abstammung des knospenden Lebens in meinem Bauch verschaffen, bevor ich am Sonntag, dem 19. August, vor Gott, aller Welt und Pfarrer Zippel von St. Mariä Heimsuchung zu Liechendonck Ja zu einem Bund fürs Leben mit Torsten sagen kann.

Oder Nein sagen muss.

Ich schluckte aufsteigende Tränen hinunter. Selbstmitleid war das Letzte, was ich verdiente. Um ein ungetrübtes Happy End als glücklich verliebtes Landei, das seine dicken Jahre hinter sich gelassen und ein Leben mit Torsten vor sich hat, hatte ich mich selbst betrogen.

»Et jitt kei größer Leid, als dat, wat man sich selver andät«, seufzte Oma Miez in meinem Kopf. Eine nur allzu wahre rheinische Spruchweisheit, die meine verstorbene Groß- und Ziehmutter nie müde wurde zu wiederholen.

Seit Tagen versuchte ich, mich mit ihrem ebenso weisen »Et kütt, wie et kütt« für das Kommende zu wappnen. Ein »Et hätt noch emmer joot jejange« erschien mir hingegen unglaubwürdig. In den letzten Wochen war in meinem Leben so ziemlich alles schiefgelaufen, was schieflaufen konnte. Dank einer einzigen Nacht mit Moritz Sommer.

Mein Magen zog sich zusammen, jagte eine Säurefontäne

in meine Kehle. Durch die Turmfenster drang unbekümmertes Spatzentschilpen.

»Du kannst dich so kurz vor der Trauung nicht mal eben nach England verdrücken«, sagte Torsten kategorisch. »Es gibt noch jede Menge vorzubereiten. Wir erwarten unsere Freunde, wichtige Geschäftskunden und das gesamte Dorf zur Feier.«

In der Tat. Die Hochzeit des Alleinerben von Rittergut Katz in Liechendonck am Niederrhein sollte die Hochzeit des Jahres werden, eine Art niederrheinische Version einer royalen Hochzeit. Oma Miez, zu Lebzeiten bekennende Fachfrau für Glanz und Elend an Europas Königshäusern, wäre von meiner Partie und den geplanten Feierlichkeiten begeistert gewesen. Auch wenn die Ahnen von Torstens Familie nur eine Bande eher minderbegabter Raubritter waren und das zum Biohof mutierte Gut Katz keine märchenhaften Reichtümer abwirft, muss eine Vermählung in der Sippe Katz zu Liechendonck gebührend gefeiert werden – mit beinahe zweihundert Gästen und einem Defilee prachtvoll uniformierter Schützenregimenter, darunter ein bewaffnetes Jägercorps, ein Spielmannszug mit Schellenbäumen und Sappeure in Lederschürzen und mit blinkenden Äxten. Schon als Kind habe ich dieses Tschingderassabum, die drallen Dorfschönheiten in gerüschten Abendkleidern und vor allem die Sappeure geliebt. Genau wie Oma Miezens Herzblattpresse.

Mein Nacken zuckte kurz und schuldbewusst, und für einen Moment schien mir die Aussicht auf eine rasche Hinrichtung per Hackebeil verlockender zu sein als die geplante Trauungszeremonie. »Es ist doch nur für ein paar Tage«, murmelte ich in mein Kissen.

»Ein PAAR TAGE?« Torsten ballte bis aufs Blut gereizt die Fäuste unter der Decke.

Ich konnte es ihm nicht verdenken, obwohl er, wie ich

hoffte, nicht im Entferntesten ahnte, worum es hier wirklich ging.

»Wie viele Tage genau?«, hakte Torsten ungehalten nach.

»Äh, das weiß ich noch nicht genau.«

Wieder gelogen. Exakt drei Tage veranschlagt die Weymore-Klinik für pränatale Diagnostik, um nach der Blutabnahme bei der werdenden Mutter und einem Mundhöhlenabstrich beim potenziellen Vater das Erbgut eines Embryos so weit zu entschlüsseln, dass seine Abstammung mit 96,2-prozentiger Wahrscheinlichkeit feststeht. Es handelt sich um ein brandneues, in Amerika entwickeltes Verfahren, das in Deutschland noch nicht zugelassen ist. Der Test war für den nächsten Tag geplant; danach würden mir noch genau zwei Tage bleiben, um eine Entscheidung zu treffen. Eine Entscheidung über Leben oder Tod.

Eine Welle der Übelkeit stieg in mir hoch. Rasch schlug ich die Hand vor den Mund, war mit einem Satz aus dem Bett und auf dem Weg zur Wendeltreppe nach unten.

»Wo willst du hin? Wir sind noch nicht fertig, Bianca!«, rief Torsten gereizt.

Ins Bad. Wohin sonst.

Ich schaffte es in letzter Sekunde. Hinter verschlossener Tür erbrach ich mich in die Toilettenschüssel und zog zeitgleich die Spülung, um von den verräterischen Geräuschen abzulenken. Ein Bewegungsablauf, den ich seit einigen Tagen perfekt beherrschte.

Torstens freudige Überraschung über meine Schwangerschaft wäre absolut unerträglich. Wie ich wünscht er sich nichts sehnlicher als Nachwuchs auf Gut Katz – allerdings nicht in Form eines Kuckuckseis mit Namen Sommer.

Als die Übelkeit endlich nachließ, krümmte ich mich auf den kühlen Bodenfliesen zusammen, zog die Knie an und ließ meinen Tränen freien Lauf. Mein Besuch in London würde darüber entscheiden, ob meine Tage auf Gut Katz gezählt sind. Oder die Tage des sich munter teilenden Zellhäufchens in meinem Bauch.

»Ich glaube, du kannst die Sonnenbrille jetzt abnehmen«, schlug Moritz mit schiefem Grinsen vor. »Hier kennt uns keiner.«

Mit ungelenker Geste fuhr er sich durch den braunen Stoppelschnitt. Das leichte Zittern seiner Hand strafte sein Bemühen um Coolness und Galgenhumor allerdings Lügen. Hinter unserem Rücken rauschte morgendlicher Berufsverkehr, ein loser Gullydeckel klackerte unter den Autoreifen, summende Klimaanlagen bliesen schwüle Sommerhitze und Dünste aus benachbarten Cafés und Bürogebäuden.

Zögernd löste ich die alberne Audrey-Hepburn-Brille, die ich seit dem Abflug vom Köln-Bonner Flughafen getragen hatte, aus meinem Gesicht und warf einen Blick auf ein Londoner Stadthaus der gehobenen Kategorie. Das Erdgeschoss des weiß getünchten Backsteinbaus schmückte ein breites Erkerfenster, zwei Säulen und Tontöpfe mit Buchsbäumchen zierten das Eingangsportal. Sehr gediegen, *very british.* Eine hübsche Frühstückspension wäre in diesem Gebäude sehr gut aufgehoben. Ich dachte an sorgfältig gedeckte Tische mit blau-weißem Davenport-Geschirr, gedämpftes Tassenklappern. Schon stahl sich der Duft von gebratenem Bacon in meine Nase, vermischt mit malzigem Teegeruch.

Himmel, wie konnte ich jetzt nur an Frühstück denken? Noch dazu an Bacon? Ich bin seit Jahren überzeugte Vegetarierin. Der in mir heranwachsende Embryo unbekannten Ursprungs anscheinend nicht. Damit könnte er auf Torsten kommen. Und auf Moritz. Beide sind bekennende Freunde kulinarischer Fleischeslust.

Mein Magen drehte einen Looping. Wie festgewachsen wartete ich darauf, dass die Welle der Übelkeit abebbte. Dann schrie irgendwo eine Alarmanlage um Hilfe und weckte mich aus meiner Erstarrung. Am liebsten hätte ich in ihr monoton an- und abschwellendes Jaulen eingestimmt oder, besser noch, auf dem Absatz kehrtgemacht und wäre weggerannt.

Ich wollte nicht hier sein. Vor allem nicht mit Moritz Sommer.

»Auf geht's«, ermahnte er mich. Mit den federnden Schritten eines Ex-Basketballers passierte er einen schmiedeeisernen Zaun, ich folgte zögernd und betrat den handtuchgroßen Vorhof des weißen Hauses nach ihm. Drei Stufen führten zu einer azurblau gestrichenen Tür. Ich verharrte am Fuß des Treppchens und studierte das Messingschild der Weymore-Klinik. Dank eines Fotos auf der Homepage der Klinik war mir vorab klar gewesen, wie schmal das Gebäude ist, aber dass in diesem Reihenhaushospital laut Messingschild neben Fetaldiagnostik und Erbgutanalysen auch Nasenkorrekturen, Liposuktionen und Botoxbehandlungen angeboten werden, hatte ich offensichtlich überlesen.

Erschrocken fuhr ich zurück. Beklemmende Bilder von ruchlosen Engelmachern, die ihr Gewerbe mit Stricknadeln und auf einem Küchentisch betreiben, stiegen in mir hoch. Anders als auf dem polierten Schild werben die Spezialisten von Weymore für den Fall, dass das Erbgut eines Fötusses beschädigt oder aus anderweitigen Gründen von seinen Eltern nicht erwünscht ist, im Internet nämlich auch mit diskreten Schwangerschaftsabbrüchen.

»Das ... das kann doch keine seriöse Adresse sein«, stammelte ich verzweifelt.

»Doch, doch«, versicherte Moritz neben mir eifrig. Er zog den Klinikprospekt aus seiner Jackettasche. »Die Mieten auf der Harley Street sind horrend. Ohne ein paar Schlauchbootlippen in der Mittagspause kommen sie wahrscheinlich nicht über die Runden. Vorgeburtliche Erbgutanalysen sind zwar ein Wachstumsmarkt mit zweistelliger Zuwachsrate, aber ...« Er brach ab, als ich ihm einen strafenden Blick zuwarf, und vertiefte sich wieder in den Prospekt.

Um seine Nerven zu beruhigen und schicksalsschwangere Gespräche zu vermeiden, hatte Moritz mir während des gesamten Flugs Vorträge über Zahlen, Statistiken und Fakten über Pränataldiagnostik gehalten. Ausgerechnet Moritz Sommer, der sich zu Schulzeiten weder in Mathematik noch in Naturwissenschaften mit Glanzleistungen hervorgetan hatte. Ich musste wissen, er hatte schließlich oft genug vor dem Unterricht in der Raucherecke gehockt und meine Hausaufgaben abgepinnt. Vor allem während seiner rebellischen Kurt-Cobain-Phase, die er mit fünfzehn durchlebte und die mir mit vierzehn Jahren zum Verhängnis wurde, als ich mich so verzweifelt wie hoffnungslos in ihn verknallte. Weit hartnäckiger und folgenschwerer, als ich damals ahnen konnte.

Mit seinen schmalen Hüften, seinem provokanten Düsterblick unter dem strähnig zurechtgegelten Haar und den sorgfältig zerfetzten Grunge-Look-Jeans, die Einblicke auf seinen hübschen Hintern gewährten, löste Moritz Sommer anno 1993 bei mir und diversen Klassenkameradinnen Anfälle hysterischer Hyperventilation aus. Genau wie bei seiner Mutter, wenn auch aus anderen Gründen.

Ich war zu diesem Zeitpunkt gerade aus dem Kuhkaff Stommeln nach Köln gezogen und hatte bei Moritz Badboy Cobain mit meiner piefigen Ponyfrisur, den Kniestrümpfen von C&A und wenig figurschmeichelnden Karottenhosen nicht den Hauch einer Chance. Ich hatte bei überhaupt keinem Jungen eine Chance – dank der täglichen Zwei-bis-dreitausend-Kalorien-Diät meiner Oma Miez mit reichlich Rhabarberkuchen und Sauerbraten und dank meiner Sucht nach Snickers- und Twixriegeln, die zu dieser Zeit noch Raider hießen. Ich passte weder in Moritz' Beuteschema noch zum angesagten Hungerhaken-Look, den die dreimal verfluchte Kate Moss damals populär machte.

Meiner sklavischen Verehrung für Moritz tat das bis zum Abitur keinen Abbruch. Für ihn und den Rest der 10b blieb ich allerdings »das dicke Landei«, »Fettklößchen« oder »die Walze«. Spitznamen, die mich tiefer verletzten und erzürnten, als mir bewusst war, und die mich zwei Jahrzehnte später, genauer gesagt nach einem Klassentreffen vor zweieinhalb Monaten, zu der größten Dummheit meines Lebens verführt hatten. Ich wollte allen zeigen, dass das Landei seine Schalen abgestreift und seinen Kummerspeck gründlich verloren hatte. Das abgedroschene Märchen vom hässlichen Entlein, das zum schönen und vor allem schlanken Schwan mutiert ist. Wer kennt das nicht?

Ich hatte es allen gezeigt – in erster Linie Moritz.

»Nun komm schon, wir tun einfach so, als ginge es um eine neue Nase und bringen es hinter uns«, witzelte er jetzt mit Blick auf das Angebotsspektrum der Weymore-Klinik und wollte mich am Ellenbogen fassen.

In geradezu panischem Entsetzen wich ich seiner Berührung aus. So, als habe er es auf eine Wiederholung unseres fatalen One-Night-Stands auf offener Straße angelegt.

In rasanter Bildfolge blitzten in meinem Kopf die Szenen unserer hitzigen Knutscherei auf seiner weißen Sofalandschaft auf. Schnitt und Zoom auf Moritz' Gesicht, dessen Blick sich an dem komplizierten Schuhwerk festsaugte, das ich speziell für das Klassentreffen erworben hatte: schwarze Stiefel mit schwindelerregend hohem Absatz, raffinierten Schnallen, Lederbändern und Verschlüssen.

Moritz schob den Saum meines roten Schlauchkleids, das meine hart erarbeitete Vorzeigefigur mehr enthüllte als bedeckte, über meine Oberschenkel, tastete nach dem Stringtanga, der so brandneu war wie Kleid und Stiefel.

Ich hörte aus dem Off noch einmal Moritz' faszinierte, mit alkoholisiertem Schlingern vorgetragene Frage: »Wie ziehst du *diese* Stiefel nur aus?«

Ich – nein, nicht ich, sondern ein mir bis dahin unbekanntes, sturzbetrunkenes Alter ego antwortete mit rauchigem Marlene-Dietrich-Timbre: »Keine Ahnung, ich musste sie noch nie selbst ausziehen.« Das wenigstens stimmte, ich trug sie bei unserem Klassentreffen zum ersten Mal, und beim Anprobieren im Geschäft hatte mir die Verkäuferin herausgeholfen. Zu spät bemerkte ich, wie anzüglich meine Antwort klang.

Moritz kicherte. »Du bist echt witzig. Warst du immer.«

War ich das? Das hatte mir noch niemand gesagt. Ich kicherte betrunken mit.

»Und verdammt sexy«, raunte Moritz und küsste meinen Bauchnabel.

Das wiederum war ich garantiert nicht immer gewesen. Schon gar nicht für Moritz' Kennerblick.

Einen Lidschlag später lag ich auf einem weiß bezogenen Bett. Da, wo ich mich selbst in kühnsten Teenie-Träumen niemals hingewagt hatte: unter Moritz' schweißnassem, vor Lust vibrierendem Körper. Ich war nackt bis auf die verfluchten Stiefel.

Moritz' linke Hand umfasste – beinahe ehrfürchtig – mein Hinterteil. Die Hand fühlte sich falsch an. Ich war Torstens Hände gewöhnt, kräftige, von harter Arbeit verhornte Hände, die nach Erde riechen. Ein Stich in der Herzgegend ernüchterte mich kurzfristig, aber nicht lange genug. Stattdessen ließ ich den störenden Gedanken und mich selbst ganz in die Rolle der Verruchten fallen, war ganz bebende Hingabe, während

Moritz mit der freien Rechten ungelenk auf seinem Nachttisch herumtastete. Ich hörte ein knisterndes Geräusch.

»Ein Mann wie Moritz hat selbstverständlich immer Kondome parat«, höhnte mein Hirn.

»Tu's nicht«, flehte ein anderer Teil von mir ein letztes Mal.

»Scheiß drauf!«, maulte mein wildes Alter ego. »Es ist doch nur für eine Nacht.«

Mein Gedächtnis blendete ab und ließ mich mit Erinnerungen an den bohrenden Schmerz eines Tequila-Katers am nächsten Morgen zurück.

Ich stand wieder vor der Weymore-Klinik und presste die Hand auf meinen Magen.

»Ist dir übel?« Moritz starrte mich offenkundig besorgt an. Wahrscheinlich quälte ihn die Vorstellung, dass seine hysterische, seit Beginn der Reise vornehmlich zickige Begleiterin sich im nächsten Moment über die gestutzten Buchsbäume oder sein Boss-Jackett erbrechen könnte.

Ich schüttelte den Kopf und flüchtete die Stufen zur Klinik hinauf, suchte Halt am Türklopfer.

»Der ist nur Dekoration«, stellte Moritz hinter mir fest, streckte einen Arm aus und drückte einen diskret angebrachten Knopf. Beinahe im selben Moment summte die Tür auf. Die Klinikbetreiber haben anscheinend kein Interesse daran, ihren Klienten zu viel Zeit zum Nachdenken zu geben.

Seit knapp einer Viertelstunde liege ich nun in einer schuhschachtelgroßen Kabine auf einer Behandlungsliege. Aufnahmeformalitäten werden in der Weymore-Klinik so kurz wie effizient gehalten. Neben der Angabe der Personalien spielte die Hinterlegung von Moritz' Visacard (»Willkommen im Leben«) die Hauptrolle.

Ein osteuropäischer Arzt mit unaussprechlichem Namen, den ich mir aber ohnehin nicht merken will, streicht eisblaues Gelee auf meinen Bauch, schaltet ein Ultraschallgerät ein und dreht den Monitor in mein Blickfeld.

Moritz steht mit fast verschämt abgewandtem Kopf am Fußende der Liege. Ihm ist offensichtlich nicht ganz wohl, seit ich mein T-Shirt hoch und meine Jeans nach unten geschoben habe, um meinen Unterleib freizulegen.

Dr. Sowieso presst den Schallkopf gleich über dem Schambein auf meinen Bauch.

Während der Arzt drückt und zugleich den Monitor studiert, informiere ich ihn wortreich darüber, dass ich mit einem Verhütungscomputer verhütet habe, der die fruchtbaren Tage aus der Körpertemperatur und der Konsistenz der Vaginalsekrete berechnet.

Dr. Sowieso wirkt unbeeindruckt, was meinen Mitteilungsdrang aber nicht bremst. Im Tonfall einer reuigen Sünderin und in recht flüssigem Englisch versichere ich ihm, dass das rote Lämpchen (»Vorsicht Eisprung!«) in den für mich verhängnisvollen Junitagen nicht geleuchtet habe und ich bei der Dateneingabe stets peinlich *accurately* vorgegangen sei.

»*Not accurately enough*«, murmelt er zur Antwort. »*Look.*« Dr. Sowieso deutet mit dem Finger auf den Bildschirm.

Hinschauen? Nein, nein, nein! Ich will auf keinen Fall in Augenschein nehmen, was sich genau in meiner Gebärmutter befindet. Meine heimische Frauenärztin hat die Schwangerschaft zwar bereits unmissverständlich festgestellt; zu diesem Zeitpunkt war auf dem Ultraschallbild aber nicht mehr als ein winziges Pünktchen zu sehen. Dr. Sowieso tippt nachdrücklich auf den Bildschirm, ich drehe die Augen zur Decke und rede mich immer mehr in Rage, plappere in ein und demselben Satz von meinen aufrichtigen Kinderwünschen *(later)* und einem geplatzten Kondom. *Busted condom* nennt sich dieses Malheur auf Englisch, ich habe es vorher extra nachgeschlagen.

Moritz, dem ich dabei einen anklagenden Blick zuwerfe, errötet bis unter die Haarspitzen. Hilflos tastet er nach meiner rechten Hand. Ich schüttele ihn ab und versuche, meinen Blick von dem flimmernden Monitor schräg vor mir fernzuhalten.

Halt den Mund. Schau da nicht hin, befehle ich mir, schließe die Augen, flüchte erneut kurz nach Gut Katz, zu Torsten. Vergebens.

Ich öffne die Augen. Mein Blick tastet sich über ein unscharfes Monitorbild, das einer Wetterkarte mit Tiefdruckausläufern samt Nieselregen oder Graupelschauern ähnelt.

Dr. Sowieso deutet auf einen bohnenförmigen, weißgrauen Fleck, der einer Schäfchenwolke gleich im Zentrum der Wetterkarte schwebt, und murmelt etwas von gesunder Entwicklung. »*Have a closer look*«, ermuntert er mich und Moritz in seinem alles andere als akzentfreien Englisch.

Ich muss nicht noch genauer hinschauen, ich weiß bereits mehr, als mir lieb ist. Wenn ich Wölkchen noch genauer betrachte und erkenne, dass es kein Zellklumpen, kein Reiskorn, keine Kaulquappe mehr ist und schon gar keine Einbildung, bin ich reif für die Kardiologie. Intensivstation. Abteilung irreparabel gebrochene Herzen.

Das Wölkchen auf der Wetterkarte hat ein Herz, das seinen Miniblutkreislauf bereits tapfer in Gang hält. Außerdem – auch wenn das noch nicht richtig zu erkennen ist – Ohren, Hände und Füßchen, an denen sich gerade winzige Zehen herausbilden. Das alles habe ich aus dem Internet erfahren, auf Infoseiten für werdende Mütter. Glückliche Mütter. Lauter herzanrührende Details, wie das, dass auf Wölkchens Kopf demnächst schon zarter Babyflaum wächst.

Wölkchen?

Oh nein, nein! Bitte nicht das! Ich habe dem winzigen Geschöpf, das in meinem Bauch gedeiht, soeben einen Namen gegeben. Bald werde ich sicherlich anfangen, mit ihm oder ihr zu plaudern, und dann ist es endgültig zu spät, die größte Dummheit meines Lebens ungeschehen zu machen.

Ungeschehen machen zu lassen.

Ich presse Kreuz und Becken fest in die hart gepolsterte Behandlungsliege, um dem Druck des Schallkopfes auszuweichen, mit dem der namenlose Gynäkologe über meinen Unterleib fährt. Ich mache mich flach wie ein Pfannkuchen, mein schweißnasser Rücken saugt sich am Plastikbezug der Liege fest, ich ziehe Bauch und Gebärmutter ein, bis sie ganz straff sind.

»Als ob das noch etwas nützen würde!«, höhnt es in mir. »Du bist in der zehnten Schwangerschaftswoche.«

»Das hier muss ein böser Traum sein«, zirpt ein hilfloses Gegenstimmchen.

Vier Wochen, ganze vier Wochen habe ich von meinem Zustand nicht einmal etwas geahnt, weil ich eine heftige Einnistungsblutung, mit der sich das von Torsten oder Moritz befruchtete Ei in meiner Gebärmutter festgesetzt hat, für meine Regel gehalten habe.

»Das darf nicht wahr sein!«, greint es in mir. »Das ist nicht dir passiert!« Nicht der vorsichtigen, zurückhaltenden und in Fragen der Empfängnisverhütung stets zuverlässigen Bianca Maiale, deren Leben bis vor wenigen Wochen endlich perfekt war. Ein Geschenk samt lang ersehntem Hauptgewinn in der Liebeslotterie, in der ich seit Teenie-Tagen auf Nieten und Trostpreise abonniert zu sein schien – auf pubertäre Pickelgesichter mit Spitznamen wie »Porky«, auf Besser-als-Nichts-Typen oder auf One-Night-Stand-Profis und unerreichbare Beziehungsphobiker wie Moritz Sommer, der mit wachsender

Faszination (Erzeugerstolz?) die Wetterkarte samt Wölkchen studiert.

Mir entschlüpft ein erbärmlicher Wimmerlaut. Hysterische Schnappatmung setzt ein.

Moritz umfasst entschlossen meine Hand. Mir fehlt die Kraft, ihn abzuschütteln, weil meinem Hirn so langsam dämmert, dass mein Herz in Sachen Liebe zumindest eine Entscheidung längst getroffen hat.

Für Wölkchen.

»Et kütt, wie et kütt«, murmelt Oma Miez.

Moritz und ich sind entlassen. Vorerst. Noch nie in meinem Leben habe ich mich derart einsam und ausgesetzt gefühlt. Moritz kramt einen weiteren Prospekt aus seiner Tasche. Nicht von der Klinik, sondern von der britischen Touristeninformation. *Out & about in London.*

Ich fasse es nicht! Der Mann scheint tatsächlich vorzuhaben, sich ab jetzt zu amüsieren, es richtig krachen zu lassen. Moritz – das weiß ich seit unserem verhängnisvollen Flirt auf dem Klassentreffen – liebt Städtetrips, den *Sound* europäischer Metropolen, die nie schlafen und kulinarisch, kulturell und hinsichtlich ihrer Clubszene das volle Programm zu bieten haben.

»Willst du jetzt etwa Madame Tussauds besuchen?«, frage ich giftig, während wir die schmutzigen Treppen zu einer Tube-Station hinabsteigen.

»Ich dachte erst mal an das London Eye«, sagt Moritz und hebt einen fragenden Blick vom fröhlich bunten U-Bahn-Plan. »Oder was hältst du von einer Themsefahrt? Hampton Court? Du magst doch alte Gemäuer und den ganzen royalen Schnickschnack.«

Ich durchbohre ihn mit Messerblicken.

Moritz rollt seufzend sein Prospekt-Sammelsurium zusammen. »Hör mal, Bianca, es bringt doch nichts, wenn wir uns drei Tage lang in unserem schäbigen Hotel verkriechen und uns gegenseitig verrückt machen. Wir haben getan, was zu tun ist, und wir werden eine Lösung finden, okay? Die richtige Lösung.«

Wir? Von wem redet der Mann? Es gibt kein Wir, es gab nie eins, und es wird nie eins geben. »*Du* machst mich verrückt«, blaffe ich ihn angriffslustig an.

Wir, das sind Torsten und ich. Und was meint Moritz mit einer »richtigen Lösung«? Mir fallen bislang nur lauter falsche ein, die entweder mit eiskalten Lügen, Abtreibung oder einem frustrierenden Schicksal als alleinerziehender Mutter zu tun haben.

»Am besten, wir frühstücken erst mal was«, entscheidet Moritz völlig ungerührt, während er einen Ticket-Automaten mit Münzen für ein All-around-London-Ticket füttert. »Ich habe in *Time out* eine interessante Adresse in Covent Garden entdeckt. Ist eine Empfehlung von Jamie Oliver. Es soll da hervorragende Eier mit Speck geben. Das ganze englische Frühstücksprogramm.« Er deutet mit seiner Prospektrolle vage auf meinen Bauch. »In vertretbar gesunder Version.«

Was soll das jetzt wieder? Der Mann ist ja vollständig durchgeknallt. »Du willst doch nicht etwa den fürsorglichen werdenden Vater spielen!«, fauche ich ihn an und kenne plötzlich kein Halten mehr. Mit wachsendem Erstaunen höre ich mir selbst dabei zu, wie ich zur Furie werde und Moritz als »Casanova vom Chlodwigplatz«, »albernen Discohopper«, »Spaßkulturidioten« und »hirnlosen Lifestyle-Fuzzi« beschimpfe. Anscheinend habe ich nicht nur das Zeug zum Teilzeit-Vamp, sondern auch zur ausgewachsenen Xanthippe.

Moritz dreht sich langsam zu mir um und richtet sich zu

seiner ganzen beeindruckenden Größe auf. Sein eindringlicher Blick bringt mich zum Schweigen.

»Bist du jetzt fertig? Bianca, ich *spiele* nicht werdender Vater, ich *bin* es vielleicht. Hast du schon mal darüber nachgedacht, was deine Schwangerschaft für mich und mein bisheriges Leben bedeuten könnte?«

Um ehrlich zu sein: keine Millisekunde.

»Ich schon«, spricht Moritz weiter.

Scheint fast, als habe auch er ein zweites Ich – eines mit einem sehr erwachsenen, ernsthaften Gesicht und warmen braunen Augen, die irritierend verletzlich aussehen.

Er schaut zur Seite, als fühle er sich ertappt, senkt die Stimme. »Und weißt du was? Der Gedanke gefällt mir. Er *gefällt* mir! Und du gefällst mir auch. Sonst wäre ich nicht hier. Verdammt noch mal: Ich bin kein Lifestyle-Fuzzi. Zumindest nicht nur.«

Der Gedanke gefällt ihm? Wie kann ihm dieser Gedanke gefallen? Wie kann ich ihm gefallen? Das ist unmöglich.

Ich öffne den Mund, schließe ihn völlig verwirrt, schüttle den Kopf, bis mir schwindelig wird. *Too much information.* Das sind eindeutig zu viele Informationen für mein überlastetes Hirn, und die völlig falschen. Mir knicken die Beine weg.

Moritz packt mich rasch am Ellenbogen und zieht mich zu einem an die Wand geschraubten Plastiksitz, drückt mich in die harte Sitzschale. Er kniet sich vor mich hin, fächelt mir mit dem British-Tourist-Prospekt Luft zu, streichelt mit dem anderen Handrücken mein Gesicht.

Ein Obdachloser prostet uns mit einer Büchse Brown Ale zu, stimmt rülpsend *Love is all around* an und streckt eine Handfläche aus.

»*Not now*«, bittet Moritz ihn um Ruhe, drückt dem Mann eine Pfundmünze in die Hand und schirmt mich gegen weitere Gesangsvorträge und den schalen Biergeruch ab.

»Geht's wieder?«, fragt er mich sanft.

Ich nicke stumm. Mein Hirn ist noch immer außer Betrieb. Muss sich um einen akuten Anfall von Schwangerschaftsdemenz handeln. Die Aufnahme- und Denkfähigkeit werdender Mütter – habe ich gelesen – nimmt mit fortschreitender Schwangerschaft ab. Im letzten Drittel soll sogar das Hirn schrumpfen. Ein seelischer Schutzmechanismus. Der Kopf ist so voll von den Veränderungen, die auf die Frau zukommen, dass für komplizierte Grübeleien keine Denkkapazitäten mehr frei sind. Mein Sprachzentrum scheint bereits jetzt völlig lahmgelegt zu sein.

»Du *musst* etwas essen«, sagt Moritz. »Dein Magen hat während des Ultraschalls wie eine Löwenhorde geknurrt. Hey, ich weiß doch noch, wie wild du während unserer Abi-Klassenfahrt auf englisches Frühstück warst.«

»Du erinnerst dich an unsere Abi-Fahrt und an ...« Ich breche ab und verkneife mir ein völlig verblüfftes »mich?«.

»Was denkst du denn?«, fragt Moritz und drückt mir mit dem nunmehr wohlvertrauten schiefen Lächeln ein Ticket in die Hand. »Vor allem deine Jagd nach einem Lady-Di-Fingerhut aus Porzellan für die Devotionalien-Sammlung deiner Großmutter wird mir ewig unvergesslich bleiben.«

Noch mehr Informationen, die mein bedauernswertes Hirn überfordern. Der Mann erinnert sich an den Fingerhut für Oma Miez? Der im Übrigen für mich war, aber das hätte ich im Leben nicht zugegeben, und ich werde es auch nie zugeben.

»Wir nehmen die Central Line bis Tottenham Court Road, dann steigen wir auf die Piccadilly um. Oder sollen wir lieber laufen? Du siehst noch immer ziemlich blass aus.«

Kopfschüttelnd hieve ich mich aus dem Plastiksitz, als sei ich bereits im Endstadium meiner Schwangerschaft angekommen.

Moritz nimmt mich bei der Hand. Ich stolpere neben ihm auf ein Drehkreuz zu.

Wenig später sitzen wir an einem geschrubbten Holztisch mit bunt lackierten Beinen, zwischen deckenhohen Regalen, in denen sich Büchsen mit gebackenen Bohnen türmen und Flaschen mit Worcestersauce oder Golden Syrup in Reih und Glied stehen. »Bill's Grocery« muss von einem Innenarchitekten im Nostalgie-Rausch entworfen worden sein oder von jemandem, der sich zu oft Wiederholungen von *Die Waltons* oder *Unsere kleine Farm* angeschaut hat. Das Wackeln unseres Tisches gehört wahrscheinlich ebenso zum Designkonzept wie das Bimmeln einer echten Ladenglocke.

Das Frühstück kommt. Es ist fettig und kross und überwältigend gut. *Wholesome food,* solides Essen, das den ganzen Tag vorhält. Als Teenie hätte ich für so ein Frühstück gemordet. Und sofort eine zweite Portion bestellt.

Nach anfänglichem Zögern spieße ich genüsslich die Würstchen auf. Mein Magen rumpelt vernehmlich. Oder ist es Wölkchen? Allem Anschein nach schlägt es einen begeisterten Purzelbaum in meinem Bauch oder ballt einfach triumphierend das Fäustchen, in der sicheren Gewissheit, dass, wer ihn/sie/es gehaltvoll füttert, keine Mordgedanken hegen kann.

»Wenn du dich da mal nicht täuschst«, zische ich.

»Wie?«, fragt Moritz.

»Was?«, frage ich zurück und bemerke erst jetzt, dass ich tatsächlich begonnen habe, Gespräche mit Wölkchen zu führen, und das auch noch laut.

»Nichts«, sage ich.

Wir essen schweigend weiter. Wir zahlen schweigend. Wir gehen schweigend. Wir, wir, wir. Es ist nicht auszuhalten.

In meinem Bauch wächst ein Kind mit Kosenamen Wölkchen heran und zwischen mir und Moritz Sommer vielleicht ein lebenslanges Band, wenn auch bestimmt kein Bund fürs Leben.

Träge löst sich das Ausflugsboot vom quirligen Westminster Pier. Big Ben zeigt zwölf Uhr mittags, lauer Wind streicht über das Deck. Touristen drängeln zur Reling, um die Houses of Parliament zu Tode zu fotografieren.

In fünf Stunden geht unser Flieger zurück nach Köln. Moritz und ich sitzen an Deck, vor uns zwei Pappbecher, Tee für mich und Kaffee für Moritz.

Wir schweigen. Unter uns plätschert und gurgelt grün die Themse.

Wir haben in den letzten drei Tagen genug geredet, fast ununterbrochen. Moritz weiß jetzt Dinge über mich, die ich in so ungeschminkter und schonungsloser Form noch nicht einmal Torsten anvertraut habe.

Das Landei hat gebeichtet. Hat in einer Kabine des Riesenrads London Eye mit Blick auf eine Metropole in Spielzeugformat von seiner verzweifelten Teenie-Liebe erzählt. Von seiner noch verzweifelteren und unerwiderten Liebe zu Mutter »Gagan« Roswitha. Und anlässlich einer Besichtigung der Princess-Di-Gedächtnisausstellung im Kensington Palace, die Moritz mir zuliebe ausgesucht und tapfer durchgestanden hat, von seinen Jahren als heimliche Bulimikerin. Von der Sucht, unmäßig zu essen, um eine schmerzende Leere zu füllen, und – sorry, es gibt kein schönes Wort dafür – alles so heimlich wie ausführlich wieder auszukotzen.

Zwei Jahre Therapie und der so verrückte wie geniale Entschluss, Ernährungs- und Agrarwissenschaften zu studieren, haben mich in meinen Zwanzigern von meinem Leben als

Ess-Brech-Junkie und von meinem Landei-Trauma kuriert. Es war ein harter Kampf, Essen nicht mehr als Droge zu konsumieren, und eine Befreiung, es stattdessen ausführlich zu studieren, als Genuss kennenzulernen und aus einer zwanghaften Obsession eine Leidenschaft und schließlich mein Lebensthema zu machen. Als bekennendes Bio-Landei auf Gut Katz an der Seite von Torsten.

Moritz hat ebenfalls gebeichtet. Gelegentlich, so hat er gestanden, keimt Furcht in ihm auf, irgendwann tatsächlich als überalterter und übersättigter Designfuzzi zu enden, der sich mit anderen Lifestyle-Junkies nur noch über gehobene Kochutensilien, Niedriggarmethoden, Accessoires von Manufactum oder angesagte Restaurants und Reiseziele austauscht. Ein emotional obdachloser Hohlkopf, ein Mister McSex, der sich in Discos nach wie vor als »Sven aus Hamburg« ausgibt, um sich mit anonymen Sexabenteuern darüber hinwegzutäuschen, dass er seine Lebenszeit nutz- und ziellos verplempert hat.

»Manchmal glaube ich«, hat Moritz gesagt, »mein Leben war einfach zu glatt, zu einfach. Ich bin nie gefordert worden und Problemen einfach ausgewichen. Ich war der sorglose Sonnyboy in unserer Familie; die Rolle des feinfühligen Nachdenkers war schon immer für meinen kleinen Bruder reserviert. Verdammte Scheiße, manchmal wünschte ich, ich hätte mehr von ihm und weniger von mir! Deine Schwangerschaft war ein längst fälliger Weckruf.«

Nie im Leben hätte ich geglaubt, dass eine behütete Kindheit als Sonnyboy einer Bilderbuchfamilie oder eine Jugend als Klassenschwarm irgendwelche Schattenseiten haben könnte. Jetzt weiß ich es.

Ich werfe Moritz über meinen Styroporbecher einen kurzen Blick zu und sehe einen hinreißenden Mann, einen wundervollen Zuhörer, einen loyalen Freund, einen Mann, der das Zeug zu einem fabelhaften Vater hat. Keinen Lifestyle-Fuzzi.

Moritz runzelt die Brauen, schaut finster auf das vorbeiströmende Wasser. Für einen kurzen Moment sieht er so traurig aus wie damals mit fünfzehn. Mit dem Unterschied, dass er diesmal nicht posiert. Inzwischen weiß ich, dass es gute Gründe dafür gab, dass Moritz Sommer die erste große Liebe meines Lebens war. Trotz allem bin ich erleichtert, dass er nicht der Vater meines Kindes ist.

Ich schiebe unter dem Tisch vorsichtig meine Hand in seine. »Alles okay?«, frage ich.

»Wird schon wieder«, murmelt er und grinst sein schiefes Lächeln. »Immerhin erspare ich mir dreitausend Mal Pampers wechseln, falls wir uns das Wickeln geteilt hätten.«

»Und den Anblick einer ständig schlecht gelaunten Schwangeren, die sich wieder kugelrund fressen wird.«

»Wirst du nicht. Das hast du hinter dir.«

»Vielleicht nicht. Eine bessere Ausrede, um hemmungslos dick zu werden, bekomme ich nie wieder.«

»Es sei denn, du und Torsten geht in Serienproduktion.«

»Erst mal bist du dran.«

Moritz schnaubt verächtlich. »Mit wem denn?«

»Ein Mann, der aussieht wie du *und* freiwillig dreitausend Mal Windeln wechseln will, dürfte freie Auswahl haben, mein Freund.«

Die Nachricht(en)

~ Moritz ~

Nachrichten nach dem Piep. Danke. PIEP!

»Moritz, geh an dein Telefon. Ich weiß, dass du zu Hause bist. Ich habe deinen Partner Sam angerufen, der behauptet, *du* würdest behaupten, dass du krank bist. Was ist los? Mom und Dad machen sich auch schon Sorgen. Seitdem du von deiner Shoppingtour aus London zurück bist, hat dich keiner zu Gesicht bekommen. Hast du unerwartet eine Pickel-Allergie? Zu viel *Black Pudding* gegessen? Melde dich!«

~ ~

Nachrichten nach dem Piep. Danke. PIEP!

»Noch mal ich, dein Bruder, hab was vergessen. Unser DVD-Dealer hat mich angerufen, weil er *dich* nicht erreicht, kein Wunder. Er behauptet, wir hätten den Rückgabetermin von *Drei Männer und ein Baby* und von *Kuck mal, wer da spricht* schon um eine Woche überzogen. Ich nehme an, das ist ein Missverständnis. Hab dem Typen jedenfalls gesagt, dass *wir* solche Schmonzetten ganz sicher nicht ausgeliehen haben. Stimmt doch, oder? Meld dich bei mir!«

8. Barsche in Dessous

~ Valerie ~
von Mirjam Müntefering

In dem Augenblick, in dem ich den Schlüssel in der Wohnungstür höre, ist mir klar, dass ich einen Fehler gemacht habe.

Es ist nicht so, dass mir das normalerweise nie passiert. Ehrlich gesagt, neige ich ein bisschen zu falschen Entscheidungen und den daraus resultierenden privaten Katastrophen.

Zum Beispiel hatte ich Torben geheiratet. Das war die falsche Entscheidung. Und die daraus resultierende private Katastrophe waren fünf Jahre unglückliche Ehe mit einem profilneurotischen Mann und unzähligen Diäten, durch die ich mich quälte, um bloß das Gewicht zu halten, das dieser Mann für mich als passend erachtete.

Eine weitere Fehlentscheidung war mein Job. Ja, es stimmt, ich quatsche gern und lerne gern Menschen kennen. Aber wer – außer mir – kommt auf die Idee, deswegen Vertreterin für Metall-Lacke zu werden? Ehrlich gesagt, gehe ich nicht wirklich darin auf, Kleinfirmenchefs in schlecht sitzenden Anzügen die Vorteile des neuen Siebenfach-Versiegelung-Lacks anzupreisen. Das ist die Katastrophe. Das einzig Gute an meinem Job ist das Reisen. Ich reise sehr gern, am liebsten nach Köln.

Dort wohnt meine liebste Freundin aus Schulzeiten, Ulrike. Daher kann ich bei einer Reise in die Metropole am

Rhein das Angenehme mit dem Nützlichen verbinden. Nachdem ich meine Geschäftspartner über die neuesten Lacke informiert habe, habe ich Zeit, mit Ulrike unsere Lieblingscafés zu besuchen, auf die Piste zu gehen oder bei der einen oder anderen Flasche Wein ganze Abende zu verquatschen.

Und so hatten wir es uns auch dieses Mal vorgestellt.

Der Hochsommer machte seinem Namen mit andauernder Hitze alle Ehre. Wir würden nächtelang auf Ulrikes Balkon sitzen, die laue Luft genießen und über Gott und die Welt philosophieren. Obwohl – oder gerade weil – wir uns bereits seit mehr als dreißig Jahren kannten, hatten wir uns immer eine Menge zu erzählen. Ich freute mich schon sehr darauf, das Neueste im Leben meiner Freundin zu erfahren und ihr das Neueste aus meinem zu erzählen.

Doch als ich am Montagabend bei Ulrike ankam, überraschte sie mich damit, dass sie im Flur über einem wüst vollgestopften Koffer kniete, den sie mit einiger Mühe zu schließen versuchte. Selbst dabei sah sie in ihren tollen Klamotten einfach umwerfend aus. Das muss eine Frau mit Mitte vierzig erst mal hinkriegen.

»Meine Mutter hatte einen Kreislaufzusammenbruch!«, begrüßte sie mich keuchend und ließ mühevoll ein Kofferschloss einschnappen. »Nichts Schlimmes, nur das schwüle Wetter, sagt der Arzt. Aber ich muss sofort für ein paar Tage hin. Sonst kann ich mir das ganze nächste Jahr anhören, dass es mir lieber wäre, wenn sie unter der Erde läge.«

»Das sagt sie doch sowieso immer«, erwiderte ich lahm.

Eine ganze Woche Köln ohne Ulrike? Meine gute Laune verpuffte.

Ulrike seufzte, bewältigte auch das zweite Schloss und rappelte sich auf. »Du hast recht. Ich muss aber trotzdem hin.«

In diesem Augenblick läutete es auch schon an der Tür.

»Mist! Das ist schon das Taxi!« Sie warf ihre leichte Jacke

von der Garderobe über den Trolley und deutete auf den Schlüsselhaken. »Da ist der Schlüssel für die Haustür und die Wohnung. Und der daneben ist für die Wohnung nebenan. Du kannst mich doch bei den Barschen vertreten, während du die Woche über hier wohnst?«

»Barsche?«, wiederholte ich.

Sicher hatte ich nicht richtig verstanden.

»Das sind Fische«, erklärte Ulrike. »Die Fische von meinem Nachbarn. Er ist mal wieder unterwegs, und da bittet er mich immer, sie zu füttern.«

»Also, ich hatte eigentlich auf eine lustige Woche mit dir gehofft. Ich hab den neuen Katalog von Laura Ashley dabei und …«

Es läutete erneut.

Ulrike blickte gehetzt zur Tür. Kölner Taxifahrer warten nicht gern.

»Achte bitte gut auf sie. Der Junge hängt an ihnen«, sagte sie noch.

Dann küsste sie mich rasch auf beide Wangen und war zur Tür hinaus.

»Ach so«, sie hielt noch kurz inne und sah mich einmal von oben bis unten an, »wenn du ausgehen willst, nimm dir doch was aus meinem Schrank. Siehst wieder aus wie eine Geschäftsreisende.«

Während ich in der offenen Tür stand, konnte ich hören, wie sie in ihren High Heels die Stufen hinunterklackerte, als feuere jemand ein Maschinengewehr ab.

Schließlich schloss ich die Tür und sah mich seufzend in der Wohnung um. Das war ja ein schöner Reinfall.

Nachdem ich meine Tasche ins Gästezimmer getragen hatte, ging ich in die Küche und stellte fest, dass Ulrike wohl tatsächlich sehr überstürzt aufgebrochen war. Auf dem Tisch stand ein Tablett mit zwei Tellern, Gläsern und Besteck samt einer Flasche unseres Lieblingsweins. Im Kühlschrank warteten ein riesiger Salat und Eiscreme. Das war sicher als Abendessen für uns beide gedacht gewesen.

Da ich Hunger hatte, trug ich alles auf den Balkon, nahm in einem der bequemen Stühle mit neuen geblümten Sitzkissen Platz und ließ es mir schmecken.

Als ich nach dem leckeren Essen hinüber ins Gästezimmer ging, betrachtete ich mich in dem bodentiefen Flurspiegel. Ulrike hatte recht. Ich sah wirklich aus wie eine Geschäftsreisende. Kostümchen, Bluse, bequeme Schuhe.

Wenn ich in den nächsten Tagen auf die Idee kommen sollte, alleine das Kölner Nachtleben zu erobern, sollte ich mir tatsächlich etwas von Ulrike ausleihen.

Doch da ich die nächsten Tage geschäftlich derartig eingespannt war, war an Nachtleben nicht zu denken. Statt mich abends ins Getümmel der sommerlich pulsierenden Stadt zu werfen, lag ich erschöpft auf Ulrikes Balkon und futterte mich durch alles, was sie im Kühlschrank für meinen Besuch gehortet hatte, und schleppte mich anschließend direkt ins Bett.

Erst am Donnerstag sah es endlich anders aus. Als ich kurz nach sieben daheim war, lag der Abend noch vor mir.

Sollte ich tatsächlich allein in eine Kneipe oder Bar marschieren? Und dann? Ich war dreiundvierzig Jahre alt (mit Tendenz nach oben), hatte gerade eine nervenaufreibende Scheidung hinter mir und seit der Trennung keinen Gedanken mehr an Diäten verschwendet.

Natürlich fand ich mich zu dick. Obwohl Ulrike immer behauptete, meine neu gewonnene leichte Fülle wirke viel weiblicher und betörender als das Giraffendünne, das Torben bevorzugte, war ich mir der Sache nicht ganz sicher. So ein

Ehemann, der auf lange, dürre Beine stand, hinterließ halt doch seine Spuren.

Wenn ich seit der Trennung wenigstens mal wieder eine heiße Begegnung mit einem attraktiven Mann gehabt hätte ... Aber leider waren meine Antennen in den letzten Monaten nicht ausgefahren. Und so wusste ich noch nicht mal, ob ich womöglich Chancen gehabt hätte, wenn ich nur gewollt hätte. Im Grunde genommen bot sich mir am heutigen Abend die perfekte Gelegenheit, um auszuprobieren, ob meine neuen Kurven ankamen.

Ich konnte ja erst mal schauen, ob ich etwas Passendes zum Anziehen fand.

Ich spazierte ins Schlafzimmer und öffnete den begehbaren Schrank.

Ein Paradies tat sich mir auf. Schon bei der ersten bleichen Jeans und einem dazu passenden coolen T-Shirt, das ich anprobierte, war ich entzückt.

Früher hatte mir längst nicht alles gepasst, was Ulrike im Schrank hatte. Manche Sachen, die bei ihrem hübschen Dekolleté sexy wirkten, hingen an mir herunter wie ein Sack.

Aber nun kamen die Sachen meiner Freundin auch an mir voll zur Geltung. Ich begann zu ahnen, was sie mit »weiblicher und betörend« gemeint hatte.

Nach etwa einer Stunde hatte ich etliche Hosen, Röcke, Kleider, Blusen, Shirts und leichte Jacken durchprobiert.

Die meisten Sachen standen mir wirklich gut. Aber irgendwie war trotzdem noch nicht das Richtige dabei gewesen.

Ich zog eine der breiten Schubladen auf und musste grinsen. Dort fand ich genau das Richtige, um heute Abend zum ersten Mal seit der Trennung von Torben allein auszugehen. Ulrike hatte offenbar in der letzten Zeit im Wäschewahn geschwelgt. Verführerische Stoffe in Cremeweiß, Schwarz und Champagner breiteten sich vor mir aus. Seide. Spitzen. Samt.

Einen Moment ließ ich meine Hände einfach nur darüberstreichen und genoss dieses prickelnde Gefühl.

Dann hielt ich inne. Ob es wohl okay war, wenn ich etwas davon anprobieren würde? Ich überlegte. Wäschestücke waren nicht irgendwelche Klamotten. Andererseits war ich Ulrikes beste Freundin. Und schließlich hatte sie gesagt ...

Wenige Minuten später drehte ich mich in einem Traum aus schwarzer Seide mit Spitzenbesatz vor dem Spiegel.

Ich fand mich schön. Ja, wirklich, ich sah richtig knackig aus. Mit Rundungen genau da, wo Frauen Rundungen gut stehen. Und mit einem Lächeln, das ziemlich verheißungsvoll wirkte.

Ich grinste und betrachtete mich noch einmal von hinten.

Und da, vollkommen aus heiterem Himmel, sah ich plötzlich Torbens Gesicht vor mir. Torben, wie er den Mund zu einem dünnen Strich verzog und abfällig eine Braue hob. Er brauchte nicht einmal etwas zu sagen. Ich fiel augenblicklich in mich zusammen wie ein Kartenhaus.

War das wirklich ich da im Spiegel? In diesem knapp sitzenden BH, dem Höschen mit den Strumpfhaltern und dem durchsichtigen Nichts von einem Überwurf? War das nicht unglaublich peinlich, sich mit all diesen überflüssigen Kilos auch noch so selbstverliebt vor dem Spiegel hin und her zu wenden?

Ich war doch eindeutig zu dick.

Ich war eindeutig zu alt.

Ich war ganz gewiss nicht mehr die, die Torben mal attraktiv gefunden hatte.

Langsam ließ ich mich auf einen Stuhl sinken. Mein Spiegel-Ich sah peinlich berührt zu mir herüber. Und glänzten seine Augen nicht auch verdächtig?

Rasch stand ich auf und lief hinaus. Drehte ein paar Runden. Setzte mich aufs Sofa. Schnappte mir träge die Fernbedienung und zappte durch die Programme, um mich abzulenken.

Mehr als zwei Stunden später zappte ich immer noch hin und her. Auf einem der Sender lief gerade Werbung. Käpt'n Iglo.

Gedankenversunken starrte ich hin.

Und während in Rechtecke gepresste und mit fettigem Teig umhüllte Fischreste in glücklich grinsenden Kindermündern verschwanden, klingelte irgendwo hinten in meinem Kopf ein sehr leises, feines Glöckchen.

Ich schüttelte den Kopf, um es loszuwerden.

Doch das Glöckchen ließ nicht nach. Und dann ... mit einem Mal wurde es zu einer gewaltigen, dröhnenden Glocke.

Fischstäbchen! Fisch! Die Barsche!

Ich hatte vergessen, die Fische von Ulrikes Nachbarn zu füttern!

Nun war ich keine Fischexpertin. Von Barschen ganz zu schweigen. Ich hatte keine Ahnung, ob sie darunter litten, wenn sie ein paar Tage kein Futter bekamen. Ich würde darunter leiden. Aber daran sterben würde ich natürlich nicht. Oh, mein Gott! Sie würden doch nicht gestorben sein!

Ich sprang vom Sofa auf, riss hektisch den Schlüssel vom Haken und stand schon draußen auf dem Flur. Rasch huschte ich zur Tür der Nachbarwohnung, schloss auf und schlüpfte hinein.

Nachdem ich die Wohnungstür hinter mir geschlossen hatte, stand ich einen Moment im dämmrigen Flur und musste mich orientieren. Die Wohnung war anders geschnitten als Ulrikes.

Als ich mich umsah und die Hände in meine Hüfte stemmte, bemerkte ich seidigen Stoff an meinem Körper. Entsetzt sah ich an mir herab. Vor lauter Panik hatte ich doch tatsächlich vergessen, mir etwas überzuwerfen, und stand nun in Ulrikes schwarzer Spitzenunterwäsche mit einem Hauch von einem Negligé in einer fremden Wohnung.

Na ja, jetzt nützte es auch nichts mehr. Ich beschloss, die Fische schnell zu finden, sie zu füttern und rasch wieder in Ulrikes Wohnung zu schlüpfen.

Also los.

Wo mochten wohl die Fische sein?

Obwohl ich wusste, dass niemand hier war, schlich ich möglichst leise voran.

Fische, Fische, wo seid ihr?

Die erste Tür links stand offen. Sie führte in die kleine Küche. Schwarzes Design, uuuuhhh wie furchtbar!

Keine Fische.

Gegenüber vielleicht?

Das war das Wohnzimmer. Zögerlich spähte ich in den Raum. Herrje, mussten Jungs ihre Buden derart unattraktiv einrichten? Auch alles dunkel. Na, wenigstens lagen auf dem schwarzen Gestell des großen Sofas, vor dem auch noch ein schwarzer Couchtisch wie ein dumpfer Quader thronte, weiße Polster. Diese grottige (ebenfalls schwarze) Glasvitrine da drüben sah verdammt nach Achtzigern aus. Standen da etwa kleine Pokale drin? Vielleicht von seiner Schul- Tischtennismannschaft? An der dem Sofa gegenüberliegenden Wand klebte ein Fernseher (natürlich schwarz) flach an der Wand, eingerahmt von zwei Superduper-Hifi-Boxen (schwarz) direkt über dem üblichen (schwarzen) Musikanlagenkram, ohne den junge Männer offenbar nicht auskommen konnten.

Die Wohnung war ganz und gar nicht mein Geschmack. Viel zu karg, viel zu fantasielos, viel zu betont männlich.

Aber vielleicht musste dieser Nachbar sich erst noch finden? Vielleicht war er noch superjung und fand seine erste eigene Wohnung richtig stylisch? Was hatte Ulrike noch gesagt? »Der Junge hängt an seinen Fischen.« Oh je. Hoffentlich hatte ich nicht den Familienersatz eines Neunzehnjährigen verhungern lassen!

Als ich den Kopf wandte, sah ich es endlich. Das Aquarium stand in der Ecke neben der Tür. Es war beleuchtet, und vor dem Hintergrund eines künstlichen kleinen Felsens zogen zwei Schatten durchs Wasser.

Ich stürzte hin.

»Gott sei Dank!«, entfuhr es mir.

Sie lebten noch!

Im Aquariumschrank fand sich eine große Dose mit Fischfutter. Ich schob die Abdeckplatte vorsichtig zur Seite und ließ ein paar Bröckchen ins Wasser fallen. Sofort kamen die beiden Fische angeschossen und schnappten sich alles, dessen sie habhaft werden konnten. Die schienen Hunger zu haben. Sogleich warf ich noch ein paar Brocken mehr hinein. Auch die wurden sofort verschlungen. Noch eine großzügige Portion folgte. So, das würde wohl reichen.

Nachdem ich den armen Tieren also das Leben gerettet hatte, konnte ich ja getrost wieder rübergehen. Ich seufzte zufrieden und tappte barfuß über den Flur. Die Tür zog ich hinter mir zu und huschte hinüber zu Ulrikes Wohnungstür.

Und da stand ich.

In meiner Hand befand sich ein Schlüssel – nur ein Schlüssel.

Verfluchte Hacke! In meiner Verhungerte-Fische-Hysterie hatte ich nicht nur vergessen, mir etwas Vernünftiges anzuziehen, sondern auch, den eigenen Wohnungsschlüssel mitzunehmen. Der hing am Schlüsselhaken neben der Tür. Der geschlossenen Tür. Mist.

Resigniert blickte ich vom falschen Schlüssel in meiner Hand zum Schloss der Wohnungstür.

Schlüsseldienst. Ich musste den Schlüsseldienst anrufen.

Die würden rauskommen, mir die Tür öffnen, und, schwups!, war ich wieder da, wo ich sein wollte: in Ulrikes Wohnung.

Ich schaute an mir runter. So konnte ich die Männer vom Schlüsseldienst allerdings unmöglich empfangen.

Blick über die Schulter. Lieber Nachbarsjunge, ich würde nicht nur dein Telefon benutzen müssen, sondern auch eine Jeans und ein T-Shirt ausleihen. Aber war ja nur für ein paar Minuten. Er würde es gar nicht merken.

Rasch schloss ich die nachbarschaftliche Wohnung wieder auf und schlüpfte hinein.

Telefon. Telefon ... Ich selbst würde es ins Wohnzimmer stellen. Mal schauen. Ja, da war es. Ein schnurloses Designerteil, voll funktionsfähig. Natürlich in Schwarz. Aber Gelbe Seiten sah ich nirgends. Die hatten wohl die falsche Farbe. Okay, es gab ja die Auskunft. Ich würde dem jungen Fischbesitzer ein bisschen Kleingeld hinlegen.

Tatsächlich konnte die Frau von der Auskunft mich mit einem Schlüsseldienst verbinden, und der Mann am Telefon versprach, dass gleich jemand da sein würde.

»Wo sollen wir schellen?«, fragte er.

»Oh«, machte ich und schlitterte rasch zur Wohnungstür, um draußen aufs Klingelschild zu spähen. »Klingeln Sie bei M. Sommer«, sagte ich dann.

Jetzt noch schnell das Klamottenproblem lösen.

Dazu musste ich wohl ins Schlafzimmer. Ich war gespannt, welche Farbe mich dort erwartete. Schon bei dem Gedanken musste ich kichern.

Umso überraschter war ich, als ich die letzte Tür im Flur öffnete und hineinlugte. Das Schlafzimmer war weiß. Das Bett, der Kleiderschrank, die Vorhänge vor dem Fenster, alles weiß. Gut, ein paar Farbtupfer wären auch hier nicht übel gewesen, aber immerhin war es besser eingerichtet als die schwarze Streng-und-Sachlich-Höhle nebenan.

Fühlte sich seltsam an, so ganz allein und ohne sein Wissen in das Schlafzimmer eines Fremden einzudringen. So was tat ich normalerweise nicht. Aber es handelte sich ja schließlich um einen Notfall. Und er würde es auch nie erfahren.

Beherzt öffnete ich die Schranktür.

Oha. Bei seinen Klamotten schien der Typ ein bisschen mehr Geschmack zu beweisen. Aber die sportlichen Jacketts und klassischen Hemden sollten mich jetzt eigentlich nicht interessieren. Eine Jogginghose wäre wohl eher passend. Trotzdem konnte ich meine Neugierde nur schwer bezähmen.

Seltsam. Bis gerade eben wäre ich nie auf die Idee gekommen, mich für die Klamotten von Ulrikes Nachbarn zu interessieren. Schon gar nicht für einen mit einer schwarzen Küche.

Aber irgendetwas ...

Ich inspizierte die Einlegeböden, in denen sich sehr ordentlich gebügelte und zusammengelegte T-Shirts Kante auf Kante stapelten wie in einem peniblen Bekleidungsgeschäft. Als ich die Hand ausstreckte, kamen mir plötzlich Skrupel, diese geradezu wissenschaftliche Ordnung durcheinanderzubringen. Und da fiel mein Blick auf den Boden des Schrankes. Dort lag, zusammengeknautscht und seltsam fehl am Platz, ein Stück Stoff.

Ich hob es auf. Es war ein grellbuntes T-Shirt im Batikstil. Sehr hübsch gemustert. Und als ich es verblüfft betrachtete, wurde mir mit einem Schlag klar, woher meine plötzlich aufwallende Neugierde kam.

Es war der Geruch. Ich hielt das T-Shirt nah vor mein Gesicht und schnupperte daran. Mhm. Riecht nach ... riecht wie ... irgendwie richtig gut. Vorsichtig vergrub ich meine Nase im weichen Stoff und sog den Duft ein. Hier stand ich also und schnüffelte an getragenen Shirts fremder Nachbarn.

Und dies ist der Moment, in dem ich das Geräusch höre.

Zuerst kann ich es nicht einordnen. Es ist ein feines metallisches Klicken, das aus dem Flur zu kommen scheint. Verwirrt hebe ich den Kopf und lausche.

Und dann wird mir mit einem Schlag klar, was dieses Geräusch bedeutet.

Es ist das Geräusch eines Schlüssels im Wohnungsschloss.

Und in diesem Augenblick weiß ich einfach, dass ich einen Fehler gemacht habe.

Man kontrolliert immer – immer! –, bevor man die Wohnung verlässt, ob man vernünftig angezogen ist. Damit man nicht nur mit Spitzenunterwäsche bekleidet in fremder Leuts Wohnung steht. Nicht mal, wenn das Leben zweier Barsche auf dem Spiel steht.

Wie zu Stein erstarrt stehe ich da und lausche.

Die Tür wird geöffnet, und jemand knipst das Flurlicht an. Dann schlägt die Tür mit einem lauten Knall zu.

»Ups. Die war zu«, sagt eine männliche Stimme. »Bin wieder zu Hause!«, ruft die Stimme dann, und ich erschrecke mächtig.

Weiß er etwa, dass ich hier bin? Dass ich vor seinem Kleiderschrank stehe und an seinem getragenen Batikshirt schnuppere? Und wenn er das alles nicht weiß, wen meint er dann? Ist etwa außer mir noch jemand hier? Der Gedanke allein lässt mir das Blut in den Adern gefrieren.

Vielleicht ist es auch diese Gänsehaut, die mich dazu treibt. Denn eigentlich denke ich nicht wirklich darüber nach. Ich will nur nicht, dass mich jemand so sieht. Der Mann, der dieses immens gut riechende Shirt getragen hat, soll mich nicht in diesem Aufzug vor seinem Bett finden.

Deswegen schleiche ich mich leise in den Kleiderschrank und ziehe vorsichtig die Tür zu.

Dann lausche ich weiter.

Zu meiner Erleichterung antwortet ihm niemand.

Stattdessen ist im Flur etwas zu hören, das wie das Abstellen diverser Gepäckstücke und Tüten klingt. Und dann federnde Schritte Richtung Wohnzimmer.

»Hey, Heinz. Tach, Carl!«, höre ich von dort. »Alles im Lot?« Dann ein Aufstöhnen. »Ach, du Scheiße. Was ist bei euch denn passiert? Das ist doch viel zu viel!«

Er hat das Futter entdeckt. Und beim Klang seiner Stimme kommt mir der Verdacht, dass es vielleicht doch nicht so egal ist, wie viel Futter solche Fische auf einen Schlag bekommen.

Eine Weile höre ich ihn hantieren und leise fluchen.

Das Fluchen steigert sich kurzzeitig, nachdem auch ein mächtiges Platschen zu vernehmen war.

»Na, suuuper!«, mault er. Irgendetwas klappert. »Jetzt kann ich mir erst mal was anderes anziehen. Sauerei, eh!«

Die Schritte führen in den Flur und auf die Schlafzimmertür zu.

Ich erstarre zur Salzsäule. Moment mal! Er will sich was anderes anziehen? Etwas ANZIEHEN?

In diesem Augenblick höre ich den Lichtschalter neben der Tür, und die beiden kleinen Leuchten im Raum dimmen geschmeidig hoch.

Oh, nein, er wird doch wohl hoffentlich nicht ...

Das ist der Moment, in dem sich die Schranktür vor meiner Nase öffnet.

Aug in Aug stehen wir da. Na ja, nicht ganz. Ich muss mit meinen eins achtundsechzig ein ganzes Stückchen zu ihm hochschauen.

»Hi«, sage ich.

Er starrt mich an. Zuerst nur ins Gesicht. Doch dann wandert sein Blick auch an mir herunter. Zu Recht irritiert.

Hinter meinem Rücken halte ich das Batikshirt in eiserner Umklammerung.

»Sind Sie ... ein Einbrecher?«, fragt er verwirrt.

Ich spitze die Lippen. »Wenn schon, dann eine Einbrecherin, oder?«

Sonst bin ich nicht so pingelig, wirklich. Aber Ulrike hat mit keinem Wort erwähnt, dass der »Junge, der so an seinen Barschen hängt«, schon über dreißig ist, einen Dreitagebart trägt und über geradezu hypnotisierende dunkle Augen verfügt. Gegen das alles wäre ja nichts einzuwenden. Würde ich mich nicht als völlig Fremde in seiner Wohnung befinden. Und das auch noch quasi nackt!

»Also ... also ... sind Sie ...?«

Er sieht nicht besonders aufgeregt aus.

Nicht so, wie ICH aussehen würde, wenn ich eine fremde, spärlich bekleidete Frau in meinem Kleiderschrank finden würde.

Im Gegenteil, in seinem Blick liegt so etwas Gewisses ... aber da irre ich mich bestimmt.

»Valerie Kleinert«, stelle ich mich vor und reiche ihm meine leicht schwitzige Hand.

Er nimmt sie, und wir schütteln uns kurz die Hände.

»Ich bin eine Freundin Ihrer Nachbarin, Ulrike Grunner. Und weil sie kurzfristig zu ihrer Mutter musste, habe ich die Versorgung Ihrer Fische übernommen.«

»Meiner ...?«

»Fische«, wiederhole ich.

Jetzt wechselt er das Standbein, verschränkt die Arme vor seiner Brust und mustert mich erneut. »Dann haben Sie da tonnenweise Futter reingeknallt?!«

Ich trete von einem Bein aufs andere. »Na ja … ich fand, sie sahen hungrig aus.«

»So?«

Jetzt mustere ich ihn auch mal. Ulrike hat noch nie etwas von ihrem Nachbarn erzählt. Was sich nur damit erklären lässt, dass sie grundsätzlich wenig Interesse an Männern zeigt. Gesehen hab ich ihn auch noch nie bei einem meiner Besuche hier. Das hätte ich mir gemerkt. Er sieht wirklich zum Anbeißen aus: groß, schlank, sportlich. Und sein Schmunzeln ist geradezu unverschämt sexy, wie ich jetzt gerade feststelle.

»Ich habe den Schlüssel vergessen«, erkläre ich ihm und versuche, mit dem hauchdünnen Nichts die viele Spitze zu verbergen. »Komme nicht mehr drüben rein. Und da dachte ich, ich leih mir irgendwas Unauffälliges von Ihnen und rufe den Schlüsseldienst. Aber bevor ich mir etwas aussuchen konnte, hörte ich Sie an der Tür und …«

»Wollen Sie nicht erst mal aus dem Schrank rauskommen?«, unterbricht er mich.

In diesem Moment klingelt es.

Er mustert mich kurz, als wolle er überprüfen, ob er mir den Rücken zudrehen kann. Dann eilt er durch den Flur zur Tür und betätigt die Gegensprechanlage.

»Schlüsseldienst«, meldet sich eine sonore Stimme.

Er drückt den Türöffner.

Derweil streife ich mir rasch das Batikshirt über. Es reicht mir bis über die Oberschenkel.

Als sein Besitzer sich umdreht, staunt er nicht schlecht.

Glücklicherweise steht innerhalb weniger Sekunden der Schlüsseldienstmann vor uns. Er mustert uns neugierig, wie wir hier beide etwas verlegen nebeneinander in der Tür stehen.

»Frau Sommer?«, spricht er mich an.

Der Kopf von Ulrikes Nachbarn fliegt herum.

»Ehm ... nein, Sie sollten nur hier klingeln. Kleinert mein Name. Meine Wohnung ist da drüben. Aber da komm ich ja grad nicht rein.«

»Kein Problem!«, dröhnt er. »Das kriegen wir schon hin.«

Und tatsächlich dauert es ungefähr zwei Minuten, bis er das Schloss geknackt hat und die Tür in Ulrikes Wohnung aufspringt.

»Bitte sehr!«

Ich bezahle ihn, und er macht sich, mit einem Grinsen im Gesicht, wieder auf den Weg.

Als ich an mir heruntersehe, entdecke ich, dass das Negligé neckisch unter dem T-Shirt hervorblitzt. Ich seufze. Ist jetzt auch egal.

»Tja, Herr Sommer ...«, sage ich und sehe ihn an.

Hier im Hausflur, im hellen Neonlicht, kann ich ganz deutlich erkennen, dass seine dunklen Augen von einem klaren, betörenden Braun sind.

»Moritz«, erwidert er und lächelt.

»Moritz«, wiederhole ich und kann nicht widerstehen zurückzulächeln. »Dann werd ich mal wieder in meine Höhle zurückkriechen, und Sie können in Ruhe ankommen. Danke, dass Sie mir Unterschlupf gewährt haben.«

»Gern jederzeit wieder«, sagt er.

Wir lächeln uns an.

»Tja, dann ...«, sage ich und mache einen barfüßigen Schritt auf Ulrikes Wohnung zu.

»Ähm ...«

Ich sehe ihn wieder an. »Ja?«

Er deutet hinter sich, wo neben zwei großen Reisetaschen auch eine überfüllte Einkaufstüte steht. »Mögen Sie Italienisch?«

»Bitte?«, stammele ich.

»Als ich grad vom Flughafen kam, hatte ich plötzlich Lust, noch zu kochen. Muss der Jetlag sein – der schlägt bei mir immer total zu. Der Abend ist so schön, finden Sie nicht? Aber allein schmeckt es bestimmt nicht so gut wie zu zweit. Also, hätten Sie Lust auf Spaghetti Frutti di Mare?«

Einen Moment lang starre ich ihn an.

Meine Antennen, die so lange in der Versenkung verschwunden waren, vibrieren aufgeregt.

Dann höre ich mich hauchen: »Ich ziehe mir nur etwas anderes an.«

Und als ich in Ulrikes Wohnung verschwinde, bilde ich mir tatsächlich ein, dass er sehr leise »Schade« murmelt.

Rasch schlüpfe ich in eine bequeme, weiche Jeans und eine extrem sexy geschnittene Bluse, die ich vorhin schon sehr verlockend an mir fand. Auf den Griff in die Schminkschublade verzichte ich aber. Schließlich soll niemand auf die Idee kommen, dass ich mich besonders rausputzen will.

Auch den allzu langen Blick in den Spiegel lasse ich sein – wer weiß, ob in diesem Fall nicht Torben wieder auftauchen würde. Und auf dem Weg zu einem kalorienreichen Nachtessen mit einem höchst attraktiven Dreißiger soll mein Exmann mich ganz sicher nicht erwischen.

Diesmal achte ich ganz genau darauf, den Wohnungsschlüssel vom Haken zu nehmen, bevor ich hinausgehe. Nebenan klopfe ich an.

Moritz öffnet mir schwungvoll die Tür. Er trägt ein schlichtes (schwarzes) T-Shirt und eine Jeans, in deren Bund er sich ein Geschirrtuch gesteckt hat.

Diese Kombination setze ich sofort auf meine Liste der hocherotischen Kleidungsstücke. Ich bin heilfroh, dass ich die coole Bluse anhabe.

»Dann komm mal rein«, grinst er. »Du kennst dich ja schon aus.«

Ich starre ihn an, und er zuckt mit den Schultern.

»Wer meinen Kleiderschrank von innen kennt, sollte auch ›Du‹ zu mir sagen.«

Er hat ein ganz schönes Tempo drauf, das muss ich schon sagen.

Und zwar nicht nur beim Duzen einer neuen Kleiderschrankbekanntschaft. Auch in der Küche wirbelt er mit Messern, Rührlöffeln und Zutaten, dass es mir direkt ein bisschen schwindelig wird. Das könnte allerdings auch daran liegen, dass ich außer einem kläglichen Salat noch nichts im Magen habe, Moritz mir aber bereits ein Weinglas in die Hand gedrückt hat.

Er beginnt seine kleine Kochvorführung mit der Zubereitung des Tiramisu für die Nachspeise. Sensationell, wenn ein Mann so eine fantastische Süßspeise zubereiten kann. Ganz ohne verbissenen Blick auf die Kalorientabelle. Und nebenbei auch noch eine wirklich interessante Unterhaltung führt.

Da Moritz genauso gern reist wie ich, gibt es Unmengen zu erzählen. Er berichtet von seinem Trip nach New York und wie ihn solche Reisen für seine Arbeit im Grafikbüro inspirieren.

»Die Menschen dort sind ganz anders drauf«, erzählt er begeistert und schmeckt noch einmal die köstlich duftende Soße ab.

Da sitze ich bereits seit einer Stunde in seiner schwarzen Küche. Mitternacht. Und mein Gastgeber, der mit jeder Minute anziehender wird, legt letzte Hand an unser gemeinsames Mahl. Ich glaub, ich träume.

»Sie haben einfach nicht so viele Schranken im Kopf wie wir hier. Für sie ist es egal, woher jemand stammt oder welcher Religion jemand angehört. Sie zeigen Interesse aneinander, gehen offen aufeinander zu. Auch bei den Paaren gibt's selten so spießige Partnerlook-Typen. Unterschiede trennen nicht, sondern verbinden eben, weil sie das Zusammensein so spannend machen. Egal, ob es beispielsweise um die Nationalität geht oder auch das Alter.« An dieser Stelle bricht er ab und sieht mich beinahe erschrocken an.

Ups!

»Das klingt toll«, wage ich zuzugeben.

Wenn Alter keine Rolle spielen würde, käme mir das momentan sehr entgegen.

Einen Augenblick lang sehen wir uns sehr intensiv an.

Es ist dieser gewisse Moment.

Ich hatte ganz vergessen, wie er sich anfühlt. Um genau zu sein, hatte ich sogar vergessen, dass es ihn gibt. Dieser Moment, in dem plötzlich ganz glasklar ist, dass du und dieser attraktive Typ an genau dasselbe denken. Und »dasselbe« ist selten jugendfrei.

»Ist das Essen nicht bald fertig?«, trompete ich rasch.

Moritz blinzelt kurz und wendet sich dann wieder dem Herd zu. »Oh, klar. Reichst du mir bitte mal die Teller?«

Ich greife danach und stelle mich neben ihn.

Als er zu mir herabsieht, zieht sich mein Magen zusammen. Und das liegt nicht am Hunger.

»Mal kosten?«, fragt er und hält mir einen kleinen Löffel mit Soße hin.

Ich öffne den Mund und probiere. »Himmlisch«, seufze ich.

»Allerdings«, erwidert er ernst.

Und erst, als ich die Augen beim Klang seiner Stimme wieder öffne, wird mir klar, dass ich sie vorher zum Probieren geschlossen habe.

»Ich hab da mal 'ne Frage«, sagt er leise.

Im Grunde braucht er auch wirklich nicht lauter zu sprechen. Schließlich stehen wir sehr nah voreinander.

»Könntest du dir vorstellen ... ich meine ...«

»Was denn?«, hauche ich.

»Eine Frau wie du, könnte die vielleicht in mir mehr sehen als nur den Nachbarn ihrer besten Freundin?«, bringt er heraus.

Seine Augen sind nicht nur braun, stelle ich fest. In ihnen blitzen auch so kleine Funken.

»Was sollte ich denn in dir sehen?«, frage ich nervös und kann einfach nicht wegschauen.

Und wieso auch?

Sein Gesicht ist mit einem Mal so nah. Seine Lippen sind so weich. Der Kochlöffel poltert zu Boden.

Ade, du leckere Spaghettisoße. Macht's gut, ihr kleinen Muscheln. Wir sind jetzt mal kurz weg. Langsam und vorsichtig hinaus auf den Flur, dort entlang und zur hinteren Tür hinein. Hinein in das Weiß, das mich vorhin so verwundert hat.

Wie von Zauberhand öffnen sich die Knöpfe meiner Bluse. Moritz' T-Shirt rutscht ihm geradezu wie von selbst über den Kopf. Unsere Jeans sind auch plötzlich verschwunden.

»Hey«, flüstere ich zwischen zwei Küssen und schaue noch mal genauer hin. »Was hast du denn da?«

»Nichts weiter«, erwidert er rasch.

»Ein Tattoo«, schnurre ich. »Soll das etwa Heinz sein?«

»Eine Jugendsünde«, antwortet er verlegen grinsend. »Aber ich finde, dabei sollten wir uns nicht lange aufhalten. Es gibt hier viel Spannenderes zu entdecken.«

Dann geht seine Hand wieder auf Wanderschaft, und es wäre mir völlig egal, wenn er am ganzen Körper tätowiert wäre.

»Weißt du, wie wunderschön du bist?«, flüstert Moritz.

Weiß ich das?

Noch ein letzter klarer Gedanke – und der gilt ausgerechnet Torben.

Torben, denke ich, was warst du doch für ein armseliger Typ.

Das Träumchen

~ Moritz ~

Fade in

(…)

Markus: Ich finde, du bist da ein wenig … na ja … *unflexibel …*

Moritz: Unflexibel? Weil ich mir nicht vorstellen kann, mit einer Frau zusammenzuleben, die meine Tante sein könnte?

Markus: Kennst du eine Tante, die so gut aussieht, wie du diese Bianca beschrieben hast?

Moritz: Nein?

Markus: Hast du mal eine unserer Tanten in Dessous in deinem Schrank gefunden?

Moritz: NEIN! Natürlich nicht! Du perverser Sack!

Markus: Das wird auch nicht passieren. Bianca ist keine potenzielle Tante, sie ist eine Chance!

Moritz: Eine Chance? Das ist lächerlich. Zugegeben: Sie ist smart, sie sieht gut aus, wir hatten Spaß! Aber a) lebt sie nicht in dieser unserer schönen Stadt, b) hat sie die Trennung von ihrem Mann noch nicht überwunden, und c) ist sie beinahe hundert! Willst du denn niemals Patenonkel werden?

Markus: Ach, Moritz! Wie ich schon sagte: Du bist zu unflexibel. Du hast einfach keine Fantasie. Diese Frau ist doch ein Träumchen. Nicht mehr so grün hinter den Ohren. Sie weiß offenbar, wie man sich fit hält, und im Schlafzimmer kennt sie sich auch aus … Stell dir einfach vor, du bist Ashton Kutcher und sie Demi Moore!

MORITZ: Oh ja, ich kann mir prima vorstellen, Ashton Kutcher zu sein. Dann nämlich, wenn ich bei *Two and a Half Men* eine Million pro Folge einsacke. Oder wenn ich mit Mila Kunis ausgehe …

MARKUS: So wird das nie was.

MORITZ: Was meinst du?

MARKUS: Na, mit der Frau fürs Leben. Lange hast du nicht mehr Zeit. Die Uhr tickt …

MORITZ: Also, ich weiß nicht, ob es dir aufgefallen ist: Ich habe Spaß als Single. Und brauche keinen Turnfloh, der mir abends die Hemden für den nächsten Tag rauslegt.

MARKUS: Britta legt mir nicht die Hemden raus!

MORITZ: Tut sie doch, sie hat's selbst zugegeben.

MARKUS: Du lügst, das hat Britta nie gesagt …

Fadeout

(…)

9. EINE NACHT IM MÄRCHENLAND

~ LENI ~
von Nele Kirschner

»Nein, das geht auch nicht.« Resigniert pfefferte ich die Baseballkappe zurück in meinen Schrank.

Ich haderte schon eine Weile damit, ob ich einen Hut oder Ähnliches aufsetzen sollte. Aber ich habe einfach kein Hutgesicht. Und ich wollte zusätzlich zu diesem ganzen Mist nicht auch noch lausig aussehen. Es war ja auch nicht sehr wahrscheinlich, dass ich jemandem begegnen würde, den ich kenne – oder kennen will.

Alles, was ich mir wünschte, war, dass es schnell vorbeigeht. Tante Margret hoffte natürlich auf das Gegenteil. Sie hatte sich schon seit Wochen auf diesen Abend gefreut und hatte schon glühende Wangen, als ich sie abholte. Ihre Augen glänzten mich an, und ihre Haare ließen mich staunen.

»Warst du beim Friseur?«, fragte ich und blieb im Türrahmen stehen. »Wahnsinn, diese Farbe. Und dieser Glanz ist großartig. Oder hast du das selbst gemacht?« Ich war bei Weitem nicht so begeistert, wie der Klang meiner Stimme es Tante Margret glauben lassen sollte. Ich war von dem Look »harter Helm« und dem intensiven Geruch des Haarsprays eher abgestoßen. Aber es war schließlich erstens ihr Abend, und zweitens sind Geschmäcker nun mal verschieden.

Tante Margret schüttelte den Kopf und zog eine Schublade auf. »Brigitte macht sich die Haare ja auch nicht selbst«, sagte sie kichernd und stopfte etwas in ihre große Handtasche, das aussah wie ein zusammengefaltetes Banner. Sie warf noch zwei glitzernde Leuchtstäbe hinterher und schob die Schublade schwungvoll zu. »Ich hab extra noch Batterien gekauft, Leni. Dann kannst du auch einen Stab halten.« Sie zupfte noch einmal an ihrem lackschwarzen Pagenkopf und stolzierte an mir vorbei in den Hausflur. »Kommst du?«

Ich seufzte und zog die Tür hinter ihr ins Schloss. Warum ich?, dachte ich zum hundertsten Mal. Warum nicht einer von den anderen? Aber nein, meine Cousine hatte heute ein Date, und mein Bruder machte einen Serien-Marathon. Wahrscheinlich schob er gerade in diesem Moment die erste *Twenty-Four*-DVD in den Player und träumte davon, Atombomben zu entschärfen und ein paar des Terrorismus verdächtigte Subjekte zu waterboarden. Aber was wussten mein Bruder oder Jack Bauer schon von Foltermethoden? Waren sie jemals auf einem Brigitte-Ross-Konzert gewesen? Würden sie je dorthin müssen?

Ich jedenfalls musste. Der Familienrat hatte beschlossen, dass meine Tante zu ihrem sechzigsten Geburtstag Konzertkarten geschenkt bekommen und einer von uns sie begleiten sollte. Keiner meldete sich freiwillig, und so hatten wir beschlossen, das Schicksal entscheiden zu lassen. Wir hatten Streichhölzer gezogen, und ich hatte buchstäblich den Kürzeren gezogen.

Erneut stieg die Wut in mir hoch. Das alles war natürlich überhaupt nicht fair gewesen. Meine Cousine hatte mich abgefüllt und dann die Streichhölzer manipuliert, und das alles nur, um selbst ungeschoren davonzukommen und um an ein Date mit dem besten Kumpel meines Bruders zu kommen. Das hatte mein Bruder ihr dafür versprochen, dass sie auch ihn heraushielt. Ich war erst zu betrunken gewesen, um die Manipulation mitzubekommen, und dann zu betrunken, um mich zu beschweren.

Mein einziger Trost war, dass Tommi, der Kumpel meines Bruders, nur auf den ersten Blick eine Schnitte ist. Auf den zweiten stinkt er. Das ist wörtlich gemeint. Er stinkt bestialisch. Er furzt. Beständig. Das ist wahrscheinlich eine Krankheit, und er sollte mir deshalb leidtun. Aber Tommi hat wirklich was von einem Schwefelpfuhl, und jedes Mal wenn ich ihn treffe oder mich auch nur an unsere letzte Begegnung erinnere, verschwindet meine Anteilnahme, und der Ekel packt mich.

Mit diesem Mann war meine Cousine also angemessen bestraft – zumal ich ihr ein schönes, stilles Restaurant für das Date empfohlen hatte. »Ganz intime Location«, hatte ich gesagt und zweideutig gezwinkert.

Mein Bruder hingegen hatte immer noch seine Ruhe. Er vergnügte sich mit Jack Bauer und heldenhaften afroamerikanischen Präsidentschaftskandidaten. Als Tante Margret in dieser Sekunde begann, irgendwas von Herzen zu trällern, die jetzt sprechen oder für immer schweigen sollen, schwor ich daher bittere Rache. Irgendetwas musste mir einfallen, um es meinem Bruder heimzuzahlen.

Tante Margret knetete das Banner in ihren Händen und starrte auf die blinkenden Leuchtstäbe der anderen Fans. Wir saßen leicht erhöht in der ersten Reihe, und uns trennten nur noch die Stehplätze von der großen Brigitte-Ross-Bühne. Mitten auf den Brettern, die die Schlagerwelt bedeuten, hing etwas, das an selbst gemachten Lenkdrachen erinnerte. Außerdem gab es einen Laufsteg, der weit ins Parkett hineinreichte. Rechts und links davon lächelte uns Brigitte selbst von Plakaten entgegen. Die Poster waren riesig und zeigten tiefe Einblicke in ihr Dekolleté. Die drallen Brüste sprangen den Betrachter förmlich an. Wahrscheinlich sollten sie von ihrem Gesicht ablenken.

Ich grinste gequält. Das war auch besser so! In meinen Augen sah Brigitte nämlich total verbraucht aus, und das trotz Photoshop.

Vielleicht ist Brigitte ja Alkoholikerin, überlegte ich. Vielleicht hat sie sich diese Visage über die Jahre angetrunken. Das wäre ja nur zu verständlich. Müsste ich diese Lieder singen, würde ich auch saufen.

Ich schaute mich um. Mit meiner Meinung war ich offensichtlich allein auf weiter Flur. In den Blicken ihrer Fans nämlich lag echte Bewunderung. Die eingeschworensten und fittesten unter ihnen sammelten sich auf den Stehplätzen zwischen uns und der Bühne, probten ein paar Discofoxschritte und testeten ihre neu erworbenen Leuchtstäbe.

»Die sind viel größer als meine«, sagte Tante Margret in einer Mischung aus Neid und Ehrfurcht.

Ich riss meinen Blick von vier übergewichtigen Mittfünfzigerinnen in engen Lederhosen und Stilettos los und rang mir ein Lächeln ab. »Möchtest du einen neuen Leuchtstab haben, Tante Margret?«

Sie schüttelte den Kopf und sah auf das Banner nieder. Es war schon ganz zerknittert. Schnell strich sie es glatt. Dann schielte sie wieder zu den prächtigen Leuchtstäben rüber. Die endeten in vielfarbigen Wedeln und fächerten sich bei jeder Bewegung großzügig auf. Sie glitzerten und gleißten, und natürlich würde Brigitte Ross niemals Tante Margrets Stab bemerken, wenn lauter andere Fans ihre gigantischen Neonfächer vor uns aufleuchten ließen.

Ich seufzte und erhob mich. »Ich bin gleich zurück«, sagte ich und ging an den zwei noch leeren Sitzplätzen vorbei zur Treppe zurück. Die Reihen hinter uns waren schon gut gefüllt, und dem ein oder anderen Schlagerjünger war inzwischen langweilig genug, um mir einen irritierten Blick zu schenken. Kein Wunder, dass ich auffiel! Ich sah nun wahrlich nicht aus wie der alteingesessene Brigitte-Ross-Fan. Ich sah aus wie ich: La-Martina-Bluse, Boss-Jeans und nur halbherzig verborgene Verachtung für den deutschen Schlager im Gesicht. Das kann man nun mal nicht ablegen, weder das eine noch das andere.

Die Treppe wurde zunehmend voller, und ich hatte Mühe, mich durch die Massen hindurchzuschleusen. Als ich einem älteren Herrn in Brigitte-T-Shirt ausweichen musste, stieß ich schließlich mit jemandem zusammen.

Ich prallte zurück und blickte in zwei unnatürlich groß wirkende Augen hinter dicken Brillengläsern. Eine Stufe über mir stand ein Junge oder eher ein junger Mann mit vor der Brust verschränkten Armen. Er war so klein, dass wir auf Augenhöhe waren. Sein Alter war schlecht einzuschätzen, aber seine schiefe Körperhaltung und das leicht nervöse Zucken in seinem linken Arm ließen eine leichte Behinderung vermuten.

Er bemerkte mich nicht, sondern starrte wie versteinert auf die großen Brigitte-Ross-Poster neben der Bühne. »Sie ist so hässlich!«, schimpfte er. Dann löste er die Arme und marschierte mit geballten Fäusten an mir vorbei die Treppe hinunter. Er humpelte leicht, nahm jede Stufe einzeln. »Brigitte Ross! Ts! Ich hab Elena Simon gesagt. Hundert Mal hab ich's ihm gesagt.«

Armer Kerl. War offensichtlich auch nicht gerade freiwillig hier!

Ich drehte mich wieder um, prallte aber erneut zurück. Auf der Stufe über mir stand jetzt ein überaus gut aussehender junger Mann mit Dreitagebart, Jeansjacke und Karohemd. Ebenfalls Boss. So was sehe ich auf einen Blick.

»Stefan!«, rief er, schenkte mir ein knappes entschuldigendes Lächeln und eilte an mir vorbei. »Stefan, es tut mir wirklich leid, jetzt warte doch. Bitte!«

Der Junge – offensichtlich Stefan – blieb abrupt stehen,

drehte sich aber nicht um. Seine Fäuste waren noch immer geballt und die Schultern angespannt. Der gut aussehende Mann stellte sich neben ihn und redete leise auf ihn ein. Er war groß und musste sich zu Stefan runterbeugen. Er versuchte offensichtlich, den Jungen zu beruhigen, und bemühte sich sehr. Es schien nicht von Erfolg gekrönt. 5

Aus dem Augenwinkel bemerkte er mich und lächelte mir kurz zu. Ich lächelte zurück und wandte mich ab. So langsam musste ich mich doch ein bisschen beeilen.

Als ich wenig später mit einem Deluxe-Leuchtstab zu Tante Margret zurückkehrte, saßen Stefan und sein gut aussehender Begleiter auf den zwei Plätzen neben Tante Margrets und meinem.

Die beiden Herren waren noch immer in eine Diskussion vertieft, und Tante Margret versuchte, ihr Banner an der Brüstung vor der Sitzreihe zu befestigen. Da stand ich nun mit dem grellbunten Leuchtwedel in der Hand und wartete darauf, dass mich jemand bemerkte und auf meinen Platz ließ. Vergeblich.

»Stefan«, sagte der gut aussehende junge Mann. Er war in etwa so alt wie ich und auf diesem Konzert offensichtlich auch genauso fehl am Platz. »Du hast gesagt, du willst zu der größten Schlagersängerin und dein Lieblingslied ist *Du bist mein Märchenprinz.*«

Stefans Kopf fuhr herum. »*Der letzte Tag im Märchenland* hab ich gesagt. Elenas Lied heißt *Der letzte Tag im Märchenland,* Moritz!«, brüllte er.

Ich zuckte zusammen, und auch besagter Moritz blinzelte irritiert. Stefan hingegen sah wieder nach vorn und schmollte. Er sah irgendwie niedlich aus mit den aschblonden Haaren, seinen großen Brillengläsern und dem kompletten Neunzigerjahre-Outfit. Beigefarbene Jeans und ein Sweatshirt im gleichen Farbton. Konnte man so was noch kaufen?

»Entschuldigt mich«, sagte ich. »Lasst ihr mich vielleicht mal durch?«

»Natürlich«, sagte Moritz, stand auf und zog Stefan mit sich hoch.

»Danke.« Ich lächelte und zwängte mich an ihnen vorbei auf meinen Sitz zwischen Tante Margret und diesem Moritz mit den braunen Haaren und den schönen Augen.

Als wir alle wieder saßen, ließ Tante Margret gerade einen Tacker in ihrer Handtasche verschwinden und sah mich stolz an. »Ich habe das Banner um das Geländer getackert, Leni. Ist das nicht toll?«

»Mhm, ja, tolle Idee.« Ich nickte.

»Du musst Kabelbinder nehmen«, sagte Stefan über unsere Sitzplätze hinweg zu Tante Margret. Offenbar hatte er die Diskussion mit seinem Begleiter beendet. Er stand auf und wühlte in der Tasche seiner Jeans. »Hier.« Er hielt uns einige Kabelbinder hin.

»Oh, danke«, sagte Tante Margret. »Willst du denn nichts aufhängen?«

Moritz seufzte. »Nein, ich glaube nicht, dass er das will.«

»Stimmt«, schleuderte Stefan Moritz entgegen. »Ich will zu Elena Simon!« Er ließ sich wieder auf seinen Sitzplatz plumpsen und verschränkte die Arme vor der Brust.

Moritz verdrehte die Augen. »*Du bist mein Märchenprinz – Der letzte Tag im Märchenland*. Das kann man doch schon mal verwechseln. Wirklich, Stefan, das ist doch alles das Gleiche.«

Tante Margret blickte von Banner und Kabelbinder auf und sah ihn fassungslos an. »Aber da liegen Welten zwischen.«

Stefan schnaubte und zog umständlich etwas aus seiner hinteren Jeanstasche: ein Plastiketui für Kreditkarten. Allerdings waren nur Fotos darin. Eines davon hielt er Moritz direkt vor die Nase. »Das ist Elena. Sie ist wunderschön!« Mit der freien Hand zeigte er auf das Poster neben der Bühne. »Die nicht! Die ist alt! Und hässlich!«

»Was?«, fragte Tante Margret erschüttert und ließ von Geländer und Kabelbinder ab.

Moritz nahm das Plastiketui entgegen und betrachtete das Bild. »Ja, sie sieht in der Tat ganz anders aus als Brigitte Ross.« Er lächelte und sah zu mir. »Sie sieht ein bisschen aus wie du. Brünette Haare, schöne Locken, große Rehaugen ...«

Stefan beugte sich vor und sah an Moritz vorbei zu mir. Er runzelte die Stirn und betrachtete mich lange. »Ja«, sagte er dann, »du bist auch sehr schön.« Dann beugte er sich weiter vor und riss Moritz das Plastiketui wieder aus der Hand.

»Brigitte ist nicht hässlich«, sagte Tante Margret entrüstet und stemmte die Hände in die Hüften. »Sie ist eine reife Frau und hat viel erlebt. Sie ist rockig und sexy. Elena ist dagegen ein profilloses Küken.«

Stefan schüttelte den Kopf. »Nein, sie ist ein eleganter Engel.« Das klang ein bisschen auswendig gelernt, war aber nichtsdestotrotz unverkennbar seine tiefe Überzeugung. »Ihre Lieder sind auch viel besser.«

»Ts!«, machte Tante Margret und fuhr mit der Hand durch ihren lackschwarzen Pagenkopf. »Das meinst aber auch nur du! *Für immer und ewig* ist ja ganz nett, aber Brigitte hat Klassiker gesungen. *999 Lügen* und *Winterzauberwald* zum Beispiel.«

Stefan schnaubte wieder und spuckte dabei auf das Geländer. »*Winterzauberwald*, das ist doch ein total dummer Text. Was haben denn ein paar Schatten im Wald mit der Ewigkeit zu tun? Das macht doch gar keinen Sinn.« Er tippte sich an die Stirn.

Moritz neben mir lächelte und lehnte sich zurück. Auch

ich sah von Tante Margret links neben mir hinüber zu Stefan und wieder zurück, als wäre das hier ein Boxkampf.

Tante Margrets Gesicht färbte sich rot. »Brigitte schreibt über das, was sie erlebt und gefühlt hat. Das kommt tief aus ihrem Herzen.«

Ich beugte mich zu Moritz hinüber. »Wie hoch schätzt du die Wahrscheinlichkeit ein, dass Brigitte Ross ihre Lieder selbst schreibt?«, raunte ich ihm ins Ohr.

Er lächelte mich an. »Eher niedrig«, flüsterte er zurück.

Stefan hatte sich inzwischen erhoben und stand Tante Margret kampfeslustig gegenüber. »Elenas Lieder sind voller Gefühl. Sie ist total natürlich, während Brigitte supersteif ist. Die ist gar nicht echt, das ist alles nur eine Maske.«

»Sie ist ein Profi«, schnappte Tante Margret.

»Elena auch, und sie schreibt viel schönere Lieder, aus tiefem, tiefem Herzen kommen die.«

Ich sah zu Moritz hinüber. »Ich glaube, auch Elena ist keine besonders große Komponistin.«

Moritz nickte. »Nein, wahrscheinlich nicht, aber ich denke, das behalten wir besser für uns.«

»Jedenfalls ist Elena nur die Schlagerprinzessin«, zischte Tante Margret Stefan gerade zu. Das »Prinzessin« betonte sie abfällig. »Brigitte ist die Königin.«

Stefans Augen verengten sich zu Schlitzen. Er schob seine Brille mit dem Zeigefinger die Nase hoch. »Ja, die böse Königin.«

»Ich bin übrigens Moritz«, sagte Moritz neben mir, als wüsste ich das nicht längst. Aber wie hätte er ahnen sollen, dass ich mir sehr gut Namen merken kann. Allein aus diesem Grund saß ich ja auch im richtigen Konzert – zumindest soweit man das in diesem Zusammenhang sagen kann.

Ich lächelte Moritz an. »Leni.«

Ich wollte ihm die Hand geben und bemerkte dabei, dass

ich noch immer den Deluxe-Leuchtstab für Tante Margret festhielt. Mit grün leuchtendem Herz am Griff und dreißig Zentimeter langen Glasfaserwedeln, deren verschiedenfarbige LED-Lämpchen die Aufmerksamkeit der verehrten Sängerin fesseln würden. Mehr oder weniger.

»Willst du die beiden für diesen Kampf auch noch mit einem Laserschwert ausrüsten?«, fragte Moritz und nickte in Richtung Stefan und Tante Margret, die sich in dieser Sekunde Zeilen irgendwelcher Songtexte an den Kopf warfen. Unschlüssig hielt ich den Leuchtstab fest.

Moritz stieß mich an. »Leni als Kurzform von Elena?«

Ich nickte. »Ja, aber nicht Simon.«

»Schade«, sagte er und lächelte wieder sein unwiderstehliches Lächeln. »Stefan wäre dann sicherlich umgänglicher. Ich bin sein Patenonkel und habe ihn schwer enttäuscht.«

Ehe ich etwas erwidern konnte, wurde es mit einem Mal dunkel in der Halle. Tante Margret warf einen letzten wütenden Blick auf Stefan, dann drehte sie sich abrupt um und setzte sich wieder neben mich.

»Hier«, sagte ich und hielt ihr den Leuchtstab mit dem Deluxe-Fächer hin. »Ärger dich nicht, Tante Margret.«

Aber sie strahlte schon wieder und nahm den Leuchtstab an sich. »Es geht los. Endlich. Danke, Leni«, sagte sie und drückte mir einen feuchten Kuss auf die Wange. Dafür musste man Tante Margret einfach lieb haben: Sie war begeisterungsfähig und nicht nachtragend, lebte für den Moment. Ich hingegen versuchte ab diesem Zeitpunkt, für die Zukunft zu leben – für eine Zukunft, in der dieses Konzert vorbei sein würde.

Andererseits war da Moritz, dessen Unterarm meinen streifte, aber auch das war nur ein kleiner Trost. Denn schon stand Brigitte Ross auf der Bühne und wünschte sich: *Dieser Abend darf kein Ende sehen.*

»Meine Lieben«, sagte sie irgendwann zum gefühlt hundertsten Mal und schaute über ihre langen Fingernägel hinweg ins johlende Publikum. »Meine Lieben«, wiederholte sie – sie sagte das wirklich sehr oft, wir waren alle ihre Lieben –, stemmte die Hand in ihre Wespentaille und stöckelte auf ihren Mörderabsätzen über den Laufsteg. »Ich habe heute einen ganz besonderen Gast für euch. Eine ganz besonders liebe Freundin von mir ist zufällig in Köln.« Sie machte eine Pause und nahm das Mikro in die andere Hand. »Und ich werde heute mit ihr eines meiner Lieder singen. Wollt ihr wissen, wer es ist?«

»Eigentlich nicht«, sagte ich seufzend.

Moritz rieb sich die Schläfen. »Ich schwöre dir, ich nehme Stefans Kabelbinder und fessle Brigitte an das Schlagzeug meines Kumpels Björn in ›Gebäude 9‹, wenn sie noch einmal *Sag doch, dass ich bleiben soll* singt.«

Ich lachte. »Eine Drum'n'Bass-Folter? Sie hat *Sag doch, dass ich bleiben soll* doch erst zweimal gesungen.«

Moritz schenkte mir einen leidenden Blick. »*Glaub mir, das wär mein Tod.*«

Ich nickte. »Ja, das hat sie auch zweimal gesungen, aber einmal war es in ihrem Medley, und Medleys haben es so an sich, dass sie alle großen Hits noch einmal versammeln.«

»All das hier, und ich bin trotzdem der schlechteste Patenonkel der Welt«, sagte Moritz kopfschüttelnd.

Ich sah zu Stefan hinüber, der zwar hin und wieder mit dem Fuß gewippt hatte, meistens aber schmollte. Wie auch jetzt. Ich wandte mich wieder zu Moritz. »Ja, bist du. Und wer weiß – vielleicht hätte Elena dir sogar gefallen.«

»Simon? Nein, das bezweifle ich, dass diese Elena mir gefallen hätte.« Er sah mich an.

»Wer weiß«, wiederholte ich.

Die Fans johlten derweil immer lauter, und endlich verriet

Brigitte: »Liebes Publikum, nur für euch und nur heute Abend ein ganz besonderer Überraschungsgast: meine liebe Freundin Elena Simon!«

Bevor ich überhaupt richtig verstanden hatte, was sie gesagt hatte, sprang Stefan jubelnd auf. »Elena!«, schrie er. »Elena!« Er klatschte wild in die Hände, winkte zur Bühne und klatschte wieder.

Eine junge brünette Frau in einem langen elfengleichen Kleid trat auf. Sie war wirklich hübsch, strahlte das Publikum an und umarmte Brigitte herzlich.

Stefan winkte mittlerweile so euphorisch, wie ich es noch nie bei einem Menschen gesehen hatte, und auch Tante Margrets Augen glänzten tatsächlich noch eine Spur erwartungsvoller als sonst. »Ich bin gespannt, was sie singen«, sagte sie nun und stellte sich neben Stefan ans Geländer.

»Was möchtest du singen, liebe Elena?«, fragte Brigitte auf der Bühne. Sie fuhr sich durch den lackschwarzen Pagenkopf, eine Geste, die mir nur zu bekannt vorkam. Dann stemmte sie die Hände wieder in die Wespentaille und nahm eine wartende, eindeutig einstudierte Pose ein.

»Ich weiß nicht, Brigitte. Alle deine Lieder sind einfach toll«, antwortete Elena gefolgt von frenetischem Jubel im Publikum. Wer konnte da auch widersprechen?

Elena raffte ihr Elfenkleid und trat einen Schritt an die Rampe. »Aber wenn ich ein einziges herauspicken soll, dann ist das ...«, erwartungsvolle Pause, »... *Winterzauberwald.*«

Die Menge war begeistert.

»Ist das das Lied mit dem dummen Text? Das Lied, das Stefan so hasst?«, fragte ich Moritz.

Er betrachtete seinen Patensohn, der sich gerade einen von Tante Margrets alten Leuchtstäben aussuchen durfte, und nickte. »Ja, genau das. Aber ich habe das Gefühl, dass Stefan seine Meinung darüber gerade revidiert.«

Wenig später wusste auch ich, dass tief im Wald tatsächlich kein Licht scheint und dass das Herz manchmal weint. Tante Margret und Stefan schunkelten Arm in Arm im Takt und hielten ihre Leuchtstäbe in die Luft. Sie grölten mit, beide. Vor allem Stefan war erstaunlich textsicher. *Er hält dich warm, mein Winterzauberwald, dort ist uns niemals kalt.*

Na dann.

»Ich kann's nicht fassen«, sagte Moritz gefühlte vier Stunden später. »Ist es wirklich vorbei?«

Ich nickte. »Ja, das ist es wohl.« Ich legte meinen Schal um und schulterte meine Handtasche. Wir standen draußen vor der Lanxess-Arena. Stefan war soeben von seiner Mutter abgeholt worden, allerdings erst, nachdem Moritz ihm zwei Brigitte-Ross-CDs gekauft hatte. Darauf hatte er bestanden – als kleine Entschädigung für die Verwechslung.

»Jetzt bist du nicht mehr der schlechteste Patenonkel der Welt. Das ist die gute Nachricht«, sagte ich.

Moritz steckte die Hände in die Hosentaschen und sah mich an. »Was ist die schlechte?«

Ich grinste. »Stefan wird wiederkommen wollen.«

»Vielleicht kann er ja dann mit deiner Tante gehen, die beiden haben sich doch so gut verstanden. Zumindest nach Elenas Gastauftritt. Außerdem verfügt deine Tante ja auch über die besten Insiderinformationen – und die besten Kontakte.« Vielsagend zwinkerte er in ihre Richtung.

Tante Margret hatte im Unterschied zu Stefan kein Interesse an weiteren Merchandise-Artikeln gehabt, sie besaß ja schon alles. Jetzt unterhielt sie sich mit den vier übergewichtigen Mittfünfzigerinnen aus dem Stehplatzbereich, die sie in der Pause kennengelernt hatte. Soweit ich das mitbekommen hatte, hatten sie meiner Tante sehr viele Komplimente für ihre Haare gemacht.

Der lackschwarze Pagenkopf saß auch jetzt bombenfest, als sie auf mich zugestöckelt kam. »Leni, die Mädels und ich wollen noch weiterziehen. Da ist eine Schlagerparty in einer Kneipe in Mülheim. Willst du mit?«

»Äh«, machte ich. »Das ist total nett, dass ihr noch was machen wollt und dass ich mitkommen soll, aber ... ich ... bin ... sehr müde. Und ich habe morgen einen anstrengenden Tag vor mir.« Ich hatte ein schlechtes Gewissen, weil ich log, aber bevor ich mich weiter schlecht fühlen konnte, drückte Tante Margret mich schon an ihre Brust.

»Klar, versteh ich doch. Du bist doch unser Karrieremädchen.« Sie küsste mich auf die Wange. »Es war toll. Vielen Dank, dass du mitgekommen bist. Wir zwei haben immer so viel Spaß, nicht wahr?«

»Ja ... äh ... natürlich«, sagte ich.

Tante Margret ließ mich los. Dann drückte sie Moritz noch kurz an sich und stolzierte davon. Aus der Entfernung sah ich, dass eine ihrer neuen Freundinnen ein paar Piccolos aus ihrer Tasche zauberte, und gleich darauf machte sich die kleine Gruppe auf den Weg zu ihrer Schlagerparty.

Moritz sah mich an. »Und jetzt?«

Ich drehte mich zu ihm. »Ich bin nicht müde. Wenn ich jetzt schon schlafen gehe, bekomme ich Albträume von einem Winterzauber-Waldschrat mit langen künstlichen Fingernägeln und lackschwarzem Pagenkopf. Der wiegt mich dann in seinen haarigen Armen und singt *Aus diesem Traum möchte ich nie-niemals erwachen.*« Ich schüttelte mich.

Moritz nickte verständnisvoll. »Das klingt furchtbar. Vielleicht sollten wir einfach noch was trinken gehen.«

Ich lächelte. »Das hört sich gut an.« Wir gingen nebeneinander die Stufen hinunter. »Bestimmt rieche ich schon nach

Schlager.« Ich blieb stehen, um am Ärmel meines Blazers zu schnuppern. »Ich hab das Gefühl, dass da etwas an mir hängen geblieben ist.«

Moritz drehte sich im Laufen zu mir um. »Nein, du duftest ganz wunderbar.«

»Das liegt daran, dass du auch nach Schlager riechst.« Ich schloss wieder zu ihm auf. »Du bemerkst das bei mir gar nicht mehr.«

Er lachte. »Dann werden wir zwei wohl heute unter uns bleiben. Die anderen werden uns meiden.«

Ich nickte. »So wird es sein.«

Die richtige Menge Alkohol wusch den Schlagergeruch bald weg, aber ein Problem war noch nicht gelöst. Ich schaute verdrossen in mein Glas. »Mein Bruder hat mich ausgetrickst. Eigentlich hätte er heute mitgehen müssen. Stattdessen hat er sich einen schönen Abend mit der fünften Staffel von *Twenty Four* gemacht.«

Bis zur dritten hatte ich mitgeguckt, dann aber aufgegeben, weil es ja doch immer das Gleiche war: Jack, Chloe und die Atombombe.

»Hat er die fünfte Staffel schon mal gesehen?«

»Nein, er wollte immer die Komplettbox mit allen Extras haben, wenn sie richtig günstig ist. Und das war seiner Meinung nach erst vor zwei Wochen der Fall.«

»Dann schreib ihm, dass David Palmer sterben wird«, sagte Moritz. »Ermordet.«

Ich grinste, holte mein Handy hervor und tippte. Jetzt würde mein lieber Bruder nicht nur seinen besten Kumpel Stinke-Tommi an unsere Cousine verlieren, sondern auch seinen afroamerikanischen Präsidenten. Eine ganze Staffel *Twenty Four* ruiniert und versaut!

»Oh, und die Chinesen kriegen Jack am Ende der fünften Staffel«, sagte Moritz.

Ich schickte gleich noch eine SMS hinterher und steckte das Handy weg. Zufrieden sah ich Moritz an. Besser hätte ich es meinem Bruder nie heimzahlen können!

Moritz stützte den Kopf auf und schmunzelte. »Und, noch Angst vorm Schlafengehen?«

Ich leerte das fünfte Glas Martini. »Wieso, willst du mich ins Bett bringen?«

Er lachte in sich hinein, setzte sich plötzlich auf und nickte entschlossen. »Ja, das will ich«, sagte er, stand auf und ging an mir vorbei.

»Äh …« So hatte ich das wirklich nicht gemeint! Ich drehte mich so schwungvoll um, dass ich fast vom Barhocker rutschte. Schnell krallte ich mich in den Tresen. »Das war ein Scherz!«, rief ich ihm nach. Aber da war er schon beim Barkeeper und bezahlte unsere Rechnung. Als er wieder vor mir stand, kletterte ich vom Hocker und griff nach meiner Handtasche. »Du musst mich nicht ins Bett bringen. Wirklich nicht.«

Er verschränkte die Arme. »Wieso? Macht das jemand anders?«

Ich nickte und versuchte, sehnsuchtsvoll an ihm vorbeizusehen. »*Ein Schiff wird kommen*«, sang ich leise und ging Richtung Tür, die Hand auf dem Herz, »*und das bringt mir den einen, den ich so lieb wie keinen und der mich glücklich macht.*«

Moritz folgte mir. »Das kannst du meinen Fischen vorsingen«, schlug er vor. »Carl und Heinz mögen das vielleicht.«

»*Ein Schiff wird kommen und meinen Traum erfüllen, und meine Sehnsucht stillen, die Sehnsucht mancher Nacht*«, sang ich auf der Straße, bis ich nicht mehr weiterwusste.

»Das hast du dir aber gut gemerkt«, sagte Moritz und zog seine Jacke an.

Ich hob die Schultern. »Das hat mir tatsächlich gefallen. Es ist ein alter Schlager, den schon Caterina Valente gesungen hat. Aber ich glaube, es geht darin um eine Hure, die auf ein Schiff voller Freier wartet.« Ich seufzte und kratzte mich am Kopf. »Das verraten wir deinen Fischen besser nicht.«

Er stemmte die Hände in die Hüfte und sah mich an. »Ja, besser nicht«, sagte er und kam fast unmerklich einen Schritt näher. »Hast du dir noch mehr Texte gemerkt?«

Ich schüttelte den Kopf, kam ihm ebenfalls ein kleines Stück entgegen, doch da war meine Fußspitze schon an seine gestoßen. Ich sah in seine braunen Augen und schluckte.

»Ich wüsste noch ein Lied.«

»Ja?«

Er räusperte sich und versuchte sich nun ebenfalls an einer sehnsüchtigen Miene. *»Dieser Abend darf kein Ende sehen«*, sang er leise.

»Genug geträllert«, sagte ich schnell und legte ihm eine Hand auf den Mund.

Er zog die Hand runter, hielt sie fest und sah mich tragisch an. Er legte die Arme um meine Taille. »Aber *In deinen Armen soll es immer und ewig genauso weitergehen.*«

»Hör auf, bitte«, flehte ich, aber Moritz drehte mich nun im Kreis über den Bordstein. *»Dieser Abend darf kein Ende sehen.«*

Da nahm ich seinen Kopf in beide Hände, und bevor ich wirklich wusste, was ich tat, drückte ich meine Lippen auf seine.

Er blieb überrascht stehen, und schnell löste ich mich von seinem Mund. »Ich ... äh ...«

»Wenn du aufhörst, mich zu küssen, sing ich weiter«, drohte er flüsternd.

»Das kann ich nicht zulassen«, raunte ich und schloss die Augen, als ich seine Lippen erneut spürte. Seine Arme schlossen sich enger um meine Taille, und bald schon nahmen mir Moritz' Küsse den Atem.

Natürlich schaute nur der Mond zu. Ja, und alles, was ich wollte, warst nur du, also war er. Ist das nicht immer so? Muss man denn in jedem Schlagertext so tun, als sei das besonders erwähnenswert? Als gäbe es Worte für das, was dann kam.

»Am Chlodwigplatz, hast du gesagt, wohnst du?«, fragte ich zwischen zwei Küssen.

»Ja«, sagte Moritz und sah mich an, »ist nicht weit.«

»Dann lass uns aufbrechen.«

Moritz nickte, lächelte und nahm meine Hand, und dann sind wir einfach zu ihm gegangen.

Auch wenn ich keine Minute geschlafen habe, endete natürlich auch diese Nacht. Der Abend sah ein Ende. Moritz' Fische habe ich nicht gesehen, ich kann mich zumindest nicht an sie erinnern.

Stefan schrieb Tante Margret Wochen später eine SMS, in der er berichtete, dass er in Carl einen Verbündeten habe, während Heinz' Musikgeschmack dem Tante Margrets angeblich näher stünde. Stefan wird wissen, wovon er schreibt, aber ich kann mich an die Barsche, wie gesagt, nicht erinnern.

Ich erinnere mich nur an viele Küsse, herrliche Küsse, und manchmal denke ich, dass ich Moritz doch noch einmal hätte anrufen sollen. Aber was auf einem Schlagerkonzert passiert, bleibt besser auf einem Schlagerkonzert. Denn, um mit Brigitte Ross zu sprechen: *Das mit ihm war zu viel Wahnsinn.*

Schalala

~ Moritz ~

Von: MaBet <cocoproject@cologne.net>
Betreff: **Rheinauhafen/Summer Nights**
Datum: 14. Oktober 2012 11:30 MESZ
An: MoritzSomm <mailmotz@linientreu.com>

Lieber Herr Sommer,
ich wollte Ihnen nur die Daten unseres FTP-Servers zukommen lassen, Sie finden alle Informationen im Anhang. Bitte klären Sie mit den Herstellern ab, ob alle ausgewählten Bilder in der entsprechenden Auflösung an Bord sind, ggf. beauftragen Sie die externe Bildredakteurin mit einer kleinen Postrecherche, das geht dann auf unsere Kostenstelle. Denken Sie bitte auch an den Farbabgleich für die U2 und die U4, vielen Dank!

Schalala, Ihre Maren Bettermann

~ ~

Von:	MoritzSomm <mailmotz@linientreu.com>
Betreff:	Re: **Rheinauhafen/Summer Nights**
Datum:	14. Oktober 2012 12:04 MESZ
An:	MaBet <cocoproject@cologne.net>

Schalala? Frau Kollegin haben heute schon am Schaumwein geschnüffelt? Nichts für ungut . . . :-) Um die Fotos und den Farbabgleich kümmert sich unser Grafikleiter. Oder soll ich in den nächsten Tagen noch mal bei Ihnen im Büro vorbeikommen?

~ ~

Von:	MaBet <cocoproject@cologne.net>
Betreff:	ReRe: **Rheinauhafen/Summer Nights**
Datum:	14. Oktober 2012 12:21 MESZ
An:	MoritzSomm <mailmotz@linientreu.com>

Nein, nicht nötig, Herr Sommer. Wir vertrauen Ihnen, das wissen Sie doch. Einem so profunden Liebhaber deutschen Liedgutes. :-)

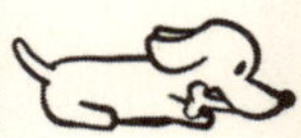

~ ~

Von:	MoritzSomm <mailmotz@linientreu.com>
Betreff:	Re: **Rheinauhafen/Summer Nights**
Datum:	14. Oktober 2012 12:36 MESZ
An:	MaBet <cocoproject@cologne.net>

Ich verstehe . . . Sagen Sie schon: Lassen Sie mich beschatten? Oder woher wissen Sie, dass ich auf dem Brigitte-Ross-Konzert war?

~ ~

Von: MaBet <cocoproject@cologne.net>
Betreff: ReRe: **Rheinauhafen/Summer Nights**
Datum: 14. Oktober 2012 12:46 MESZ
An: MoritzSomm <mailmotz@linientreu.com>

Schauen Sie sich mal die Kulturseiten im *Express* an. Na gut, schauen Sie den Innenteil an, da, wo sie behaupten, Kulturberichterstattung zu machen: Da sieht man ein Bild von Ihnen und Ihrer hübschen Begleiterin.

Scheint ein schöner Abend gewesen zu sein!

~ ~

Von: MoritzSomm <mailmotz@linientreu.com>
Betreff: Re: **Rheinauhafen/Summer Nights**
Datum: 14. Oktober 2012 14:11 MESZ
An: MaBet <cocoproject@cologne.net>

Na ja, wenn man von der Musik absieht. Glauben Sie mir, ich war da nicht freiwillig. Mein Patenkind zwang mich dazu. Und diese Frau, die vermutlich auch auf dem Bild der Lokalpresse zu sehen ist, habe ich zufällig dort kennengelernt. Also, wenn Sie schon fragen …

~ ~

Von: MaBet <cocoproject@cologne.net>
Betreff: ReRe: **Rheinauhafen/Summer Nights**
Datum: 14. Oktober 2012 14:19 MESZ
An: MoritzSomm <mailmotz@linientreu.com>

Ich habe gar nicht gefragt. Aber es ist schon erstaunlich, wie schnell Sie bereit sind, fremde Konzertbesucherinnen in den Arm zu nehmen, Herr Sommer! :-)
Oder haben Sie wieder den schnellen Sven aus Hamburg ins Spiel gebracht?

~ ~

Von: MoritzSomm <mailmotz@linientreu.com>
Betreff: Re: **Rheinauhafen/Summer Nights**
Datum: 14. Oktober 2012 14:23 MESZ
An: MaBet <cocoproject@cologne.net>

Liebe Frau Bettermann, ich glaube, ich habe mich dafür schon zwei- bis zwanzigmal entschuldigt. Es war dumm und unhöflich. Ich wünschte, ich könnte es ungeschehen machen.

~ ~

Von: MaBet <cocoproject@cologne.net>
Betreff: ReRe: **Rheinauhafen/Summer Nights**
Datum: 14. Oktober 2012 14:52 MESZ
An: MoritzSomm <mailmotz@linientreu.com>

Ach, Schnee von gestern ... Vergessen Sie es einfach. Hauptsache, Sie lassen unseren Flyer gut aussehen. Wir sind schließlich Profis, was, Herr Sommer?

~ ~

Von: MoritzSomm <mailmotz@linientreu.com>
Betreff: Re: **Rheinauhafen/Summer Nights**
Datum: 14. Oktober 2012 15:01 MESZ
An: MaBet <cocoproject@cologne.net>

Sicher, totale Profis. Die Frau auf dem Foto ist übrigens nicht meine Freundin, wollte ich nur mal bemerkt haben. Ich habe sie seit diesem Abend nicht mehr wiedergesehen!

~ ~

Von: MaBet <cocoproject@cologne.net>
Betreff: ReRe: **Rheinauhafen/Summer Nights**
Datum: 14. Oktober 2012 15:17 MESZ
An: MoritzSomm <mailmotz@linientreu.com>

Lieber Herr Sommer, vielen Dank für diese ausführlichen Informationen über Ihr Privatleben. Wäre aber jetzt wirklich nicht nötig gewesen. :-)

~ ~

Von: MoritzSomm <mailmotz@linientreu.com>
Betreff: Re: **Rheinauhafen/Summer Nights**
Datum: 14. Oktober 2012 15:32 MESZ
An: MaBet <cocoproject@cologne.net>

Gesetzt den Fall, dass da ein leicht spöttischer Ton in Ihrer letzten Mail mitschwang, was ich mir ja prinzipiell bei unserer so fruchtbaren professionellen Beziehung kaum vorstellen kann, so würde ich dann doch mal neugierig fragen: Flirten Sie mit mir?

~ ~

Von: MaBet <cocoproject@cologne.net>
Betreff: ReRe: **Rheinauhafen/Summer Nights**
Datum: 14. Oktober 2012 15:34 MESZ
An: MoritzSomm <mailmotz@linientreu.com>

Träumen Sie weiter, Sie Hotelcasanova! :-)

~ ~

Von: MoritzSomm <mailmotz@linientreu.com>
Betreff: Re: **Rheinauhafen/Summer Nights**
Datum: 14. Oktober 2012 15:35 MESZ
An: MaBet <cocoproject@cologne.net>

Mach ich doch, nichts anderes mache ich . . .

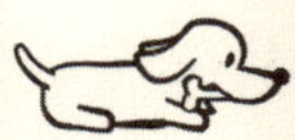

10. Der Held in meinem Bett

~ Nele ~

von Daniela Schuld

Manchmal denke ich, dass mein Leben nicht weniger absurd ist als ein Film. An Tagen, wo es einer Romantic Comedy ähnelt, finde ich das ganz okay. Wenn es aber zu einem Woody-Allen-Film mutiert, dann würde ich manchmal gerne einfach nur »Schnitt!« rufen und noch einmal ganz von vorn anfangen. Zum Beispiel an jenem Tag im November, als ich gleich zwei Männern olivenölverschmiert gegenüberstand.

»Und du meinst, das funktioniert?« Fragend sah ich erst auf die Rolle Küchenpapier und die Flasche kaltgepressten Olivenöls in meinen Händen und dann auf Sascha.

»Müsste. Ist ja Gummi.«

»Mhm.« Ich war noch immer nicht überzeugt. Aber da ich nicht nur skeptisch, sondern in vielen Bereichen des normalen Lebens auch ziemlich unpraktisch veranlagt war, blieb mir auch jetzt nichts anderes übrig, als mich auf Sascha zu verlassen. Schließlich war er gerade der einzige Mann in meinem Leben.

»Versuch's halt«, ermunterte er mich, bevor er aus meinem Zimmer in Richtung Küche verschwand.

Ich schaute noch einmal auf die Gegenstände in meiner Hand und seufzte. Dann fasste ich mir ein Herz.

Na, dann los!

Ich kletterte auf meinen Schreibtisch, öffnete das Fenster und genoss einen Augenblick lang das Panorama der nächtlichen Stadt. Obwohl ich nie ein Freund von Hochhäusern gewesen war, musste ich zugeben, dass die Aussicht aus dem zehnten Stock echt was hatte. Aber das war nun zweitrangig. Jetzt ging es erst einmal um meine Nachtruhe.

Für das Wochenende war schwerer Sturm vorausgesagt. Und da es durch meine Fenster bereits in weniger windigen Nächten zog wie Hechtsuppe, versuchte ich, Abhilfe zu schaffen, indem ich die Gummierungen meines Fensters mit Öl einschmierte. Das fand ich persönlich ziemlich verrückt, aber gut – wenn Sascha meinte. Schaden konnte es jedenfalls nicht.

Ich riss einige Stücke Küchenpapier ab und ließ etwas Öl darauf tropfen.

»Und?« Sascha war wieder zurückgekommen und lehnte lässig an meinem Türrahmen. Seinem breiten Grinsen nach zu urteilen, amüsierte er sich gerade köstlich über den Anblick, den ich ihm bot.

»Ja ja, läuft alles bestens.«

Ich schmierte, als sei es meine neue Berufung, und bemühte mich zugleich, dabei auch noch möglichst gut auszusehen.

»Du, Kleine, ich mach mich gleich mal vom Acker. Ich habe da so ein Mädel kennengelernt, mit dem ich mich treffe.«

Seine Worte versetzten mir einen Stich ins Herz. Sascha war nicht nur mein Mitbewohner, sondern obendrein auch noch der Mann, der mein Herz jedes Mal wilde Kapriolen schlagen ließ, wenn ich nur an ihn dachte.

»Aha. Und wo geht ihr hin?«, fragte ich und versuchte, möglichst unbeteiligt zu klingen.

»Erst mal ins ›Meer sehen‹ ’nen Cocktail schlürfen, dann

wahrscheinlich noch ins ›Underground‹ oder in den ›Sonic‹«, sagte er, bevor er wieder in sein Zimmer verschwand.

Das hörte sich nach einem sehr schönen Abend an. Nur leider war Sascha wieder mal mit der falschen Frau unterwegs.

Nicht mit mir.

Wir waren nur Freunde.

Daran änderte auch nichts, dass wir vor anderthalb Jahren nach einem feuchtfröhlichen Ehrenfeld-Hopping miteinander abgestürzt waren und eine wunderbare Nacht miteinander verbracht hatten. Leider hatte er sich am nächsten Morgen und mit wieder halbwegs klarem Kopf recht zügig daran erinnert, dass er grundsätzlich nichts mit Mitbewohnerinnen anfängt. Ein toller Zeitpunkt für diese wunderbare Erkenntnis! Schon damals war ich nämlich seit mehr als einem halben Jahr in Sascha verliebt gewesen. Und natürlich hatte ich immer die Hoffnung gehabt, dass er sich irgendwann einmal auch in mich verlieben würde. Doch leider: Fehlanzeige.

Ich wusste, dass es ziemlich blöd war, so viel Lebenszeit an einen Kerl zu verschwenden, der einem klipp und klar gesagt hatte, dass er kein Interesse habe. Aber mein Herz ließ da nicht mit sich diskutieren.

Seufzend widmete ich mich wieder den Gummis an meinem Fenster. Irgendwann würde hoffentlich selbst mein dummes Herz erkennen, dass auch andere Mütter nette Söhne haben.

Auf der Straße war einiges los. An der Bushaltestelle warteten bereits die ersten Nachtschwärmer, Herr Vollmers aus dem einundzwanzigsten Stock kam gerade mit seinem Hund vom Gassigehen zurück, und ein Verrückter fuchtelte wie wild mit den Armen und schrie. Ein ganz normaler Samstagabend.

»Sag mal, soll ich lieber das blaue oder das schwarze Poloshirt anziehen?«

»Was?« Ich schreckte zusammen und stieß mir den Kopf am Fensterrahmen. »Autsch!« Ich griff mir an die Stirn und drehte mich ein wenig schwankend um.

»Hast du dir wehgetan?« Sascha stand mit nacktem Oberkörper vor meiner Tür, ein Shirt in jeder Hand, und sah mich mit großen Augen an.

»Nee, ist schon okay. Was wolltest du?«

»Das blaue oder das schwarze?« Er wedelte mit den T-Shirts rum.

»Hm ... Ich mag das blaue lieber. Passt gut zu deinen Augen.«

»Okay. Danke.« Er hängte das schwarze Shirt über meine Türklinke und zog sich das andere über. Sascha war ziemlich schlank, hatte aber trotzdem ganz ansehnliche Muskeln.

Unglaublich! Der Mann sieht sogar gut aus, wenn er sich anzieht.

Ich biss mir auf die Lippen.

Ablenken! Blumenwiese ... Blumenwiese ...

Bevor ich mich versah, war er auch schon wieder verschwunden.

Ob er solche Sachen eigentlich extra machte? Es konnte doch nicht sein, dass er nicht merkte, wie verliebt ich in ihn war. Spielte er vielleicht mit mir und benutzte mich nur, um sein Ego aufzupolieren? Der Gedanke gefiel mir nicht.

Ich ölte die Fenstergummis schnell fertig ein und stieg gerade von meinem Schreibtisch, als es an der Tür klingelte.

Das wird doch wohl nicht Saschas Date sein?!

Horchend blieb ich in meinem Zimmer stehen.

»Sie ... darf ... nicht ... nicht ...«, sagte eine laute, aber angenehm tiefe Männerstimme.

Ein Mann. Glück gehabt!

»Sie ... boah!« Unser Besucher rang anscheinend ziemlich nach Luft.

»Nele!«, rief Sascha. »Ich glaube, das ist für dich.« Er klang verwirrt.

Dann hörte ich ein Poltern, und ein gut aussehender Typ erschien in meinem Türrahmen. Er trug einen dunkelblauen Billabong-Kapuzenpulli, gut sitzende und leicht verschlissene Jeans und coole blaue Sneakers. Seine wuscheligen braunen Haare fielen in sein vor Anstrengung gerötetes Gesicht. Und er war noch immer ziemlich außer Atem.

»Tu's ... äh ...« Er stockte. »Hä?«

Wir sahen uns an, und ich fürchtete, dass ich ihn genauso fassungslos anstarrte wie er mich.

Stille.

Peinliche Stille.

Jetzt bin ich aber mal gespannt, was der Typ hier will. In meinem *Zimmer. Na, wenigstens scheint er kein durchgedrehter Kettensägenkiller zu sein. Das ist an und für sich ja schon mal positiv.*

»Kannst du mir mal erklären, was hier los ist?«, fragte Sascha, der inzwischen hinter Mr. Unbekannt aufgetaucht war.

»Ehrlich gesagt wüsste ich das selbst gern.«

»Ähm ...« Einsatz fremder Typ, der dritte.

»Jaaa?«, ermunterte ich ihn.

»Ähm ... Das ist mir jetzt ein bisschen peinlich ...« Mr. Unbekannt starrte abwechselnd zu mir und auf den Boden.

Ich sah ihn fragend an. »Was jetzt genau?«

»Ich dachte ... ähm ... na ja ... Ich dachte, du wolltest dich umbringen.«

Meine Fassungslosigkeit wandelte sich in Entsetzen. Zugegeben, mein Leben verlief gerade nicht optimal, aber das war noch lange kein Grund, es mir zu nehmen. »Ich mich umbringen? *Wieso?*«

»Ich hab dich von unten am Fenster stehen sehen und gedacht, du wolltest springen.«

Dann ist er *also der Verrückte, der vor einigen Minuten so rumgeschrien hat. Na, er scheint sportlich zu sein, wenn er es in der kurzen Zeit bis hier hoch geschafft hat.*

Seine warmen braunen Augen wanderten an mir hinunter.

Ich folgte seinem Blick und landete bei der Ölflasche in meiner Hand. Die hatte ich komplett vergessen.

Oh mein Gott!

Ich musste ja ziemlich bescheuert aussehen. Völlig versifft, in der einen Hand eine Flasche Olivenöl, in der anderen triefendes Küchenpapier.

Das war mal wieder typisch: Mein Traummann und ein unbekannter, auf jeden Fall aber gut aussehender Typ standen in meinem Zimmer, und ich war total eingeölt. Und das nicht im Christina-Aguilera-Stil wie in ihrem *La Tortura*-Video, sondern eher so gar nicht sexy. Ein klassischer Fall von Bridget Jones. Und an die wollte ich nun gerade gar nicht erinnern.

»Was zur Hölle hast du dann im Fenster gemacht?«, wollte Mr. Unbekannt nun wissen.

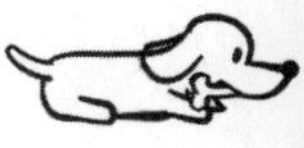

»Öh ... Also, ich habe es eingeschmiert. Weil heute Nacht Sturm kommen soll.«

Wow! Herzlichen Glückwunsch! Das war ja mal wieder ein Paradebeispiel wunderbarer Schlagfertigkeit.

Er sah mich verwirrt an. »Ja, dann habe ich mich wohl geirrt. Sorry! Ähm ... Ich geh dann mal wieder. Schönen Abend noch.«

Bevor ich etwas sagen konnte, drehte er sich auf dem Absatz um und verschwand noch schneller, als er gekommen war, Richtung Tür.

»Ich weiß echt nicht, warum du dir das antust«, sagte meine Freundin Melissa.

Wir waren mit der ganzen Clique im »Päff«. Und mein lieber Mitbewohner hatte nichts Besseres zu tun gehabt, als seine Pläne zu ändern und ebenfalls hierherzukommen. Dachte wohl, es sei eine gute Gelegenheit, uns seine neueste Flamme vorzustellen. Schließlich waren die beiden nun zwei Wochen zusammen, wie ich eben erfahren hatte. Das war für ihn ja schon eine Langzeitbeziehung.

Während die anderen auf der Tanzfläche ihren Spaß hatten, saßen Melissa und ich an der Theke. Ich konnte mir das Trauerspiel nämlich nicht aus nächster Nähe antun. Nach meinem Fenstererlebnis war ich sowieso schon total mies drauf gewesen. Jetzt versuchte ich nicht nur, Saschas Date möglichst unauffällig mit meinen Blicken zu töten, sondern bemühte mich auch, meinen Frust in Alkohol zu ertränken. Zumindest Letzteres klappte bisher ganz gut.

»Und du brauchst mir auch gar nicht zu erzählen, dass du über ihn hinweg bist.« Melissa sah mich streng an. »Das bist du *nicht*. Das sieht ein Blinder mit Krückstock.«

Ja ja. Bla bla. Blubb.

»Und jetzt roll nicht mit den Augen, Süße.«

Manchmal hasste ich mich dafür, dass mein Gesicht wie ein offenes Buch war. Wenigstens für einige Leute.

»Du hast ja recht.« Ich linste in Saschas Richtung und sah, wie er um das blonde Gift herumscharwenzelte.

Was findet er nur an dieser Schnepfe? Ganz abgesehen davon, dass sie noch nicht mal eine echte Blondine ist, sieht sie aus, als sei sie in den Schminktopf gefallen, und ist außerdem dumm wie Brot. Zu allem Überfluss heißt sie auch noch Jaqueline. Schak-ke-li-ne. Uargh! Ab und an übertrifft das Klischee sich wirklich selbst.

Melissa legte aufmunternd eine Hand auf meinen Arm. »Komm, wir suchen dir einen netten Typen, der sich auch für *dich* interessiert.«

»Ich will aber nicht irgendeinen, ich will *ihn* ...«, nölte ich. Mein Alkoholpegel sorgte langsam, aber sicher dafür, dass meine Stimmung von frustrierter Wut in weinerlichen Weltschmerz überging.

»Ja, das mag sein. Aber irgendwann muss man auch mal einsehen, wenn nicht nur eine Schlacht, sondern auch ein Krieg verloren ist.«

»*Das* war das Wort zum Sonntag!«

»Jetzt werd nicht gleich wieder ironisch! Das hilft dir auch nicht«

»Das ist keine Ironie. Das ist in Zynismus übergehender Sarkasmus.«

»Das macht die Sache nicht besser.«

Ich winkte entnervt ab. Melissa war ein Schatz, und ich hatte sie wirklich lieb. Aber wir führten diese Diskussion jetzt schon zum x-ten Mal, und manchmal ging sie mir mit ihrem Realitätssinn ziemlich auf den Wecker. Gerade war manchmal.

Melissa ließ sich jedoch nicht beirren. »Ständig schleppt er irgendwelche Tussen ab, aber mit keiner hält er es länger als zwei Wochen aus – wenn überhaupt«, sagte sie. »Was willst du mit so einem? Der Kerl ist einfach beziehungsunfähig!«

»Erstens ist er mit Miss Wasserstoff jetzt schon zwei Wochen zusammen, und sie turteln immer noch ganz verliebt miteinander rum. Und zweitens ist sogar Robbie Williams inzwischen verheiratet ...«

Melissa schaute mich mitleidig an und schüttelte den Kopf. »Schlag dir den Typen aus dem Kopf. Er ist es nicht wert, dass du so viel Zeit auf ihn verschwendest! Er steht einfach nicht auf dich! Kapier's endlich!«

Zack! Schlag ins Gesicht. Zugegeben: Das habe ich manchmal nötig.

»Aber ...«

»Wie lange rennst du ihm jetzt schon hinterher? Ein Jahr, zwei? Mensch, Süße! Du bist eine so tolle Frau, lieb, hübsch *und* intelligent. Du brauchst einen Typen, der das zu schätzen weiß! Und Sascha tut das nicht. Der kommt mit einer Frau wie dir doch gar nicht klar. Glaub's mir! Du brauchst einen richtigen Mann. Einen, der notfalls in der Lage wäre, einen Drachen zu erschlagen.« Ihr Blick sondierte den Raum. »Vielleicht ist dein Traumprinz schon hier, und du hast ihn nur noch nicht gesehen.«

»Ich renne ihm ja gar nicht hinterher …«, wandte ich ein, ignorierte ihre plötzliche Affinität zu mittelalterlichen Drachentötern und konzentrierte mich stattdessen auf die Caipi vor mir.

Schönes Schirmchen – so pink …

»Oh …« Melissa starrte aufmerksam Richtung Eingang.

»Was?« Ich versuchte zu erkennen, wen sie auf dem Radar hatte. Leider hatte ich meine Brille nicht auf. Deshalb konnte ich zunächst nur erkennen, dass ein Mann auf uns zukam. Ziemlich groß. Dunkler Typ. Mit einer coolen schwarzen Lederjacke. Erst, als er sich in unserer Nähe an die Theke stellte, erkannte ich ihn. Es war Mr. Unbekannt.

»Oh nein!«

»Wieso nicht?«, fragte Melissa. »Der Typ ist der absolute Burner!«

Ich wollte mich hinter meinem Cocktailschirmchen verstecken, hatte aber keine Chance.

Mr. Unbekannt hatte mich bereits entdeckt und zu allem Überfluss auch noch wiedererkannt. Und nun kam er auf uns zu.

»Hallo Olivenölmädchen«, begrüßte er mich, als er vor mir stand, und schenkte mir ein strahlendes Lächeln.

»Ach? Ihr kennt euch?« Melissa riss erstaunt die Augen auf.

»Na ja, kennen ist zu viel gesagt. Aber das kann sich ja noch ändern«, sagte Mr. Unbekannt und hielt mir die Hand hin. »Ich bin Moritz.«

»Hallo Moritz«, sagte ich und schüttelte seine Hand. Fühlte sich gar nicht schlecht an. »Nele. Und das ist Melissa.«

»Hallo Melissa!«

Noch mal Händeschütteln.

»Hey!«, sagte sie und grinste wie ein Honigkuchenpferd. Anscheinend hatte sie inzwischen geschnallt, wer er war. Natürlich hatte ich ihr schon von seinem absurden Auftritt erzählt. Sie fand das Ganze unglaublich romantisch. »Du bist also der Typ, der unsere Nele heldenhaft vor dem Suizid retten wollte?«

Oje, sie schmilzt schon dahin! Schade, dass sie bereits seit drei Jahren glücklich liiert ist. Sonst hätten wir ihren *Traummann gerade gefunden.*

»Tja …«, sagte Moritz und errötete leicht. »Der bin ich wohl.«

»Das finde ich *so* süß! *Solche* Männer brauchen wir!« Melissa strahlte erst ihn und dann mich an. »Ach, wenn du schon so ein kühner Ritter bist, dann pass doch mal bitte kurz auf Nele auf. Ich muss nämlich mal ganz dringend wohin.«

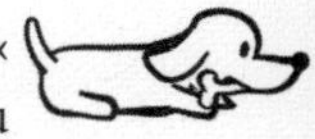

»Kühner Ritter?«

»Pass mal kurz auf Nele auf?«

Was zur Hölle ist denn in ihrem Cocktail?

Schon gab Melissa den Platz neben mir frei und verzog sich in Richtung Toilette.

Moritz stellte sich neben mich und kam mir dabei ziemlich nah.

Hmm, er riecht gut.

»Darf ich dich vielleicht auf ein Wasser einladen?«

Wasser? Ist es schon so schlimm um mich bestellt, dass mir ein Typ ein Wasser anbietet? Oh Gott!

»Oder verträgst du noch eine Caipi?«

Ah ... geht doch!

»Och, ich denke, eine geht noch.«

»Na dann.« Er gab dem Barkeeper ein Zeichen.

Was hat Melissa mir da nur wieder eingebrockt?

»Und? Inzwischen noch andere Mädels vor Selbstmord und anderen dummen Taten gerettet?« Ich lachte ein wenig zu laut und zu künstlich.

Mein Gott! Was rede ich da?

»Nee, nach meinem Misserfolg bei dir habe ich beschlossen, dieses Heldending für die jüngere Damenwelt einzustellen. Jetzt helfe ich nur noch alten Omas über die Straße. Da macht man sich nicht so zum Affen.«

Als er mich anlächelte, sah ich die Lachfältchen um seine Augen.

»So, bitte schön.« Der Barkeeper stellte uns eine Caipi und ein Kölsch hin.

»Na denn ...« Moritz nahm sein Bier in die Hand. »Prost!«

»Auf die Helden des Alltags!«, sagte ich und stieß mit ihm an.

Er sah sich um. »Ist eigentlich ganz cool, der Laden. Bist du öfter hier?«

»Ach, wir gehen ab und zu schon mal hierhin.«

»Du und deine Freundin?«

»Und unsere Clique ...« Ich deutete mit dem Kopf auf meine Leute. Dabei kam ich nicht umhin festzustellen, dass Sascha inzwischen mit seiner Schakki in einer Ecke stand und wild rumknutschte. Mir drehte sich der Magen um. Melissa war offenbar von der Toilette zurückgekehrt – wenn sie denn je dort gewesen war – und wirbelte wild auf der Tanzfläche rum. Auf die konnte ich dann wohl auch nicht mehr zählen.

Schönen Dank auch!

Ich wandte mich wieder an Moritz. »Bist du allein hier?«

»Bisher schon. Gleich kommen noch mein Bruder und ein paar von seinen Kumpels. Wer weiß, wann die hier eintrudeln. Aber bis dahin habe ich ja nette Gesellschaft.« Seine Augen blitzten, als er mich ansah.

»Und was machst du, wenn du nicht gerade auf deinen Bruder wartest?«

»Beruflich, meinst du?«

Ich nickte.

»Ich bin Grafikdesigner. Hab 'ne kleine Agentur mit einem Freund zusammen.«

Ein Kreativling. Ach, wie schön!

Er nippte an seinem Kölsch. »Und was machst du, wenn du nicht gerade im Fenster hängst?«

»Studiere noch. Heilpädagogik.«

»Aha. Und was macht man damit?«

»Ich möchte später gerne in die Frühförderung. Da arbeitet man mit Kindern, die behindert sind oder die Entwicklungsverzögerungen oder Verhaltensauffälligkeiten zeigen.« Ich klärte ihn kurz und bündig über die Inhalte meines Studiums auf und erzählte ihm, dass ich in meinen letzten Semesterferien ein Praktikum in einer heilpädagogischen Spielgruppe bei der Caritas absolviert hatte. »Es hat mir wahnsinnig Spaß gemacht. Und man bekommt von den Kids auch so viel zurück. Das ist wirklich schön.«

»Das hört sich wirklich spannend, aber auch ziemlich anstrengend an. Und was macht man da genau?«

Ich staunte. Moritz schien echt interessiert zu sein. Vielleicht würde der Abend ja doch noch ganz nett werden. Ich durfte nur nicht daran denken, dass mein Traummann hinter meinem Rücken gerade mit Miss Wasserstoff Körperflüssigkeiten austauschte.

Als Ablenkung schien mir Moritz ganz gut geeignet.

Zwei Caipis, zwei Wodka-Shots, fünf Bier und ein paar Stunden später versuchte ich, mit meinem Schlüssel das Schloss meiner Wohnungstür zu treffen. Schwierige Angelegenheit.

Schon wieder vorbei …

»Verdammt!«

Es machte die Sache nicht einfacher, dass Moritz hinter mir stand und mir den Hals abknutschte. Ich schüttelte mich.

»Was denn?«, fragte Moritz beinahe entrüstet.

»Jetzt lass mich doch gerade mal …«

Er ließ nicht wirklich von mir ab.

Na gut, dann eben nicht.

Ich versuchte mein Glück erneut. Jetzt endlich rastete der Schlüssel ein, und die Tür öffnete sich.

Noch während sie aufging, drehte Moritz mich wieder zu sich um und küsste meine Wangen, meine Lippen. »Du bist so süß, Nele!«

»Hmm …« Mehr konnte ich vor lauter Knutscherei nicht sagen.

Moritz schob mich zu meinem Zimmer. »Den Weg kenne ich ja schon.« Er kicherte. Anscheinend hatte der Alkohol auch bei ihm Spuren hinterlassen.

In meinem Zimmer dauerte es keine zwei Sekunden, bis er anfing, erst mir und dann sich die Klamotten vom Leib zu reißen.

Der hat ja ein ganz schönes Tempo drauf … Endlich mal ein Kerl, der weiß, was er will!

Ich schaffte es gerade noch, meinen Zimmerschlüssel umzudrehen, dann zog er mich auf mein Bett.

Ich lag in Moritz' Arm, den Kopf auf seiner Brust. Schläfrig streichelte er mir über den Rücken. Er war wohl kurz davor einzuschlafen. Ich dagegen war hellwach. Eben noch hatte ich jede Minute mit Moritz genossen, jetzt aber ging mir der Blick nicht aus dem Kopf, den Sascha mir zugeworfen hatte, als ich mit Moritz das »Päff« verlassen hatte. Er hatte irgendwie enttäuscht ausgesehen. Aber vielleicht war das auch nur eine Wunschvorstellung.

Ach Sascha …

Ich schloss die Augen. Je nüchterner ich wurde, desto unwohler fühlte ich mich. Und ich hatte die vage Vermutung, dass es kein klassischer Alkohol-Kater war. Nein, es lag an Moritz. Das hier fühlte sich gar nicht gut an. Vielmehr fühlte ich mich mal wieder wie im falschen Film. Fazit: Der Mann musste raus aus meinem Bett, meinem Zimmer, der ganzen Wohnung …

Ich wand mich aus seinem Arm, setzte mich hin und überlegte, wie ich ihn dazu bringen könnte, auf der Stelle nach Hause zu gehen.

Soll ich ihm erzählen, dass meine Eltern morgen ganz früh zu Besuch kommen? Oder ihm einfach die Wahrheit sagen?

Nachdenklich sah ich Moritz an. Er sah richtig süß aus, wie er so dalag und schlief. Und eigentlich war der Abend mit ihm schön gewesen. Wir hatten uns gut unterhalten, er hatte mich zum Lachen gebracht.

Aber es nützte nichts.

Er musste weg.

Sofort.

Ich hasste mich jetzt schon für das, was ich ihm antun würde.

»Komm, Süße. Lass uns pennen.« Moritz versuchte im Halbschlaf, mich wieder zu sich zu ziehen.

»Du? Moritz?«

»Hmm?« Er legte den Arm um meine Hüfte.

»Ähm … sorry … aber …«

Dann hörte ich den Schlüssel in der Haustür.

Sascha! Scheiße! Was macht der denn hier? Warum ist er nicht bei Miss Wasserstoff? Der bringt seine Frauen doch normalerweise nie mit!

Aber ich hörte keine Jaqueline. Anscheinend war er allein.

Panik stieg in mir auf. Mir wurde richtig übel. Sascha durfte auf keinen Fall etwas von Moritz und mir mitbekommen. Klar: Er hatte gesehen, dass ich mit Moritz gegangen war. Aber das hier war etwas völlig anderes.

»Okay, Moritz, es tut mir wirklich leid, aber du musst jetzt gehen«, sagte ich so bestimmt wie möglich.

»Was?« Er hob kurz den Kopf, sah mich an und ließ seinen Kopf dann wieder auf das Kissen fallen. »Red doch keinen Quatsch, und leg dich wieder hin, Süße!«

»Nichts Süße! Das ist mein Ernst! Du musst hier raus! Und zwar sofort!« Ich hörte Sascha im Flur poltern. Anscheinend hatte auch er dem Alkohol noch gut zugesprochen. Das kannte ich gar nicht so von ihm. »Moritz, es tut mir echt so leid. Es hat auch nichts mit dir zu tun, wirklich ...«

»Sondern?« Er schien auf einmal ebenfalls sehr ausgenüchtert.

Es polterte wieder. Ich schaute erschrocken Richtung Tür.

Moritz folgte meinem Blick. »Verstehe.« Er stand auf und griff nach seiner Unterhose, die eben achtlos neben dem Bett gelandet war.

Ich konnte ihn kaum anschauen, als er sich anzog. Warum hatte ich ihn nur in eine solche Situation gebracht?

Plötzlich krachte es an meiner Tür.

»Nele?«, fragte Sascha von draußen und drückte die Türklinke.

Verdammte Hacke!

Ich war kurz versucht, in das Kopfteil meines Bettes zu

beißen. Es durfte doch nicht wahr sein, dass ich zwei Jahre lang abstinent in meinem Zimmer hauste und (theoretisch) nur darauf wartete, dass Sascha nachts an meine Tür klopfte – und ausgerechnet in der *einen* Nacht, in der ich einen Mann bei mir hatte, geschah genau das.

Das ist der absolute Super-GAU! Woody Allen, here we go!

»Einen Moment!« Ich legte einen Finger auf meine Lippen und bedeutete Moritz, leise zu sein. Der hielt mich bestimmt für völlig durchgeknallt, aber das war mir egal.

»NELE! Ich muss dir was sa-hagen ... Is' echt wichtig!« Sascha drückte weiter an der Türklinke rum.

Okay, ruhig bleiben. Alles wird gut.

Ich atmete ein paarmal tief durch und schenkte Moritz meinen bittendsten Blick, während ich mir schnell meinen Slip und ein T-Shirt anzog.

Moritz klaubte seine restlichen Klamotten vom Boden auf und zog sich in aller Seelenruhe an. Dabei schüttelte er immer wieder den Kopf.

Währenddessen trat ich von einem Fuß auf den anderen.

Geht das nicht ein bisschen schneller?

Natürlich tat mir Moritz leid, als ich sah, wie enttäuscht und verlassen er schließlich in meinem Zimmer stand. Aber jetzt musste ich mich erst einmal um mein Herz kümmern.

»NEEELE!!!«, lallte Sascha draußen.

Dann hörte ich einen lauten Knall im Flur.

Oh – mein – Gott!

Moritz fuhr sich mit der Hand über das Gesicht und durch die Haare und sah mich ein wenig ratlos an. »Also, ich habe ja schon vieles erlebt, aber das ... Na ja, gut, hilft nichts. Alles klar. Dann mach es mal gut, Nele.«

»Danke.« Ich gab ihm einen Kuss auf die Wange, öffnete die Tür und lugte vorsichtig hinaus.

Vor mir auf dem Boden lag Sascha und schlief.

Ich gab Moritz ein Zeichen, dass die Luft rein war. Mit einem letzten bedauernden Blick stieg er vorsichtig über den Schlafenden und ging leise in Richtung Wohnungstür. Einen Augenblick später hörte ich, wie sie ins Schloss fiel.

Ich beugte mich zu Sascha hinunter und strich ihm über die blonden Locken.

»Nele!« Im gleichen Moment öffnete er die Augen und griff nach meiner Hand. Als wir uns berührten, schlug mein Herz wieder mal Kapriolen. Diesmal anscheinend zu Recht.

»Komm, Sascha, du kannst hier nicht schlafen. Ich bring dich in dein Zimmer.«

»Nele! Nele, ich liiiebe dich!« Schwerfällig drückte er sich hoch, mir entgegen.

Es kostete mich dennoch alle Kraft, ihn in sein Zimmer und auf sein Bett zu bugsieren. Zwei Sekunden später war er weggepennt. Aber seine Hand hielt meine fest, und ich ließ mich neben ihn fallen.

Wie lange war es her, dass ich ihm so nah gewesen war? Wie hatte ich das vermisst. Wie hatte ich *ihn* vermisst!

Im Schlaf legte Sascha den Arm um mich, drückte sich an mich und murmelte meinen Namen.

Ja, *das* fühlte sich richtig an. *So* fühlte sich Glück an. Ganz wie im Film.

Notiz an mich selbst

~ Moritz ~

Notiz an mich selbst!!! – eine Ergänzung

(An der Tür meiner Wohnung aufzuhängen, damit ich sie auf jeden Fall IMMER lese, bevor ich das Haus verlasse!!! Und Kopien davon an Abenden, an denen ich ausgehe, stündlich auf dem iPhone aufploppen lassen!!!)

6. Es bringt nichts, sich Frauen schöntrinken zu wollen. Und es bringt noch weniger, sich Frauen schöntrinken zu wollen, die ohnehin schon Liebeskummer haben.

7. Caipirinhas können nix. Außer Schädel.

8. Hör endlich mit den One-Night-Stands auf. One-Night-Stands haben keine Seele, meistens nur Sex, an den man sich a) nicht erinnern kann oder b) nicht erinnern will, und außerdem liegt es in der Natur eines One-Night-Stands, dass man die Person, die man sich für ebenjenen ausgesucht hat, nicht mal kennt. Das kann zu Enttäuschungen und, ja, zu Erniedrigungen führen.

9. Lass dich nie wieder von einer Frau auffordern, mitten in der Nacht in die Hufe zu kommen und nach Hause zu wanken, nachdem du mit ihr geschlafen hast. Geh nie wieder mit einer Frau ins Bett, bei der so ein Szenario auch nur im Bereich des Möglichen liegt. Du bist doch kein Toyboy!!!

10. Sei kein Toyboy …

***

(30 Minuten später)
Das Chatfenster ploppt auf.

Moritz
???
vor 1 Minute

Markus	**16:12 Uhr**
Hey Moritz, was macht der Schädel?	
Moritz	**16:14 Uhr**
Geht. Danke der Nachfrage, kleiner Bruder. Hey, warte mal: Woher weißt Du überhaupt davon?	
Markus	**16:14 Uhr**
Von der Caipi-Katastrophe? Na ja. Ich fange mal so an: Wie viele Kontakte hast Du in deinem iPhone gespeichert?	
Moritz	**16:15 Uhr**
Keine Ahnung, wer zählt das denn?	
Markus	**16:15 Uhr**
Na, so über den Daumen …	
Moritz	**16:15 Uhr**
Markus, ich weiß es nicht. Bummelig 200 vielleicht?	
Markus	**16:16 Uhr**
Okay, möglicherweise wissen dann »bummelig 200 viel-	

leicht« von Deiner Druckbetankung in der gestrigen Nacht. Und dem ... ähem ... damit verbundenen, nennen wir es »Erlebnis« ...	
Moritz Häh? Versteh ich nicht.	**16:16 Uhr**
Markus Hast Du Dir möglicherweise, aus welchem Grund auch immer, vor ungefähr einer halben Stunde selbst eine SMS geschickt?	**16:16 Uhr**
Moritz Ja, hab ich. Ein Textmuster für eine Erinnerung im iPhone, sozusagen ...	**16:18 Uhr**
Markus Und dabei bist Du nicht zufällig mit Deinen Wurstfingerchen auf die Funktion »An alle« gestoßen und hast dieses »Textmuster« in Deinem Freundeskreis gestreut wie ein Schrotgewehr die Kugeln?	**16:18 Uhr**
Markus ???	**16:18 Uhr**
Moritz Ich bin erledigt. Ich wander aus. Sag Mom & Dad Bescheid.	**16:23 Uhr**
Markus Soll ich vielleicht mal bei Dir vorbeikommen?	**16:23 Uhr**
Moritz Okay.	**16:35 Uhr**
Markus Ich bin gleich da. Toyboy! :-)))	**16:35 Uhr**
Moritz SCHNAUZE!	**16:35 Uhr**

Epilog

~ Moritz ~
von Harald Braun

»Gott würfelt nicht.«
Albert Einstein

Das Aroma der gefüllten Gans waberte bereits festlich durch die Wohnung, die goldenen Kugeln an der geschmückten Nordmanntanne glänzten im künstlichen Kerzenlicht, und im Hintergrund gab Frank Sinatra den Weihnachtsmann mit einer lässigen Version von *Mistletoe and Holly*. Ein Bild des Friedens. Meine Eltern jedoch hockten mit vor Aufregung rot gefärbten Wangen auf dem Sofa und wirkten wie Abgesandte der Zeugen Jehovas in einem orientalischen Bordell. Sehr aufgeregt, sehr angespannt und ziemlich überfordert. Kein Wunder: Weder ihnen noch Markus hatte ich nach meiner Rückkehr vor einer Woche verraten, wer der Überraschungsgast an diesem Abend sein würde – nur, dass ich völlig sicher war, in ihm die Liebe meines Lebens gefunden zu haben.

Einen Moment lang hatte ich ein wenig Mitleid mit ihnen, aber da mussten sie jetzt durch. Außerdem kannte ich meine Eltern zu gut, um mir ernsthaft Sorgen zu machen. Spätestens wenn das Essen auf dem Tisch stand und alle Gäste abgefüttert werden konnten, würden die beiden wieder ganz in ihrem Element sein. Und in dieser Hinsicht war vorgesorgt. Wenn ich die Menge der Lebensmittel richtig einschätzte, die meine Mutter auf der Anrichte bereitgestellt hatte, erwartete sie neben uns auch noch das Saalpublikum von *Wetten, dass ..?* – oder wir alle konnten uns auf Magenprobleme gefasst machen.

Mein Bruder und sein Turnfloh hatten sich zur Feier des Tages ausnahmsweise aus den Trainingsanzügen gepellt. Offenbar hatten die beiden beschlossen, ihre Vollzeitexistenz als Sportstudenten zumindest für die Weihnachtsfeiertage zu verbergen und sich endlich einmal zumindest annähernd zu kleiden wie Erwachsene. Ich nahm das erfreut zur Kenntnis. Schließlich wollte ich nicht, dass der erste Eindruck von meiner Familie gleich von der Befürchtung überlagert wurde, demnächst bei den Bundesjugendspielen mitmachen zu müssen.

»Feines Stöffchen«, sagte ich und strich meinem Bruder anerkennend über den Cordanzug, »selbst genäht?«

Der Turnfloh lachte laut auf. »Hab ich ihm zum Geburtstag geschenkt, gefällt's dir?«

»Unbedingt«, antwortete ich lachend. »Wagt ihr euch dann beim nächsten Mal an einen Anzug für Erwachsene, ohne Hochwasser und ausgebeulte Cordärmelchen?«

»Blödmann!«, antwortete Markus. Dennoch grunzte er sichtlich zufrieden. Meine Frotzeleien ließen ihn kalt. Offenbar hatte der Herr schon ordentlich vom Punsch genascht. »Ich dachte, die Australier sind ein lockeres Völkchen? Da wirst du dich aber noch ein wenig anpassen müssen, wenn deine neue Freundin deren Gewohnheiten angenommen hat.«

Ich grinste in mich hinein. Sollte er ruhig lachen. Wenn er wüsste ... »Es wird dich womöglich verwundern, Markus, aber selbst im zugegeben sehr sportiven Sydney trägt der Australier hin und wieder eine lange Hose«, erwiderte ich. »Es gibt sogar Exemplare, die sich eine Krawatte binden können.«

»Uh, eine Krawatte ... Der Fahnenappell des dressierten Mannes! Wer hat's gesagt?«

»Keine Ahnung, vermutlich einer deiner pubertären Fußballerfreunde?«

Bevor wir in dieser Frage weiter vorankamen, klingelte es an der Tür. Meine Eltern sprangen vom Sofa auf wie zwei Schachtelteufel aus der Spielzeugbox. Selbst mein Bruder setzte einen halbwegs seriösen Gesichtsausdruck auf, während Britta allen voran zur Tür eilte und diese mit einem strahlenden Lächeln aufriss.

Stille.

Markus fand zuerst die Sprache wieder. »Jessy! Du?«

»Warum bist du nicht in Australien?« Meine Mutter wirkte einen Moment lang wie vor den Kopf geschlagen.

Mein Vater räusperte sich. »Schön, dass du da bist. Komm doch rein. Du kennst dich ja aus.« Mit einer einladenden Geste zeigte er in Richtung Wohnzimmer. Auch er schien ein wenig verwirrt zu sein. Kein Wunder. Er und meine Mutter hatten Jessy immer gemocht – als meine beste Freundin. An den Gedanken, dass sie jetzt möglicherweise ihre Schwiegertochter werden könnte, hatten sie sich allerdings auf die Schnelle noch nicht gewöhnt. Ebenso wenig an die Möglichkeit, dass ihr Sohn seine Zukunft unter Umständen in Sydney verbringen könnte.

Bevor Jessy auf die Begrüßung durch meine Eltern reagieren konnte, fiel Britta ihr um den Hals. Sie war die Einzige, die Jessy noch nicht kannte. »Ich bin Britta. Wenn dir das nichts sagt: Er nennt mich immer den ›Turnfloh‹.« Sie zeigte auf mich. »Mein lieber Schwager in spe weiß nicht, dass ich das weiß. Dabei bin ich *über* eins fünfzig groß ...«

Jessy schaute auf sie hinunter wie auf ein Rudel kämpfender Welpen. Leicht besorgt, aber auch entzückt. Was ist das denn?, schien ihr Blick zu fragen, bevor sie schließlich über

Britta hinweg in den Raum hineinblinzelte, wohl in der Hoffnung, dass einer der reihum versammelten Sommers ihr zu Hilfe käme.

Ich legte den Arm um sie und küsste sie sanft auf beide Wangen. »Schön, dass du da bist. Du siehst großartig aus.«

Das tat sie in der Tat. Wie immer. Wie ein Mitglied der schwedischen Schwimmequipe: lange blonde Haare und breite, aber durchaus wohlgeformte Schultern, dazu eine nahtlose Bräune, die von langen Tagen in einem sonnigen Land kündet. Für Männer, die Bond-Girls lieben, ist Jessy die Traumfrau schlechthin. Ein Geheimnis unserer langjährigen Freundschaft bestand allerdings darin, dass ich immer einer der wenigen Männer in Jessys Leben gewesen war, die nicht mit ihr ins Bett wollten. Während unserer gemeinsamen Schulzeit hatte ich mich mehr als ein Mal gefragt, was mit mir nicht stimmte, aber es ließ sich nicht leugnen: Weder Nacktbade-Events am Baggersee noch durchfeierte Festival-Nächte in Holland oder ein gemeinsamer Interrail-Trip nach Griechenland hatten dazu geführt, dass wir etwas miteinander angefangen hätten. Nicht einmal für eine Nacht. Tausendmal berührt, tausendmal war nichts passiert. Unsere Freundschaft aber hatte auch Bestand gehabt, als sie nach ihrem Work-&-Ttravel-Jahr in Australien nicht nach Köln zurückkehrte, sondern in Sydney dauerhaft bei einer Surfschule anheuerte.

Nach meinem letzten Kölner Beischlaf-Desaster – Jessy und ich nennen es inzwischen »das Reinigungsritual«, mein Bruder allerdings besteht auf der Bezeichnung »Caipi-Katastrophe« – war es keine Frage gewesen, dass ich ein paar Wochen bei Jessy untertauchen konnte. Auch mein Kompagnon Sam hatte nichts gegen eine spontane Auszeit einzuwenden gehabt. Schließlich stand auch sein Name in meinem iPhone-Account, da waren lange Erklärungen überflüssig gewesen. »Kümmere du dich um deine Work-Life-Balance«, hatte er generös gesagt, doch ich wusste, was er eigentlich sagen wollte: »Sieh zu, dass du für eine Weile europäischen Boden verlässt, damit Gras über deine Beischlaf-Eskapaden wachsen kann.«

So war ich in Sydney bei Jessy gelandet und hatte im australischen Frühling eine großartige Zeit verlebt, während Sam im deutschen Herbst versuchte, den saisonbedingten Wust vom Schreibtisch zu schaffen. Dafür hatte Sam einen gut, das war mir klar. Schließlich gehört die Vorweihnachtszeit in unserem Geschäft zu den stressigsten Wochen des Jahres. Dass mein schlechtes Gewissen Sam gegenüber nicht Oberhand gewann, lag allein an Jessy, die mich ohne großes Aufhebens bei sich und ihren drei Mitbewohnern in einem schicken Strandhaus in Bronte unterbrachte und dafür sorgte, dass sich meine temporäre Sinnkrise innerhalb von Tagen verflüchtigte. Schnell hatte mich das Strandleben ganztägig in Beschlag genommen, und während ich auf meinem iPad las oder Jessy bei der Arbeit zusah, hatte ich mehr als einmal darüber nachgedacht, tatsächlich nach Australien auszuwandern und einfach in Jessys Nähe zu bleiben. Die Sorgen meiner Eltern, die sie, diskret wie sie sind, bislang noch nicht ausgesprochen hatten, konnte ich daher gut verstehen. Andererseits: Ich bin nicht der Typ, der sein Land verlässt, ja, nicht einmal aus Köln würde ich weggehen. Ich liebe meine Heimat. Das wurde mir spätestens in dem Moment wieder bewusst, als ich im Landeanflug auf Köln den Dom erblickte. Außerdem gibt es noch einen weiteren Grund, weshalb Australien gar nicht infrage kommt.

»Jetzt setz dich erst einmal.« Ich zog Jessy zum Sofa und ließ mich neben sie fallen.

»Dass wir dich mal wiedersehen!«, sagte mein Vater und setzte sich uns gegenüber in seinen Lieblingssessel.

»Und dann gleich so ... äh ... unter diesen Umständen«, sagte meine Mutter.

»Unfassbarer Vorgang!«, sagte mein Bruder.

»Joggst du?«, fragte der Turnfloh, der uns ebenfalls gefolgt war und sich auf die Lehne des Zweisitzers gesetzt hatte.

»Du musst uns alles erzählen!«, sagte mein Vater.

»Über Australien!«, sagte meine Mutter.

»Und wie dich dieser Typ rumgekriegt hat!«, sagte mein Bruder und zeigte auf mich.

»Ich meine, wegen deiner tollen Figur«, ergänzte der Turnfloh.

»Denkst du, dass wir in unserem Alter noch so lange Reisen machen können?«, fragte mein Vater.

»Oder besteht die Hoffnung, dass ihr doch mal zurück nach Deutschland kommt?«, fragte meine Mutter.

»Früher habt ihr doch nicht mal Händchen gehalten, wenn ich mich richtig erinnere«, sagte mein Bruder.

»Oder kommt das vom vielen Schwimmen?«, erkundigte sich der Turnfloh.

»Ein bisschen schade ist es ja schon …«, sagte mein Vater.

»Man hätte die Familie doch schon gern um sich«, ergänzte meine Mutter.

»Und du hast dir das wirklich gut überlegt?«, frotzelte mein Bruder.

»Oder gibt's da in Sydney Sportarten, die hier noch unbekannt sind?«, fragte der Turnfloh.

An dieser Stelle breitete Jessy die Arme aus wie der Papst am Ostersonntag und rief spürbar amüsiert: »Stopp!« Sie schaute meine Eltern an. »Ich freue mich auch, endlich wieder mal in diesen heiligen Hallen sein zu dürfen, herzlichen Dank für die Weihnachtseinladung. Was eure Fragen angeht, darf ich mal kurz zusammenfassen: Vielen Dank für das Kompliment, Britta, aber zum Joggen komme ich eher selten. Ich bin Surf- und Tauchlehrerin und damit ganz gut ausgelastet. Für meinen Körper kann ich nichts, der sähe auch ohne Sport so aus, da habe ich beim Spermabingo einfach Glück gehabt!«

Bei dieser Bemerkung schauten meine Eltern verlegen südwärts, aber selbst das war ein Déjà-vu: Wegen Jessys Kodderschnauze hatte ich mir noch in der Abiturklasse immer wieder leise Vorwürfe anhören müssen.

»Ich verstehe Ihre Sorgen, was Australien angeht«, wandte sich Jessy nun wieder an meine Eltern, »aber ich glaube, ich kann Sie beruhigen: So eine Flugreise nach *Down Under* ist zwar nicht ohne, aber so fit, wie Sie beide sind, schütteln Sie die in zwei Tagen aus den Knochen – und es lohnt sich, das kann ich Ihnen versprechen. Zumal ich Ihnen selbstverständlich jederzeit als persönlicher Guide zur Verfügung stehe. Und was mein Heimweh angeht: Ich bin eigentlich ganz froh, dass zwischen mir und den wenigen verbliebenen Mitgliedern *meiner* Sippe ganz schön viel Wasser liegt – nicht jeder hat schließlich so eine harmonische Familie wie Sie. Sie haben doch sicher nicht vergessen, dass ich schon in der Schulzeit mehr bei Moritz im Zimmer oder bei Ihnen im Wohnzimmer saß als zu Hause?«

Meine Eltern nickten synchron.

»Du warst ja damals schon fast wie unsere eigene Tochter!«, erklärte mein Vater in staatstragendem Tremolo, und meine Mutter ergänzte nicht weniger feierlich: »Das wirst du natürlich in Zukunft umso mehr sein, Jessica.«

Jessy wurde nicht häufig Jessica genannt und grinste dementsprechend amüsiert. »Na ja, dazu kommen wir dann später mal, aber stellen Sie sich schon mal drauf ein, mich weiter Jessy zu nennen!«

Meine Eltern lächelten höflich, auch wenn es ihnen sichtlich schwerfiel, diese Bemerkung richtig einzuordnen.

»Und nun zu dir, kleiner Bruder meines besten Freundes«,

fuhr Jessy fort und wandte sich an Markus: »Rumkriegen, wie du es so prosaisch nennst, musste mich Moritz gar nicht, obwohl du im Grunde recht hast: Wir haben damals nicht mal Händchen gehalten. Aus gutem Grund. Aber ich wusste trotzdem schon immer, dass er einer der wichtigsten Menschen in meinem Leben ist. Für ihn würde ich fast alles tun. Er muss nur fragen. Aber ihr kennt ja Moritz: Wenn's ihm nicht gut geht, hat er selbst damit Probleme.«

Meine Lieben nickten mit dem Kopf wie eine Herde Wackeldackel. Toll, wenn in der eigenen Familie so viele Weise unterwegs sind!

»Und er hat glücklicherweise gefragt, als er vor sechs Wochen bei mir in Sydney vor der Tür stand«, ergänzte Jessy.

Das stimmt. Ich erinnere mich noch genau. Wie könnte ich auch den Moment vergessen, an dem ich nach einer vierzigstündigen Odyssee mit *Air China* in Sydney angekommen war und endlich erschöpft vor Jessys Haustür stand. Ihre Mitbewohnerin Michelle hatte Jessy aus dem Badezimmer holen müssen. Sekunden später war sie mit nassen Haaren und einem um den Körper geschlungenen rot-gelben Handtuch der Bondi Life Safers endlich aufgetaucht und hatte mich nach einem kurzen Blick wortlos in den Arm genommen. Ihr Handtuch fiel bei dieser Gelegenheit gleich auf den Boden, aber es ist nicht so, wie es sich anhört: Tausend und ein Mal berührt, aber auch dann war es noch nicht passiert. Statt die Situation auszunutzen, fragte ich nur: »Hilfst du mir, mein Leben wieder auf die Reihe zu bekommen?«

»Jetzt lasst uns doch erst mal was trinken!«, sagte mein Vater und stand auf. »Ich hole schnell den Sekt.« Er war ganz offensichtlich froh, seine Nervosität umleiten zu können.

»Ich glaube, Moritz möchte euch noch etwas Wichtiges erzählen«, sagte Jessy schließlich, als wir wenig später mit gefüllten Sektgläsern vor der Nordmanntanne standen, und stieß mich auffordernd an.

Meine Mutter schaute uns verschreckt an. Ich wusste genau, was sie dachte. Dass es nun doch noch etwas arg früh war für ein australisches Enkelkind. Aber in dieser Hinsicht brauchte sie nichts zu fürchten: kalt, ganz kalt.

Ich linste auf die Uhr. Halb neun. Blieben dreißig Minuten. Ich räusperte mich. Womit sollte ich bloß anfangen? Und wie? Ein Überraschungsangriff? Oder lieber ein wenig rumeiern, bevor ich auf den Punkt kam? Ich nippte noch einmal an meinem Sektglas.

Da klingelte es erneut an der Tür. Jessy und ich schauten uns fragend an. Wer immer es war: Er kam zu früh.

»Erwartet einer von euch noch jemanden?«, fragte mein Vater in die Runde.

Jessy und ich antworteten gleichzeitig mit einem kaum vernehmbaren »Ja, ich!«, aber das ging im Getümmel unter.

Britta brauchte diesmal deutlich länger für den Weg zur Tür. Nun brachte auch sie kaum mehr als ein »Hallo!« über die Lippen. In unserem Flur stand eine Frau, die außer Jessy und mir keiner kannte: Michelle, eine von Jessys Mitbewohnerinnen in Sydney. Ihre Freundin. *Mit* anfassen.

Zugegeben: Das hatte auch ich nicht gewusst, als ich zu Jessy nach Sydney reiste. Das sei ein Thema, über das man nicht mal einfach so in einer E-Mail schreiben oder einem knappen Telefonat reden könne, erklärte Jessy mir schließlich, nachdem sie die Katze aus dem Sack gelassen hatte. Nun endlich hatte ich auch verstanden, wieso Jessys Männergeschichten während unserer Schulzeit immer so kompliziert verlaufen und immer nur von kurzer Dauer gewesen waren. Und warum sich ihre erzkatholische Familie nicht sonderlich darüber grämte, dass ihre Tochter am anderen Ende der Welt lebte.

Für mich machte es keinen Unterschied, ob Jessy Männer oder Frauen liebte. Sie schien glücklich zu sein, das spürte ich schon nach ein paar Stunden. Und wenn Jessy glücklich war, dann war ich es auch. Zumal meine Gefühle für sie nach unserem Wiedersehen genauso ungebrochen Bestand hatten wie vor ihrer Umsiedelung in den ewigen Urlaub: tief und freundschaftlich. Nicht mehr, aber auch kein Stück weniger. Nach anfänglichem Misstrauen hatten auch Michelle und ich uns gut verstanden. Zwischen uns bestand keine Konkurrenz, das war uns schnell klar. Außerdem steht sie auf den FC Köln, obwohl sie aus Düsseldorf kommt. Weiß man das, muss man sie einfach gernhaben.

»Ich bin Michelle!«, stellte sie sich meiner Familie kurzerhand selbst vor. »Moritz hat mich freundlicherweise eingeladen. Ich hoffe, das ist in Ordnung für Sie?«

»Ach, mein Sohn hat Sie eingeladen …?«, fragte meine Mutter konsterniert. Offenbar überlegte sie bereits krampfhaft, ob sie einen weiteren Esser satt bekäme.

Mein Vater setzte geistesgegenwärtig das Charmier-Programm alter Schule in Gang: »Auf so hübschen Besuch hätte er uns ja auch mal vorbereiten können!«

Dieses Tempo konnte mein Bruder nicht mitgehen. »Wie jetzt?«, fragte er verblüfft. Allein, um sein Gesicht zu sehen, hätte ich Eintritt bezahlt.

Bevor der Turnfloh etwas über Michelles sportliche Gewohnheiten in Erfahrung bringen konnte, ergriff Jessy das Wort. »Wir werden heiraten!«, sagte sie.

»Das hat Moritz ja schon angedeutet!«, antwortete meine Mutter.

»Meinen Segen habt ihr!«, ergänzte mein Vater.

»Wie jetzt?«, wiederholte Markus.

Der Turnfloh sagte nichts.

»Nein, nicht Moritz und ich.« Jessy lächelte verliebt.

»*Michelle* und ich werden heiraten. In Bondi, am Strand. Wir sind nur in Deutschland, um die Unterlagen zusammenzusuchen. In einem Monat fliegen wir zurück. Im Mai ist es so weit. Sie sind alle herzlich eingeladen.«

»Wie jetzt?«, fragte meine Mutter.

»Äh ...«, machte mein Vater.

»Unfassbarer Vorgang«, stammelte Markus.

»Kann man im Mai im Meer schwimmen?«, fragte der Turnfloh.

»Wenn man kein Warmduscher ist«, antwortete Jessy und zwinkerte. »Und damit gebe ich das Wort jetzt endgültig an meinen ewig besten Freund weiter. Moritz, ich denke, du bist deinen Leuten ein paar Erklärungen schuldig. Nimm dir mal ein Beispiel an mir ...«

Die Augen meiner Eltern weiteten sich auf Untertellergröße. Wieder konnte ich sehen, was sie dachten. Jetzt hätten sie offenbar doch lieber das halbaustralische Baby genommen. Aber wieder kalt, ganz kalt.

»Nein, sooo ist es nicht. Ich bin nicht schwul!« Ich hob die Arme und sah Jessy und Michelle um Entschuldigung bittend an. »Nicht, dass das ein Problem für mich wäre, aber ...«

»Nein, das wäre ja wirklich kein Weltuntergang. Heutzutage ...« Meine Eltern verstummten. Ihr schlechtes Gewissen darüber, wie erleichtert sie waren, dass dieser Kelch an ihnen vorüberging, konnten sie trotz aller offensichtlichen Bemühungen nicht verbergen.

»Was willst du uns dann sagen?«, fragte mein Bruder schließlich, als die Stille im Raum für alle Beteiligten ein wenig unbehaglich geworden war. Selbst Frank Sinatra war inzwischen am Ende seiner weihnachtlichen Weisheiten angelangt.

»Also, es ist ... gewissermaßen ... im Prinzip ... ganz einfach«, begann ich holprig. »Es ist folgendermaßen ...« Dann redete ich ohne Unterlass. Ich sprach davon, wie unsicher und unglücklich ich in den ersten Tagen in Australien gewesen war, wie mich Jessy freundlich, aber unnachgiebig ins Kreuzverhör genommen hatte und wie sie alles über mein Leben und meine Affären hatte wissen wollen. Auch über »Sven aus Hamburg« und dessen Untaten, über meine Unfähigkeit, mich auf eine ernsthafte Beziehung einzulassen, und die vermeintlichen Hintergründe für mein Verhalten. Ich hatte ihr auch von dem Druck berichtet, den ich immer stärker spürte, weil alle von mir zu erwarten schienen, dass ich endlich erwachsen wurde und aufhörte, die infrage kommenden Jahrgänge ganzer Stadtteile zu daten. Und von der unsinnigen Wette, die ich meinen Eltern und Markus in meiner Verzweiflung angeboten hatte und mit der ich mich dann noch zusätzlich unter Zugzwang gesetzt hatte, hatte ich ihr auch erzählt. »Ihr hättet mir diesen Blödsinn ausreden sollen, statt euch darauf einzulassen!«, sagte ich und schaute in die Runde.

Jessy nickte leise.

Meine Eltern trippelten nervös auf der Stelle. »Das war doch ein Spaß, Moritz, wir haben das nicht so ernst gemeint.«

»Na ja«, widersprach mein Bruder. »Wette ist Wette. Oder heißt das jetzt, dass ich meinen Gewinn, die Reise nach Hamburg, vergessen kann?«

»Markus!!!«, riefen meine Eltern gleichzeitig. »Jetzt reiß dich mal zusammen!«

Markus und ich lachten auf – wie immer, wenn wir unsere Eltern foppten.

»Keine Angst, ich nehme euch das nicht übel«, sagte ich grinsend. »Ich weiß doch selbst, dass ich für mein Verhalten in den letzten Monaten selbst verantwortlich war.«

»Jahren …«, verbesserte mein Bruder mich mit ernster Stimme, »in den letzten *Jahren!* Ich wette, du kannst das ganze Alphabet mit den Namen von Frauen abdecken, die du in den letzten Jahren gevö… äh … getroffen hast.«

»Markus!«

»Schon gut, Mom.« Ich nickte meinem Bruder zu. »Er hat nicht ganz unrecht. Ich gebe ja zu, es hat etwas gedauert, bis mir klar wurde, dass ich immer dann, wenn mir eine Frau wirklich gefiel, das Weite gesucht habe. Oder dafür sorgte, dass es erst gar nicht so weit kam. Aber eine kleine Strafe habt ihr schon verdient.«

»Du wolltest uns bestrafen?«, fragte meine Mutter mit leichtem Vorwurf in der Stimme. »Und das nur, weil wir uns von unserem Ältesten irgendwann einmal Enkelkinder erhoffen?«

»Na ja, ›bestrafen‹ ist vielleicht ein wenig viel gesagt. Sagen wir einfach: Ich wollte unser Weihnachtsfest einmal ein wenig turbulenter gestalten …«

»Das ist dir zweifellos gelungen, mein Junge«, brummte mein Vater, »aber können wir uns jetzt langsam zu Tisch setzen? Die Gans ist sicherlich gleich fertig, und fürs Erste reicht's mir mit den Turbulenzen.«

»Noch einen Moment! Ich bin noch nicht ganz fertig …«

»Nicht?«, fragte meine Mutter und warf meinem Vater einen nervösen Blick zu.

»Nein. Nicht ganz«, antwortete ich. »Also … es ist so …« Ich holte tief Luft. Jetzt geriet ich doch noch ins Straucheln. Im letzten Teilstück, ausgerechnet.

Zum Glück kennt Jessy mich und meine Scheu, über Gefühle zu sprechen. »Bevor der Junior-Chef sich wieder an der eigenen Zunge verschluckt, übernehme ich noch mal kurz«, unterbrach sie mein Gestammel. »Es ist so: Neben all dem Gejammer über die vielen unglücklichen Affären und abgelegten Liebschaften hat Moritz auch immer wieder über diese eine Frau gesprochen, die seiner Meinung nach zwar leider nicht infrage kam, aber ansonsten schon irgendwie der Vorstellung seiner Traumfrau entsprach ...«

Markus verdrehte die Augen. »Das kennen wir schon. Es sind doch alles seine Traumfrauen, solange er noch keine Nacht mit ihnen verbracht hat.«

»Nein, diese hier war anders, Markus. Mit der hat Moritz schon viel Zeit verbracht, und stell dir vor: Er mag sie wirklich.«

»Echt? Er mag sie wirklich?«

»Hört, hört!«

Meine Lieben nickten sich überrascht zu und sprachen wild durcheinander, als wäre ich gar nicht anwesend.

»Das ist ja wirklich ungewöhnlich für ihn!«

»Ja, das habe ich auch gesagt«, antwortete Jessy, »und dann habe ich ihm auf den Kopf zugesagt, dass er sich schon längst in diese Frau verliebt hat. Er wollte es sich bloß nicht eingestehen, der kleine Feigling.«

»Jetzt sag schon: Wer ist dieses Wunderweib? Kenne ich die Frau? Ist sie eines von deinen Opfern aus dem letzten Jahr?« Mein Bruder schnaufte vor Aufregung.

»Nein, nicht direkt. Aber du hast vielleicht schon von ihr gehört«, antwortete ich. »Erinnerst du dich an den Karnevalsdienstag?«

»Sicher. Ich habe stundenlang vor dem ›ABS‹ Schmiere gestanden und für dich nach einer Susanna gesucht ...«

»Sie hieß Hanna.«

»Hanna, genau. Aber die ist nicht gekommen.«

»Stimmt. Sie ist nicht aufgetaucht, aber das ist auch nicht wichtig. Jedenfalls war das der Tag, an dem mir die Frau meines Lebens einen Korb gab.«

»Zum zweiten Mal, übrigens …«, warf Jessy ein und grinste.

Beide amüsierten wir uns wie Bolle über die verblüfften Gesichter meiner Familie.

»Du sprichst in Rätseln, Sohn!«, brummte mein Vater.

»Was willst du uns nun damit wieder sagen?«, fragte meine Mutter.

»Willst du uns verarschen!«, rief mein Bruder.

»Häh?«, echauffierte sich der Turnfloh.

In diesem Moment klingelte es erneut an der Tür.

Einundzwanzig Uhr. Die Frau meines Lebens, pünktlich wie die Maurer.

Es wurde dann noch ein richtig schöner Weihnachtsabend, an dem eine riesige Gans, Schüsseln voller Beilagen und Gemüse und vorzügliche Weine christlich auf acht Personen aufgeteilt wurden. Die Befürchtungen meiner Mutter, wir könnten unmöglich alle satt werden, bewahrheiteten sich wieder einmal nicht. Sie hatte nicht umsonst seit Tagen in der Küche gestanden.

Auch von Maren war meine Familie restlos begeistert. Besonders gut kam ihre Nacherzählung der Rede an, die ich ihr erst vor einigen Tagen nach meiner Rückkehr aus Sydney uneingeladen am Schreibtisch ihrer Agentur gehalten und in der ich ihr versprochen hatte, diesen »Sven aus Hamburg« aus Wollsocken nachzubasteln, anschließend zu verbrennen und seine Asche mit ihr zusammen auf der Elbe zu verstreuen. Vorausgesetzt, sie würde meine Entschuldigung annehmen und mir glauben, dass ich es wirklich, wirklich, wirklich ernst mit ihr meinte.

»Ich hatte im Grunde nur eine Möglichkeit, auf diese Beichte zu reagieren«, behauptete sie. »Ich musste die professionellen Beziehungen zum Grafikbüro *Linientreu* sofort beenden. Man sollte schließlich keine Geschäfte mit dem Mann machen, in den man sich regelmäßig verliebt.«

Meine Familie lächelte ihr selig zu. Ich schätze, das war der drittschönste Moment an diesem Weihnachtsabend.

Der zweitschönste? Einfach. Der Moment, in dem sie das Polaroid-Foto aus der Tasche zog, das sie von mir gemacht hatte, als ich betrunken wie ein Husar auf dem Rücksitz eines Taxis fläzte und nach Hause gefahren wurde. Das war an jenem Karnevalsdienstag gewesen, an dem mein Bruder im Klettenberger »ABS« auf eine Unbekannte namens Hanna wartete, während ich zunehmend betrunken meiner Geschäftspartnerin Maren bei »Oma Kleinmann« den Hof machte. Alles andere als geschickt, übrigens, denn ich nannte sie a) ständig Jennifer und versuchte b) mehrfach, sie von den Freuden des Beischlafs zu überzeugen, und zwar möglichst in den nächsten dreißig Minuten in einem der wenigen umliegenden Hotels. Ich kann mich nicht mehr daran erinnern, wie sie mich abwimmelte, vermutlich wieder mit einem harmlosen »Netter Versuch!«.

Trotzdem hatte sie ein Polaroid-Foto von mir gemacht, bevor sie dem Droschkenfahrer zwanzig Euro in die Hand gedrückt und ihn gebeten hatte, mir noch die Tür zu meiner Wohnung aufzuschließen. Auch daran konnte ich mich zwar am nächsten Morgen nicht erinnern, doch das Beweisfoto sagt alles: Es zeigt einen jungen Mann in instabiler Seitenlage und mit entgleisten Gesichtszügen. Der Taxifahrer muss Buddhist gewesen sein, um diese Fuhre anzunehmen. Maren hatte das Foto dennoch aufbewahrt, und als ich darüber nachdachte, warum jemand bloß so etwas tun könnte, fiel mir nur ein Grund ein.

Der schönste Moment an diesem Abend aber war, als mir Maren – obwohl ich ihr verboten hatte, beim berüchtigten

Geschenkewettbewerb der Sommers mitzumischen – einen Umschlag zuschob: »Der ist für dich!«

»Gleich öffnen?«

»Ich bitte darum!«

Ich riss das Kuvert auf und fand eine Einladung zu einer Silvesterparty im St. Josef-Hotel. Im gotischen Gewölbe des ehemaligen Klosters.

»Gibt es Erdbeerbowle?«, fragte ich gerührt.

»Vermutlich nicht, aber sie vermieten immer noch Zimmer.«

»Du meinst, einen Versuch habe ich noch?«

Maren lachte und küsste mich. »Ich würde es drauf ankommen lassen – wenn du dich nicht allzu blöd dabei anstellst ...«

Der Autor

Harald Braun lebt als Autor von Sachbüchern und Romanen auf dem schleswig-holsteinischen Land. Bis 2008 arbeitete er hauptsächlich für Hochglanz-Magazine, u. a. als Stellvertretender Chefredakteur von *Allegra* und Freier Textchef von *Park Avenue.*

Die Autorinnen

Gabriele von Braun brach ihr Soziologiestudium ab, um etwas absolut Ausgefallenes zu wagen: Sie studierte BWL. Doch es nützte nichts – sie landete auf direktem Weg »in den Medien«, wo sie als PR-Redakteurin für eine Landesrundfunkanstalt tätig war, bevor sie zu *Spiegel TV* überlief. Inzwischen ist sie für den Rundfunk Berlin-Brandenburg im Einsatz. Gabriele von Braun lebt mit ihrem Mann und ihrer kleinen Tochter in Berlin.

Katarina Fischer wurde 1982 in Hamburg geboren, das, nach einer lehrreichen Zeit in London, wieder ihr Zuhause ist. Sie arbeitet dort als freie Fotoredakteurin, DJane und Buchautorin. Ihr dritter Roman *Im Zweifel südwärts* erschien Anfang 2013.

Stefanie Heinen, geboren 1979 in Köln, lebt und arbeitet seit ihrem Studium der Germanistik, Geschichte und Theater-, Film- und Fernsehwissenschaft ebendort. Wenn sie nicht gerade liest, hilft sie als Lektorin in einem großen Publikumsverlag Historischen Romanen und Frauenromanen auf die Welt. Dies ist ihre erste eigene belletristische Veröffentlichung.

Nele Kirschner, geboren 1983 in Essen, studierte Kulturwissenschaften und ästhetische Praxis in Hildesheim. Danach war sie drei Jahre Lektorin im größten deutschen Heftromanverlag, bevor sie sich als Autorin selbstständig machte. Sie schreibt Heftromane und Belletristik und benutzt dafür viele Pseudonyme. Sie lebt und arbeitet in Köln.

Mirjam Müntefering hat schon als Kind mit dem Geschichtenerzählen begonnen und schrieb mit fünfzehn ihren ersten Roman. Wenn sie einmal nicht schreibt, geht sie ihrem Hobby, der Spürhundearbeit/Zielobjektsuche, nach oder kämpft gegen die Übermacht des Unkrauts in ihrem wilden Garten. Mirjam Müntefering lebt mit ihrer Lebensgefährtin und zwei Cockerspanielmädels am Rande des Ruhrgebietes.

Britta Sabbag, geboren 1978 in Osnabrück, studierte Sprachwissenschaft, Psychologie und Pädagogik in Bonn. Nach dem erfolgreichen Abschluss ihres Studiums arbeitete sie sechs Jahre als Personalerin in mehreren großen Firmen. Als die Krise zuschlug, nutzte sie die Chance, um das zu tun, was sie schon immer wollte: schreiben. Ihr Debüt *Pinguinwetter* wurde auf Anhieb ein Bestseller. Heute schreibt und lebt sie immer noch in Bonn.

Daniela Schuld wurde 1982 in der Eifel geboren. Nach dem Studium der Literatur und Geschichte an den Universitäten Bonn und München sowie Jobs bei verschiedenen Münchner

Verlagen ist sie inzwischen wieder im schönen Rheinland gelandet. Sie lebt in Köln und arbeitet dort als Lektorin in einem großen Publikumsverlag. Sie hat eine Schwäche für Bücher mit Happy End und glaubt vor allem an eins: die ganz große Liebe.

Michaela Thewes, geboren 1972, lebt mit ihrem Mann und ihren zwei kleinen Söhnen in der Nähe von Düsseldorf. Nach verschiedenen Tätigkeiten in der Verlags- und Werbebranche ist die gelernte Verlagsbuchhändlerin seit mehreren Jahren selbstständig. Sie arbeitet als freie Werbetexterin und Autorin. Mehr Infos unter: www.michaela-thewes.de.

Anne Weiss, Jahrgang 1974, hat mit ihrem Kollegen Stefan Bonner zusammen mehrere *Spiegel*-Bestseller geschrieben, unter anderem das Sachbuch *Generation Doof*. Lustig findet die gebürtige Bremerin das Leben im Allgemeinen und die Kölner im Speziellen. Außerdem wundert sie sich oft darüber, wie absurd und komisch die Liebe sein kann.

Sabine Werz, 1960 am Niederrhein geboren, entdeckte als Tochter einer Bibliothekarin und Märchenbuchsammlerin früh ihre Liebe zu Büchern und zum Geschichtenerzählen. Nach einem Literatur- und Anglistikstudium arbeitete sie als Reiseleiterin und Lehrerin in England. In Deutschland war sie als Redakteurin für Tageszeitungen und Magazine tätig. Heute lebt sie mit ihrer Tochter in Köln.